引语之隙

林云柯 著

A Collection of Critical Essays
The Cracks in the Quoted Lines

Lin Yun-ke

上海社会科学院出版社

献给我的专业，文艺学。

目录

上编

1　代序　"……"等同于一种真实

3　Intro：一间我（朋友）自己的房间
　　A Room of My Others

11　"创世系"诗学与"世界系"：论京都动画与新海诚
　　The Catcher in the Rye of Anime

27　反乌托邦文体：从《反常之魔》到《心理测量者》
　　The Spirit Here Since *Nineteen Eighty-Four*

50　《银翼杀手》与"弗兰肯斯坦传统"：人工智能题材的思想史叙事
　　Flowers for Frankenstein

71　电子游戏的"不可能空间"：从"单行迷宫"到"多稳态"
　　Let's Start from Nowhere

91　艺术作为开源系统："系统环境"中的"文学"
　　Literature, therefore I am

112　时光机与罐头：分析美学与"亨普尔模型"
　　The Time Traveler's Art

137　"第三维特根斯坦"与"影像间隙论"
　　Cinema Paradiso

162　"写在脸上"："读取-模拟"视角下的戏剧与电影
　　Can't Read My Poker Face

185　"档案"的"无人之地"：连接不可连接之物
　　And Then There Were Everyone

195　透明与透显：艺术界面化思维的形成
　　Somewhere Over the Wall

212　Ending：冰块与野兰花
　　For Wang Xing

下编

217　终究无法死亡的我们
　　——《水妖》中的抵抗与游戏

225　语言停转之时：班宇与文学自白的终结

232　引语之隙
　　——对班宇《双河》的一次时间性索隐

247　《本雅明电台》与"巴洛克媒介"

255　人类是人类的"动物目击者"：糖匪的"新本格科幻"

261　《紫》：向家园逃逸的颜色

267　物质性之流
　　——李钢《洗掉绘画》中的"物质性"与"媒介"

275　世界为何没有破茧成蝶：《公海》作为物质形式剧场

281　假如以太不灭
　　——李昕的"以太绵延空间"

286　最简单的叶子：欧劲的视觉种植及其解放

291　艺术的公共价值及其"失窃"

298　智术师的事业：侦探与本格

310　时间的转移：巨石阵、心胸与脉搏

317　玲娜贝儿与"废话文学"

321　Furry 与巴洛克式亲密

326　后记

代序

"……"等同于一种真实

在我个人的阅读习惯里，习惯将所有的省略号看作一道没有答案的填空题。横在中央、并列着的六个圆点，像一队匆匆赶来的禁卫军，隔开陆地和海水、国王与叛徒、谵妄及睡眠。比如在爱丽丝·门罗那篇《真实的生活》里，有这么一段，"美妙的唱诗。求主施恩于我们可怜的罪人。认罪的，求上帝怜悯，悔罪的，求上帝赦免，应验所应许世人的话……波特和她一起去过一次，厌恶得不得了"。省略号使得长眠式的宗教仪式忽然中断，转向叛乱的日常，故事从此转折。当然，它也会替代时间的迟疑、叙事的停顿，给我们一点点喘息的机会，以便迎向预感不妙的结局，如琉善在《亚历山大——假预言者》里写道："他不是科洛尼斯生的，真的，也不是冠乌生的，而是鹅生的！所有的人都跟在后面，他们着了魔，沉迷于希望，以致……发狂。这些人早已丧失了头脑和心灵，一点不像吃面包的人类，他们只是外貌上和牲畜不同。"更多时候，它意味着无尽与沉思，说不完的话语，表达不及的感情，无法完全剥离的关系，重大的、未竟的、延续至今的人类事业，或者只是一段小小的记忆与想象，无关主题，亦不涉及任何严肃的评判，旨在鼓励我们这些倾听者从敞开直至无穷的空隙与深渊一般的间隙里出发，并以此作为永恒的故园和领地，把自身嵌入这场叙事之中。

对我而言，林云柯的这本《引语之隙》也提供了上述这种如同省略号一般的阅读感受与功效。这些文章里的观点和要义、结构与流速、风格和诗学，在阅读过后，全部凝结、转化为一种全新的感受。乃至令我恍惚，我们同时代的批评者、文艺爱好者、写过小说的我的朋友，原来在此时是这样进行发言的，是这样在完成他自己的"不可能空间"——从巴尔扎克的巴黎地下室一路"跑酷"，潜入《刺客信条》的高耸城堡；从爱伦·坡的黑暗卧室之窗脱逃，悄悄飞过《进击的巨人》的藩篱之墙；孤身在莎士比亚的《暴风雨》之中登岛，仅凭随身带着的黑贝尔的日历故事集，便开始了一场喧哗如瀑的自我教化。言语在此繁殖，为了摒除操纵、忘却控制。

不是在分析林云柯，或以他作为精神上的标本和对照物，而是几乎我们所有的同时代者，全都承纳了地域性格、个体变革和互联网的前期遗产，领受了赛博风景、教育或自我教育，在曾认为是错乱的、芜杂的，而今又被指定为平滑以及贫乏的经验里挖掘和搏斗——这么说也许含有美化和自我感动的嫌疑，那么更直白一点，在始终想要靠近却总被遗弃的境况里，在无法切近任何核心的巨大困惑之中，在一切尚未被信息化与数据化之前，这本《引语之隙》完成的是一次小小的自我推理，通过跑与跳的多重姿势，闪身或突进，重返密室现场，忘却真相，反而在勘察真实背后的真实，如他在谈论小说时所说：人的身体及其存在，正是自身会被谋杀于其中的潜在"密室"本身。标题里的六个圆点，在这里同时转化为数十篇文章，无一例外地，在解析文化现象及其背后的同时，如本雅明所言，也在为"一个故事如何演绎提出建议"。

批评也好，小说、电影、艺术作品也罢，在拥有共通的、可预见的部分未来之暗影里，文体与类型的划分也没那么关键。关键的是我们还在说，还想要说，也还在如常表述，还在为事物表面魅力的流逝与折损而惋惜，还试图在纷繁的引语里寻找到一个"自己的声音"——说到这里，我总会想起我和林云柯最初相识的时刻：差不多二十年前，在一个业已不存在的网站上，我们在一位共同朋友的页面里发生争执，轮番辩护，一句之后是另一句，一段之后是另一段。如今我已记不起争论的原因和内容了，他如果还能想起来的话，我想也会羞于提及，当然，这不重要。重要的是，我能感受得到，在某个瞬间，我们似乎企盼着对方能多说几句，再说上那么两句，显露匮乏与破绽，以便为自己所轻松驳

倒。而在此背后的真实，也许并不是真的想要分出输赢，从而成为正义和公理的代言人，那是太过强烈的症状，在我们身上均难以发作。之所以说来说去，吵个不停，不过是想让自己在这条总在自说自话、总是自我驳斥、布满了省略号似的缝隙、看起来也实在没有什么胜算的道路上不那么孤单而已。

班　宇

2025 年 2 月

引 语 之 隙
Academic Articles

上编

Intro：一间我（朋友）自己的房间
A Room of My Others

在北京周转几日，朋友很慷慨地把自己租的房子借给我住，房子在一个地段不错但是很老的、称不上小区的单元里，楼门单元号还是后来贴上去的，砖混建筑，走廊里满墙的开锁、修水管、办证、刮大白的"波普艺术印章"，保留了最早的铁框窗，客房用的也是不再常见的白炽灯。和大多数北漂的房间一样，房间谈不上整洁，但是这反而让人感觉更舒适。朋友走的时候只简单交代了几句热水器、洗衣机的使用问题。当然，对作为至少自诩文化人并且多多少少身上还有点文化人标签的我们来说，最后要嘱咐或者说表示友谊的话，总是要加一句："这里的书你随便翻。"

朋友是一个有着双重文化身份的人——在读博士和艺术从业者——当然，可能在艺术领域和美术学院的地界内这并不是什么特殊的事情，但是在我这么一个完全体制内博士生的眼里，这多多少少还算一个值得一提的特质。夏天为朋友的个展在上海某知名书店做过一个沙龙，我当时把朋友的这种双重特质强调了出来，朋友倒是很不好意思，觉得说得太过了。不过后来和一些有合作的艺术从业者聊到这位朋友，他们对这一特质的注重似乎和我并没有什么不同，只是角度不一样，在他们眼里，朋友是艺术圈里读书最多的。一个和他要好的艺术家说起朋友的房间，总是重点说到遍布各个角落的书，艺术家问他搞这么多书干嘛，朋友说："看啊，不然呢？"

"搞这么多书是为了看"，如果从学界流行的"话语"角度来看，这句话实际上有点"神话学"的意味。我想起我们这一代人小时候，有一种评价小孩子有出息的标签，就是这孩子"爱看书"，而不管当时你在看什么。后来，和很多人交流小时候的阅读经历，会惊异地发现很多人童年时候的阅读以现在的学术视角来分析简直是天差地别。比如我的一个学妹，小学六年级已经开始看《资本论》，而我在那个年龄还没有从对福尔摩斯的迷恋之中走出来。然而我们似乎从来就不会问"你当时看这些书是要干嘛"。不管多高深或者多通俗的文字，对于当时的我们来说，爱读书就足够了。现在，当我们成了学院体制下的研究者，我们已经习惯了不断进入更前沿或者更深入的研究，习惯了融贯的阅读经验被不断地打破，甚至会为了当下的研究和评判者的趣味去伪造自己的阅读经验史，伪造那些对自己产生过"重大影响"的书籍。这是过去两年我所看到的上演最多的"戏剧"，在学术会议、读书会或学术论文里，有时候你就是无法相信那些被临时摆上台面的阅读经验，你能读懂所有的字词，听懂所有的"学术交流"，但是你感受不到这后面的智识与灵魂。反过来你也不愿意如法炮制，自然距离实现智识价值的可能性条件也就越来越远。

事实上，在朋友的出租房里待上两天，这对我来说是一种前所未有的体验，虽然承认这一点会显得自己很不谙世事，但只是因为自己长期贪恋学校的安逸，迟迟不愿意真正地踏足社会罢了。但是，在如此有北漂临场感的屋子里拥有一个两面墙书柜的房间，想来还是相当特殊的。虽然事实上我不可能真的去阅读这其中的哪本书，在京两天的约会和事务也没有给我留下这种契机，但是无论如何不想辜负朋友最后那一句话的慷慨，我还是在临走前一晚决定"看看"这一屋子的书，不是去翻阅他们，仅仅是去看看这些书的名字、排列和位置。之前我很不见外地用了洗衣机、洗了澡、还吃掉了朋友冰箱里的两根冰棍，看书这件事情想来也不能不做了。

我从朋友床头的小书柜开始看，我想这可能是他平时最顺手的位置。这个小书柜上的书让我明白大概不可能归纳出朋友某种具体的阅读兴趣，有几本大概是艺术界的画册，然后抓住我视线的是一本老版的《斜目而视》，齐泽克的东西很少出现在我们的交谈中，大概我们也是在对齐泽克本身"斜目而视"吧；然后看到一本老版的《存在与时间》，放得很整齐似乎没有太多翻阅的迹象；在一排书上面，躺着《权力意志》的上下册，之间夹着一本似乎是中国词论的册子，感觉很像三明治，想来可能表征了某种不为人知的脑洞。然后我转向对面的墙，这面书架就是用最简单的白色木板拼成的。最左边的一列里比较显眼的是和电影有关的，巴赞和克拉考尔，其中还藏着一本斯蒂格勒的《时间与技术2：迷失方向》，这本书实际上不太普及，我看过《时间与技术1：爱比米修斯的过失》，我并不太关注斯蒂格勒，但是时常喜欢引用他，某些问题他比海德格尔说得更直接一些。中间的那一列是一些文学和戏剧的书籍，有一些老式硬壳的全集，卡尔维诺、卡夫卡、福克纳，但是没有看到博尔赫斯和马尔克斯，更没有后来火起来的科塔萨尔，对，这两种现代主义的文学实际上并不一样，朋友有的这些更符合比较老的中文系的现代派趣味，但是现在我已经很难说清这其中的分别了。然后又瞥见《不可承受的生命之轻》，我启蒙导师大概只给我推荐过三本书：纪德的《窄门》、刘小枫的《沉重的肉身》（它在另一面书架上很容易看到）、然后就是米兰·昆德拉的这本，但是说实话这本书我始终没有获得什么共鸣，虽然在写本科论文的时候《被背叛的遗嘱》是我使用的一个人题的文本。再移向最右边的一列,这一列的视线焦点是杜拉斯的全集,我不确定,但几乎是全的,包括不太热门的《写作》,还有我自己很喜欢的冷门,那部小说叫《夏日夜晚十点半》,哦不,应该还是不全的,因为没有《抵挡太平洋的堤坝》,那是我最喜欢的杜拉斯的作品。在某社交平台上,我的签名仍然写着"爱是爱消失的过程——杜拉斯",虽然我已经忘了出处了,但定然出自杜拉斯。今天如果有朋友知道我喜欢杜拉斯可能会感到惊讶,但这确实是事实。福柯的书我几乎没有看到,只有在电脑桌上的一个角落,在一堆书的最上方有一本背面朝上的书,那一套的封面设计很有20世纪80年代的画报感,翻过来和我预想的一样,是《权力的眼睛》。这本书现在似乎不怎么被重视了,里面有福柯的一些访谈。书里有一个我个人理解福柯的基础性例子,但是我没有翻开去印证:他在里面讨论了一个有争议的问题,性侵到底是经济范畴的民法,还是定性的刑法……早期对于福柯的关注很实在,并不像现在多少有些脱离现实问题,理论门槛的提高伴随着某种现实层面的避重就轻。

我就以这种方式回馈朋友"书你可以随便翻"的慷慨,在他凌乱的房间里,在两面书架和桌上、地上的书塔之间来回踱步。我看着看着,突然产生了一种感觉,在初冬有暖气的温暖的北京午夜,我的个人史似乎像河流一样涌进这个房间,这种感觉我从来不曾有过。在每次升学的时候,我带着自鸣得意的标签走进高校的图书馆,在各个城市走进那些著名的独立书店,但是都不曾有这种感觉,甚至一度只要进入学校的图书馆,进入那种整洁安静的环境,我就会尿急,无法在这样的环境里多待一分钟。是的,实际上在很长一段时间里我宁愿待在咖啡厅和电视新闻下阅读,也不愿意参与读书会,或者在那些有藏书爱好的博士们的房间里交谈。那些书架上的书，庄严、齐整，似乎自带签名，充满了膜拜价值的味道。大概由于这种对于书籍的幻想，任何一个文化人都要谈论自己的书房，似乎无论如何我们也要有一个这样的地方，它们多多少少要以图书馆和那些标签作为原型，会有几本标示自己趣味的书，以便来访者到访的时候能够随手抽出。要有几套全集，他们不知道怎么凑足满减的时候就会选择全集，但是我从来不买全集，因为全集从来就不是用来阅读的。朋友的书架上也有一些全集，有些可能还是礼品书，但是从书籍的位置上看，应该几乎不会被翻阅。对于一间独立书房的渴望实在是读书人挥之不去的欲念，但是对于我们体制内的研究者来说，我们早就拥有了差不多的东西：在重述性的学术论文中、在井然有序的研讨会上、在一丝不苟的复杂到连我一个有建筑师背景的朋友也无法驾驭的引文规范格式里，这样的"书房"不是已然被我们拥有了吗？在数以几十计的中外文脚注里，这样的形式不是已经存在了吗？而我们还要对书房有什么更多的追求呢？在这样的房价中，我们还能奢望拥有一个独立的书房吗？它足以容纳你赖以为生的学术职业的形式结构，足以让他人信服你一生智识的证据，我们所渴望的这种符合论，如何能够在我们的生活中真实存在呢？

不，我不想要我所"应当"拥有的书房，否则我应该已经有了。在我读书的大学，我有自己的房间，我有书架，但是我从来没有摆满哪怕一个，我几乎不再读那些于我所谓研究无谓的书了。那些旧版，那些我在硕士阶段读过的毫无目的指向的书，它们塑造了我今时今日的思想和言谈，但是它们被淘汰出了我得以被认同的"学术史"。如果你选择了分析哲学、西方马克思主义或是激进理论，无论什么，你的阅读史就被锚定了，我可以讲述维特根斯坦在本硕时候对我思想产生的那阵电光石火,但是我不能把鲍曼纳入,他塑造了我对于大屠杀问题的最初理解,甚至当我理解本雅明的时候他仍然在场,而不是阿多诺和阿伦特。另外一些领域相近的博士生如今所抬出的那些对其产生重大影响和转折性意义的人物和书籍,三四年前都曾被我和我当时的朋友们阅读并一带而过,凭借某种学术良知我们不能再次佯装自己不曾对它们做一般化处理,然后一跃进入被时下阅读编年史塑造的主流时间序列当中。不,我们有时就是无法改变我们的历史以迎合现在,我们也很难让那些为了论文而随手搜来的方法论、外文文献和哲学百科成为我们发明的历史。总有那么一些时刻,我们想说,这些不重要,这些没有对我产生影响,那些已有的已经足够了。如果我并不完全懂得我自己的历史,又怎么把一个佯装普遍的方法论和观念献给世人呢?

我看着看着,最后目光落在了奈保尔的《米格尔街》上,它被随意地压在两本书的下面,但是当年我实在是太爱这本书。实际上我已经差不多忘了其中全部的内容,除了一个执着地要把房子漆成奇怪颜色的男人,以及一个想扮演耶稣被他人扔石头扔到骂街的男人,但是我还记得当时对这本书的爱。对于我个人来说,这种浓烈的感情也曾经倾注在《万延元年的足球》《最初的爱情,最后的仪式》,也许还包括《都柏林人》,我至今只记得里面有一个孩子,好不容易拿到了母亲给的车票钱,却只赶上了集市的散场……我突然间动容了,我想到我其实从来不曾如今夜这样拥有一间自己的书房,或者就像伍尔夫说的,我从来不曾拥有一个自己的房间。这不仅仅是关于女人和虚构中的莎士比亚的妹妹,这是我们每个人所要面对的窘境:那些被科研经费引导的研究、那些以引用率为标准的审查、那些每夜每夜都会被你不知道的人重新归位的图书馆的图书，没有任何你真实的阅读经验能够被保留下来，在你最珍视的书架前，没有什么你个人历史的真实涌动，除了一种深深的被吞噬的压抑与空洞，这就是我在这两年来阅读焦虑的底色。我从来不曾拥有一个自己的房间，我也从来没有试图去拥有一个，包括我和学术研究者们由图书馆幻想而来的书房，我们期盼这样一个书房，以至于我们似乎必须拥有一个跃层的房子，这和对"死欲"的贪恋又有什么区别呢？博尔赫斯说，天堂应该是图书馆的模样，难道不也是在说，我们已经死在图书馆之中了吗？

是的，我几乎又看了一遍所有的书脊和它们的位置，突然感觉到我和这位朋友之间的关系。也许由于他的双重身份，他并不完全以学术为业，他拥有的书没有太多近两年的流行内容，当然或许也是因为电子阅读的普及。但是，当我面对这种漫无目的的摆放方式，它们作为一种景观向我显现，在那些我尚未成为专职研究者的日子里，在那个被隔离在主流学术圈之外，却凝聚了我从一个普通中文系学生到一个理论研究生所有个人经验的高校，我所有的真实阅读经验此刻所形成的景观就在我的面前，我认识这里至少超过三分之一的书，有些甚至在两米以外根据外观就能判断，而每册书的印量，说到底也不过几千本，实际上又有多少人真的能够在自己真实的阅读经验中找到共鸣者呢？就在此时，我代替另一个人暂时作为这个房间的主人，我终于在离开的前一夜感觉我不是一个外人了，这里有我至少三分之一的血肉和时光，这是我和友人谈笑风生背后那不可言说的东西，不是某种寻求新的中立立足点的翻译，不是任何意义上的三角测绘，这就是我们的语言共同体。

终于暂时告别上海的湿冷,在这样的北京一夜,我作为一个中文系学生的真实的历史像此刻的暖气一样充盈在我身边,我庆幸如此偶然地暂时拥有一个"自己的房间"。

(原载"禅机"公众号,2016 年 11 月 28 日)

"创世系"诗学与"世界系":论京都动画与新海诚
The Catcher in the Rye of Anime

在近年来为国内"二次元"文化研究带来巨大启发的《动物化的后现代》中,东浩纪在最后的致辞中直言不讳地表示,出版于 2001 年的该书中的内容已大多跟不上脚步,这是"亚文化难以避免的性质"。[1] 可见他本人对当时二次元文化的潜在变革已有所察觉。比如在对 20 世纪末最后一年二次元作品的举例中,东浩纪将 Key 社的电子小说游戏 *AIR* 作为由"情色的表现移转到萌要素组合"的代表:"对于游戏所要求的不是以往重视故事的张力,也不是世界观或寓意,而是能快速令他们感动的方程序。"[2] 然而在 2005 年,京都动画改编的 TV 版 *AIR* 却成了新世纪的一部经典动漫。这一时期日本动漫神剧频出,如同属京都动画改编自 Key 社游戏的 *CLANNAD* 和轻小说改编作品《凉宫春日的忧郁》,同人社团游戏改编作品《寒蝉鸣泣之时》等都出现于 2005—2007 年。与东浩纪在世纪末的观察不同,这些改编作品显然有意突破以往无涉世界观和寓意的"数据库社交"与"低共鸣"状态,意欲成为有所承载的作品。

这一符合东浩纪自省的新趋势无疑说明,基于"经济泡沫破裂创伤"之上的"御宅族"(Otaku)话语已无法概括今日的二次元,而以新海诚作品为代表的"世界系"(セカイ系)则代表了一种不尽相同的新话语。近年来,随着《你的名字。》的热映,以周志

1　東浩紀:動物化するポストモダン . 東京:講談社 ,2001, p. 115, 193.
2　同上。

强和王钦为代表的国内学者已经对"世界系"做了深入的内部阐释。但新海诚于 2019 年 11 月在国内上映的新作《天气之子》又似乎呈现出某种异变,完全逆反于以往"世界系"的观众期待,走向了青年抵抗及终末论。《天气之子》确实是一部不合格的"世界系"作品吗?而如果反之接受《天气之子》作为"世界系"作品的新阶段,那么这种异变无疑就应当被视为某种对于"世界系"的"完成",而这就需要跳出以新海诚作品为唯一框定"世界系"的框架,重探在东浩纪心中日新月异的新世纪二次元文化中,与"世界系"平行发展而又相辅相成的作品中寄托的"世界观"到底是什么。

一、二次元的"创世"冲动:从《新世纪福音战士》到《凉宫春日的忧郁》

在《动物化的后现代》中,东浩纪以《新世纪福音战士》为例论述了"二次元"作品"宏大非叙事"的特征:作品只是一系列零散事件的散布,而不见一个完整的"大叙事",这表现了御宅族从"故事消费"走向"数据库消费"的"动物化"进程。然而,虽然东浩纪指出,世纪末这一模式的晚期形态 AIR 和 KANON 呈现出一种程式化的空洞愉悦模式,但是他仍然在之后的章节指出,除了"御宅族"之外,共享同样消费模式却具有完全相反行为模式的另一群体也同样存在,即所谓的"街头系少女"。在 20 世纪 90 年代,数据库象征交换这种"意义化策略"已然无法满足最低限度的自我主体维持,御宅族群体形象伴随着经济泡沫的破裂迅速转为崩溃甚至自毁式的负面形象,其中最重要的相关事件就是"奥姆真理教"事件,一种由"无法忍受的日常"所带来的终末论自毁。相反,处于同样的最低限度主体次元被突破的情况下,"街头系少女"则表现出"可以适应"的行为方式,甚至展现出强烈的变革意识。东浩纪引用宫台真司《活在不会结束的日常中》里的话,指出这样的行动原则"也许是一条完全不同的道路。那就是全面放弃包括要求的所有事物,决定性的、却是我们目前前进的道路"。[1]

虽然东浩纪没有将这一要点融入对于二次元作品未来走向的预判中,但他仍准确地指出了数据库消费作为恋物癖的潜在双重性。实际上,虽然《新世纪福音战士》呈现为典型的"数据库消费",但究其主题仍是关于"次元壁"被突破之后的两种态度。事实上,该作品无论在精神("心之壁")还是身体("AT力场"和"朗基努斯之枪")层面的战斗模式中,都围绕着"壁-穿刺"的隐喻展开。而与一般的灾难性作品不同,其中的末世并非地球的物理毁灭,而是关于结束人类个体的"孤岛"状态,将所有人类融为一体。虽然决定继续去"适应"日常这一决断只作为结局给出,但也足以反映纵使在20世纪90年代如此萧条的社会状态下,日本社会仍有一丝要重铸世界的期望,而正是被保留在"数据库消费"中的这最微薄的期望,在新世纪之后的作品中得以萌发。同属末世论题材,2000—2001年连载,并于2002年被改拍的《最终兵器彼女》讲述了恋爱中的少女被改造成末世之战最强兵器,不得不与恋人分离的故事。在世界毁灭的一刻,少女用自己最后的力量制造了一个与之前日常无异的精神世界,并将恋人的精神保留于其中。另一部著名的外星体入侵末世之作《苍穹之法芙娜》一度被指摘有复制《新世纪福音战士》之嫌,但这部作品完全扭转了矛盾隐喻:外星体抹杀人类的方式是出于一种

---

1 宮台真司:終わりなき日常を生きろう. 東京:筑摩書房,1995, p. 168.

"同化"的愿望,而人类则要尽量维持个体"不被同化",即维持"值得忍受的日常",作品后来的走向也把拯救世界的希望寄托于外星体与人类之间的互相拟态之上。

值得注意的是,这一时期的作品都含有大量表现日常生活的内容,这与末世题材形成了一种巨大的张力。把"数据库"中的碎片还原为日常生活点滴,这是新世纪二次元作品最显著也最容易被轻视的趋势。在东浩纪的论述中,读者虽不再直面"大叙事",但"数据库"仍然被作为"大叙事崩溃"的后效来理解。在这种视角下,新世纪以京都动画为代表的日常番剧屡出"神剧"似乎是很难被理解的。然而,无论我们如何接受甚至推动"大叙事"的崩溃,唯有当它不再成为"世界"本身之"大他者"这一根基时,亦即被创造性地扬弃时,它才不再是精神包袱。于是在"街头系少女"所谓"意义变为强度"的决断之后,由"适应"转为"创造"是其必然的走向。作为该类型的经典之作,2007年由京都动画改拍自Key社另一款游戏的CLANNAD(中译为《团子大家族》),保留了游戏中完成"任务"(实现他人的情感愿望)就能从女主病故的世界返回之前日常世界的设定,然而即使并非游戏玩家,作品本身所带来的情感冲击也不会因为这一刻意的设定而减弱。显然这类作品在通过创造不同的世界存在方式来引导读者做出选择,这就将"数据库消费"或者"恋物癖"转向了其积极面,突出了数据库往往被忽略的"感性杂多"的特质:如果你爱的东西如此杂多,你只能通过选择甚至创造一个日常世界来承载它们。

在这股新世纪的"日常"风潮中,京都动画功不可没,并于2006年自轻小说改拍了一部可以被视为"核心二次元"的番剧:《凉宫春日的忧郁》。作品塑造了一个能够决定世界存在方式而又不自知的少女凉宫春日，她厌恶无聊的日常生活和普通人类，想法和行为都很奇绝。然而，慢慢地有一些朋友似乎偶然地聚集在她身边组成了社团，这些朋友都是由于她的幻想而出现的超能力者：能穿越时间的朝比奈实玖瑠、能进入异空间的古泉一树、来自外星具有超强数据记忆和处理能力的长门有希，最后是代表了日常生活的男主阿虚。这部作品几乎没有剧情可言，内容无外乎男主和超能力者们如何满足凉宫各种荒谬的"创世冲动"，以免当下世界的崩溃。这部作品将极端不同的"世界观"态度置于一处：一方面它决然肯定了虚构与创世的绝对正当性，发出了"在虚构的故事当中寻求真实感的人脑袋一定有问题"的著名二次元宣言；另一方面，所有的虚构又都最终服务于凉宫对普通人阿虚的情感诉求。这部可以说最为符合"数据库消费"的番剧表达了这样的决断：只有在"创世冲动"被充分解放，日常中的虚构潜能被充分发挥的时候，此在的世界才是最为鲜活和完整的。

《凉宫春日的忧郁》是新世纪二次元"创世"冲动的宣言性作品，它诡谲的作品形式足以佐证此言并非过度阐释。该剧2006年初版竟采用了乱序的呈现形式，而直到2009年版才回归正序，这无疑展现了彻底将"创造性日常"从参照"大他者"现实的"崩溃秩序"中抽离出来的决心。更为体现这一决心的，就是被誉为"震惊世界"的八集段落"漫无止境的八月"。在长达八集的时段中，每集都只重复同样的内容，但分镜则完全不同。关于这一行为的动机，京都动画从未正面解释过，然而一旦将其置于"创世"的理解中，就能够窥见其中的"诡计"。在奥古斯丁（Saint Aurelius Augustinus）的《〈创世纪〉字疏》中，他着重反驳了以时间线性顺序理解创世"过程"的看法，抛开其中的宗教色彩，这一反驳也完全可以被视为彻底摆脱现实线性叙事的主张。由于说话者（或创造者）"不会先发出无形式的声音，然后再把它结合起来形成话语"，故而作为数据的"质料"也不是在时间上先于被造事物而产生的，"两者是同时创造的"。[1]奥古斯丁认为，创造的本性就在于这种"同时性"，表现在时间顺序上也就是"一次性"，"创世七日"不过是一种引导理解的权宜之计："一次性创造万物的这位造主也是一次性创造了这六日，或者七日，或者毋宁说重复了六次或七次的一日。"[2]"漫无止境的八月"几乎如实复刻了这种对于创造的理解，而有趣的是，在剧情中所有人都没有察觉他们一直停留在同一天，只有具有超强数据信息能力的长门有希在真实的"时间顺序"中共经历了这一天15532次，而在衍生的剧场版《凉宫春日的消失》中，她成为希望造物主消失的反派角色。

跳出"漫无止境的八月"的方法，其实只是满足凉宫春日想在暑假最后一天和大家一起补假期作业的愿望。也许20世纪90年代对于经济崩溃的日本来说也正是这样一个无法逃脱的时间囚笼，90年代的日本是东浩纪所说的"数据库"中的困兽。而新世纪的作品则无疑将"数据库"理解为一种世界之多种可能性的大全状态，一种充满潜能的日常，而非溺死于其中的恋物泥沼。正如阿虚在第八集中发现了日常中的情感潜能，将这一牢笼转化为了世界新阶段的开端，这也许是京都动画代表整个"二次元"对观众发出的呼唤：这七天是牢笼还是创造，取决于第八天普通的你。

---

1 ［古罗马］奥古斯丁：《〈创世纪〉字疏》，石敏敏译，北京：中国社会科学出版社，2018年，第42页。
2 同上书，第165页。

新海诚的"世界系"或许就属于这第八天。

二、"世界系"的"创世诗"：作为阻碍而被扬弃的"世界"

与新世纪前十年"创世系"几乎同时演进的就是"世界系"作品。与"创世系"决然转向日常潜能从而颠覆"二次元世界观"的工程不同，"世界系"在产生伊始更多地保持了和世纪末"御宅族"话语的连贯性，以一种有条不紊的节奏落回日常的土壤。最初的"世界系"试图找到从内部避免次元崩溃后主体性溃败的方法，即一种打开"次元壁"，将"数据库消费"重制为"故事消费"的努力。这也许正是新海诚作品能够在大众院线获得成功的原因所在，实际上他已不再属于完全的"二次元文化"。

与"创世系"在日常中所辉映出的哲学不同，"世界系"则是典型的文学。国内学者王钦曾在相关讲座中论述过，在《星之声》与《云之彼端，约定的地方》（简称《云之彼端》）到《秒速五厘米》的演变进程中，"世界系"逐渐摆脱了《新世纪福音战士》模式下以外部威胁为中介达成的"内面"与"外面"的转化，而直接将"内面"以自白的方式呈现为"风景"，这是柄谷行人对日本近代文学生成机制的概括。但在这一叙事中被忽略的是，《星之声》并非新海诚作品真正的起源之作，其更为早期的作品，也就是制作于1999年的黑白短剧，后又于2016年重制的《她与她的猫》几乎搬用了夏目漱石以猫为自白者的叙述方式，这无疑是对日本文学"自白制度"的沿用。在2013年为某不动产公司制作的动漫广告《某人的目光》也直接搬用了这一模式。但在沿用这一文学模式的同时，新海诚显然也试图克服文学的"内面之壁"，这表现为只有在猫这一"自白者"去世的情况下，空洞的人心才被重新充实，从而恢复往常的亲密关系。这似乎是在"世界系"阐释中被忽略的面相：为何自白者之自白只是遗言？这也许不仅是出于煽情的考虑。

由此，一种"创世系"的诗学标准就被建立了起来，"中介的消逝才能恢复往日的联系"被视为"世界系"的原初问题。在《星之声》与《云之彼端》中，世界之所以需要被拯救，是因为它本身是恋爱得以发生的中介性场所，正如在《最终兵器彼女》中，即使世界没有被拯救，也需要以垂死之力造就一个保护恋爱的"精神世界"。在这两部作品中，世界作为中介都被推向了消逝的边界而几近毁灭。从这个角度说，《云之彼端》无疑是新海诚作品中最被低估的一部，由于少女具有以梦境遏制世界毁灭的能力而被强迫长眠不醒，在救世界还是救爱人的抉择中，"世界"这一场所作为恋爱中介的同时也是阻碍，而只有无限逼近这一边界，才能在临界时刻将少女和世界一同拯救。而这也是"世界系"与"创世系"最为逼近的时刻：不是通过赎回作为外部条件的世界才使恋爱成为可能，而是在达成恋爱的同时承载它的"世界"被同时创造。这也就是奥古斯丁创世观中所说的"质料与事物被同时创造"。

当"世界系"触碰到了"创世系"的域界，《秒速五厘米》的重要性就不在于它是最典型的"世界系"，而是它开启了"世界系"的新阶段。新海诚对于铁路的迷恋是显而易见的，在《她与她的猫》重制版第四集中，他甚至借猫之口向铁路表白："我对这个（铁路）声音非常崇敬，规则有力的声音，那是令世界转动的心脏，将力量传递到世界各处的声音。"在《铁道之旅》中，德国学者希弗尔布施（Wolfgang Schivelbusch）引用欧文·斯特劳斯

（Irving Strauss）的概念说道，铁路使得"景观的空间"变成了"地理的空间"，人们不再以景观的相邻性为中介理解运动的"中间过程"，而是直接朝向目的地。另外，由于速度给视觉带来的晕眩效果，铁路旅行又生成了"全景式观看"，风景的转瞬即逝使得人类的视觉经验由眼前细碎的具体事物转向了野望。[1] 较之拘泥于一时一地的"风景的发现"，作为流动的风景线的铁路是世界自身"内面"的外化，它直观反映着世界内部包括社群聚集、经济分配以及权力宰治布局等诸多要素。显然在新海诚心中，铁路将景观世界转变为了地理空间系统，和景观空间相比，地理空间是封闭的、被置于坐标之中被识别的单位，即作为恋人所在之目的地。由此，铁路虽然仍似乎是一种线性联系，实则却是对于固有景观世界的破坏。如果说《云之彼端》是要将世界和恋人一同拯救，那么在《秒速五厘米》中，在向着恋人所在之地的轨道旅行中，旧世界与新世界就是同时被创造的。在这一阶段的"世界系"中，既是恋爱发生的场所也是阻碍的世界，在少年名为恋爱的行动中，同时被破坏也被创造着。

在这一视角下，京都动画与新海诚虽然在商业上互为竞争对手，但实际上都在"创世诗"这一新"二次元"范畴中并肩前行，只不过采取了不同的方案。对于京都动画来说，新世界就根植于旧世界之中，它是旧世界的固有潜能，因此它倾向于弃绝对于数据库的"全景化"理解（以长门有希为化身的超级信息体），重新将视野投向具体的日常经验，这一点在京都动画2017年的校园日常推理作品《冰果》中被发挥到了极致。而"世界系"作品则更倾向于通过全景化地把握世界，超脱出旧世界中的固有束缚，

1　[德] 沃尔夫冈·希弗尔布施：《铁道之旅：19世纪空间与时间的工业化》，金毅译，上海：上海人民出版社，2018年，第80—83页。

走出旧世界而达成一种直接的"恋爱"。由此，新海诚很难被归入"世界系"的作品《言叶之庭》似乎也可以得到恰当的一致性理解。在该作品中，凉亭被风景化为男女双方相遇的场所，但亭中的恋爱关系却始终受到各种外部因素的阻隔。唯有当风雨袭入亭中，双方离开凉亭之时，恋爱才直接发生，而最后的告白场景也只发生在公寓的楼梯上。作品中男主的制鞋技艺也并非仅仅迎合恋足癖，而是暗示着拯救恋人的方式，就是帮助她走出旧世界的囚笼。

由此，"世界系"作品就继承了"创世系"对于"同时性"的执念，但其方式更为激进：世界的毁灭与创造同时发生。这种创灭的同时性使得"世界"固有的中介性烟消云散了，恋爱的直接性要超越于所有中介之上。这一观念在《你的名字。》中被更为彻底地贯彻，在更为激进的设定中男女双方跨时空互换身体，直接到达对方的地理空间，而陨石毁灭事件作为对景观的毁灭也不再与恋爱构成一种外部的"因果关系"，它就是这一恋爱自身的显现，正如齐泽克（Slavoj Žižek）在《事件》中所说："只有世界毁灭才能成就一对恋人。"[1] 在国内学者周志强的论述中，这种真正的关系被发现为"没有关系"。[2] 在固有的世界中，这种"没有关系"正是现实无论如何以中介性的话语加以描述都无法勘尽的剩余物，而在"世界系"作品中，它同时是恋爱故事的目标和起源。而对于整个"世界系"来说，《天气之子》似乎正是扮演了这一角色的作品。

---

1 ［斯洛文尼亚］斯拉沃热·齐泽克：《事件》，王师译，上海：上海译文出版社，2016 年，第 20 页。
2 周志强：《现实·事件·寓言——重新发现"现实主义"》，《南国学术》2020 年第 1 期（第 10 卷，季刊），第 35 页。

三、"只差一步就是文明的方向":《天气之子》与"世界系"左翼面相的显露

在这样的新世纪"二次元"叙事中,再回到开篇的问题:《天气之子》仍然是一部合格的"世界系"作品吗?毫无疑问是的,实际上它对"世界系"核心观念的表露比新海诚以往的作品都要显白。而也正是因为这部最为直言不讳的作品,使得已经习惯了被恋爱外壳包裹着的"世界系"的观众感到异样。

《天气之子》的显白之处,首先就体现在当少年最初出现在银幕中时,手边放着《麦田里的守望者》,这部篇幅精悍的作品在20世纪50年代深受第二次世界大战后一代美国青年追捧,支撑起了美国战后资本主义社会异化批判最尖锐的精神面相。这部作品曾多次在轰动美国的刺杀事件中出现,其中就包括约翰·列侬(John Lennon)遇刺事件以及刺杀里根(Ronald Wilson Reagan)总统未遂事件。让这样一部书在影片开篇露面,少年之后的持枪抗法行为就已然被清晰地预示了。当《麦田里的守望者》被融入"二次元"之时,我们会惊奇地发现这是一个可以被追认为"电子小说游戏"的文本。它的时间跨度极短,场景流转没有充分的叙事逻辑推动,而几乎只依赖于主人公个人情绪化的选择,出场人物也几乎只呈现一种表层的人设特征,像NPC(非玩家角色)一样为主人公的选择提供节点。而这种符合东浩纪所说的"数据库消费"模式的文学,不但没有成为玩家或读者沉沦于某种消费程式中的囚笼,反而深刻地体现了资本主义社会对于人与生活世界的异化,并凸显了主角蕴含于朴素道德期望(一个麦田的守望者)中的个人决断和反抗意识。从这个角度看,《麦田里的守望者》之所以能支撑一代人透彻的批判意识,并不仅仅在于它的内

容,也在于这种在近半个世纪后才被识别的特殊文体。

《天气之子》恰是日版的《麦田里的守望者》。虽然故事被设定于一个世界性的灾难情景中,但它除了被理解为个体愿望的阻碍之外就未曾被严肃地对待过。在这种对于世界的轻佻态度中,无论其状态正常与否,"世界"都只是个体生活的阻碍,男女主人公对于正当行为的理解就像"麦田守望者"一样只是看护着个体,而以往被作为个体存在基础的世界,则被彻底弃绝到了一个"没有关系"的域界之中。如果说在《你的名字。》中,对世界的弃绝还只是表现为一种世界的被动毁灭,那么在《天气之子》中则表现为一种主动的弃之不顾:"世界系"的最终指向是对"世界"的弃绝,它最终关联于一个比"御宅族"话语更厚重的历史语境。

少女拯救最终被从世界拯救之中抽离甚至与之对立,这使得贯穿于新世纪作品中的"巫女拯救"主题得以被重新发现。实际上,无论在"创世系"还是"世界系"作品中,有待被拯救的少女都带有一定的巫术性,恋爱双方的关系总是处于弗雷泽(James George Frazer)所说的"交感巫术"之中:"举凡曾经接触的两种东西,以后即便分开了,也能够互相感应。"[1]《天气之子》中的晴女再次与新世纪初的人设遥相呼应,其中最著名的巫女便是出现在 AIR 中的神尾观铃,她是一个背负着世代翼人诅咒的少女,幼年丧母又被父亲遗弃,由母亲的妹妹收养。由于是得到幸福而后死去,神尾观铃并未被拯救,却也仍然打破了翼人轮回的宿命,成为最后一个背负痛苦一生的翼人。

---

1 [英]詹姆斯·乔治·弗雷泽:《金枝》,赵昍译,西安:陕西师范大学出版社,2010年,第88页。

超越于"御宅族"的少女人设幻想，新世纪初"未被拯救的巫女"也许背负了战后日本由《神道指令》所带来的创伤，它是由驻日盟军司令部颁布于1945年，强制宗教与国家分离的世俗化法案。在《国家与祭祀》中，子安宣邦论述了这一法案在日本思想界激起的创伤反应，这种分离被认为是将战争责任完全推给了"神社神道"，主张对其进行最严厉的压迫性控制。对于这种强制性世俗化方案，以大原康男为代表的学者希望通过"神道国家"的再认识卸除对于"神社神道"的归罪。大原康男采取的论述策略试图说明"神道国家"是"神社神道"传统的一个异变现象，因此反对"神道国家"并不意味着"神社神道"需要背负一切罪过。"未被拯救的巫女"似乎就是这一观念的具身化，虽然在死前获得了幸福，却仍然承担了不属于她的诅咒，无法找到除罪的方式。巫女的悲剧反映了这样的愿望，即当具体的历史政治时期已然过去，"神社神道"就仍然有权被民众自由地选择，亦即一种被爱的权利。正如大原康男在《神道指令研究》中所说，以民众自由选择为基础的祭祀信仰，只要不是政治上的强制就没有危险性。[1]

然而在子安宣邦看来，这种保守的论述策略无外乎是在否定，将"神社与神职视为国家之物"的这种"神道国家"从明治时代起便是日本的历史诉求，大原康男通过将"神道国家"矮化为暂时出现的政治制度，试图将《神道指令》视为针对作为日本精神传统的"神社神道"的压迫性暴力，从而将其从军国主义·超国家主义的归罪中解放出来。[2] 持左翼立场的子安宣邦明确地指出，

---

1 参见［日］岛薗进：《国家神道与日本人》，李建华译，北京：社会科学文献出版社，2015年，第166页。

2 ［日］子安宣邦：《国家与祭祀：国家神道的现状》，董炳月译，北京：生活·读书·新知·三联书店，2019年，第116—118页。

实际上《神道指令》并非针对性的压制法案，而是重申了《日本国宪法》中关于政教分离的世俗化原则。虽然日本右翼思想家试图通过将欧美国家重新发现为"基督教世俗国家"而佐证"神社神道"的非罪性，但这一论述策略中有着历史性的倒错。事实上，明治时期的日本看到的正是欧美国家基于宗教认同感面相的国体，正是由于这种对于宗教性的前置使得日本第一次世俗化最终导向了战争这一结果。而再认识论者则试图通过这一原则重新发现现代世俗国家中的祭祀性与宗教性，并假设这种宗教性未曾在"神道国家"的历史进程中扮演过重要的角色，这无外乎是历史的颠倒。[1]

如果将"巫女"视为这一争议下日本"神社神道"的化身，那么新世纪初的"巫女"无论获救与否，她们都以受难者的形象出现，且都仍然被期望带回旧时的世界：在 CLANNAD 中少女只有通过复归旧时的安乐世界才能够被拯救；在《云之彼端》中，对于旧世界的置换被终止之时少女才得以醒来。但从《你的名字。》开始，对于少女的拯救只有在旧世界的毁灭与新世界的创造中才能够达成。其中身份为巫女的宫水三叶显白地表露了其"神社神道"的象征身份，而她在开篇就不断抱怨乡间生活和神社活动，表达着对于都市世俗生活的向往。然而在尚未瓦解的旧世界中，身体的交换象征着神道与世俗的彼此寄身皆处于矛盾之中，只有以旧世界的毁灭为契机，两者才能够跨时空地相遇，并在新的世界线中，神道才得以融入世俗化生活，在日常之中重新被邂逅。《你的名字。》的决定性意义，就在于呈现了这种左翼的世俗化理想。

---

[1] ［日］子安宣邦：《国家与祭祀：国家神道的现状》，董炳月译，北京：生活·读书·新知·三联书店，2019 年，第 122—123 页。

在这样的脉络中,《天气之子》作为"世界系"最终解决方案的面相已然十分清晰。通过牺牲巫女而换回既有的世界面貌及秩序,这是对于新世纪初巫女拯救题材的回归,服务于某种右翼视角关于"神社神道"归罪的创伤性表达。而新海诚以一种左翼色彩的决断正面击溃了这一表达:如果说"神社神道"真的是值得日本珍爱之物,正如晴女在地上所行之事,它仍然能够寄托愿望,那么就应该彻底地剥离她的神格,卸除旧世界对她的捆绑,在旧世界的毁灭中期望能在新的世俗化世界生根发芽。如果说《你的名字。》说的是"只有世界毁灭才能成就一对恋人",那么《天气之子》则是在说:我们必须通过从天上把少女救下来(对于"国家神道"的世俗化),才能彻底和旧世界决裂,而这是保护少女("神社神道")最好的方法。

总而言之,《天气之子》标志着"世界系"的完成。正如那句独白:"那个夏天,我们改变了世界的形态",它最终展现了对于日本整个国民精神之历史重负的反省。在《近代日本的亚洲观》中,子安宣邦论述了自 1930 年开始日本为谋求地缘政治地位而展开的自我表象。以高山岩男为代表的"世界史的哲学"在一战的徒劳中看到了西方普遍性历史话语的缺陷,同时也是其可利用性。在一种对抗性的急切话语中构建着以作为"特殊国家"的自身为中心的普遍性历史概念,这样的历史哲学观最终成为"东亚共荣圈"等侵略意识形态的策源及其事后粉饰。[1] 从这个角度来说,"世界系"正是在逐渐地摆脱《新世纪福音战士》所确立的基于外部威胁的"世界系",消除对抗性话语这一基础性中介。于是,弥漫在 20 世纪末,具有某种排斥性和自我中心性的"御

---

1 [日] 子安宣邦:《近代日本的亚洲观》,赵京华译,北京:生活·读书·新知·三联书店,2019 年,第 26—28 页。

宅族"话语,在《天气之子》中随着世界面貌的改变而被彻底动摇了。

从"拯救世界"到"毁灭世界",这是"世界系"作品在二十年内走完的历程,然而正如我们所看到的,这样的历程始终伴随着"创世系"一同展开。"世界系"重新阐释了"拯救"这个词的意义:一种终结和创造的必然机制,这是世界得以更新和运转的真实动力。而与"创世系"不同的是,"世界系"最终看到了"终结"似乎是比"创造"更关键也更需要投入意志的目标。正如子安宣邦主张:"'世界史'的终结乃是把国家作为历史中行为合理化的终极根据,这样的时代已经终结,而且必须终结!"[1]而这种指向终结的决心所引出的创造的一面,似乎就是《天气之子》中少年在空中救下少女时的配乐《大逃亡》(グランドエスケープ)中的那句歌词:

只差一步就是文明的方向。

(谨以此文悼念京都动画纵火案中的死难者)

> (原载《中国图书评论》2020年第4期,
> 原标题《后"御宅族"时代的"二次元守望者"
> ——"创世系"诗学与"世界系"的左翼面相》)

---

[1] [日]子安宣邦:《近代日本的亚洲观》,赵京华译,北京:生活·读书·新知·三联书店,2019年,第30页。

反乌托邦文体：从《反常之魔》到《心理测量者》
The Spirit Here Since *Nineteen Eighty-Four*

一、"我思考，故我毁灭"：《反常之魔》与"现代主体"的重新发现

1984年于斯坦福大学召开的名为"重塑个人主义"的会议上，美国著名日常语言哲学家斯坦利·卡维尔（Stanley Cavell）将笛卡尔（René Descartes）、爱默生（Ralph Waldo Emerson）和爱伦·坡（Edgar Allan Poe）三位似乎互不相干的名人整合在了自己名为"虚己求奇"（Being Odd, Getting Even）的发言中。在该讲稿中卡维尔试图提供两种解决"我思"疑难的"美式途径"。其一是爱默生的"自立"（self-reliance），一种通过"嫌恶之思"（aversive thinking）达成的抽离于固化生存关系的批判性重建立场："当爱默生思考'思考'这件事本身时，它或是一种转换，或是一种批判，这样的对立性，就是他所说的'嫌恶'。"[1] 卡维尔将其归结为"我不思，故我不在"。[2] 而在另一层次上，卡维尔所引述的核心文本却是爱伦·坡一篇并不著名的短篇小说：《反常之魔》（*Imp of Perverse*）。爱伦·坡在文中采取了一种特别的写作方式。在小说前半篇，哲学独白者详尽分析了"反常"（perverse）何以是人类行动的内在和原初的原则，并通过具体例证指出人们对反常这一动因全然的傲慢造成了我们对于自身知识的忽略。但

---

1 Stanley Cavell: *Conditions handsome and unhandsome: The constitution of Emersonian perfectionism: The Carus Lectures, 1988*. University of Chicago Press, 1990, p. 36.

2 Stanley Cavell: *In quest of the ordinary: Lines of skepticism and romanticism*. University of Chicago Press, 1994, p. 124.

在完成了这一系列哲学论述后,独白者才显露自己的身份:一个在被处决前夕进行忏悔的死囚。上面这些哲学论述并非为了阐述普遍性的道理,而是为了说明独白者何以在此,戴着枷锁,等待处决:"正是这样,你现在可以轻易知道,我就是那数不胜数的'反常之魔'的受害者之一",这一转折段落之后,文学叙述才得以展开。独白者叙述了自己通过蜡烛在受害者卧室里散发毒物的作案手法,却又在几乎确定自己没有被发现的情况下,在"我安全了"的强烈心理暗示下产生了公开忏悔的欲望。

卡维尔尤为看重这一"狱中忏悔"的书写类型,它实际上生成了一种"哲学段落先导,而后转入虚构故事"的可能性:"如果没有论说和故事、哲学与虚构之间直接的扭结,读者可能就仅仅会'乌合之众般地把我看成疯子',而不会认识到他是'为数众多的反常之魔的受害者中的一员'。"[1] 卡维尔将爱伦·坡的这一书写类型归纳为"我思,故我毁灭":

> 可以认为,坡提供了一种解决"我思"难题的途径(通过"我思"的反常和崩坏),将其视为对于作者认知的普遍分享——一种哲学写作,或者说无论如何,写作即思考——由此,问题就变成了作者必须被设想为存在,或者必须被承认,必须在写作中提供其自身存在的证据。[2]

在其他早期的文章中,卡维尔就已经讨论过他对于自白的理解。他认为自白不是为了解释或者评判,而是必须包含"对于诱惑的

---

[1] Stanley Cavell: *In quest of the ordinary: Lines of skepticism and romanticism*. University of Chicago Press, 1994, p. 126.
[2] Ibid., p. 129.

最充分的承认",也就是要去"描述这些诱惑是如何伴随着你"。因此自白不是为了让人相信其内容的真实性,而是关于自白者自己对于诱惑的接受或拒绝。[1]

实际上在这一时期,试图通过文学"自白"重新发现一种"现代主体",这并非卡维尔一人的旨趣,以保罗·德曼(Paul de Man)为代表的解构主义倾向于凸显书写系统"自毁"的一面。在德曼的理解中,"自白"的疑难在于它必然同时是一种"寻求宽恕"的行为。其有效性在于它总是被承诺为可确证的、指涉性的认识语言,但是就其"寻求宽恕"的功能而言,"自白"中的罪行是否被确证,这一重要性又同时被取消了,而这实际上是矛盾的:"对罪过的确证暗示了依据同样的先验原则对于罪过的赦免,而这一原则恰恰已经在第一时间确认了罪过的确实性。"[2] 在卡维尔的论述中,虽然他意图通过"自立"与"自毁"的张力构成某种悖论中生成的"主体性",即一种"自主性","自白"所承担的任务并不是确认罪行或者向自身的外部"求得宽恕",而是为了对自身所受到的犯罪的诱惑提供一个普遍性的呈现。但这篇讲稿难以避免地给予我们这样一种暗示:如果说爱默生的"自立"仍作为一种"文学思想"而被传达,那么对于《反常之魔》这一隐秘作品的钩沉则唤起了一种"书写机制"或者说"文学系统",而这一系统在某种程度上指向一种"自毁性主体"。

几乎在同一时期,日本哲学家柄谷行人试图通过"自白"重新发

---

1 Stanley Cavell: *Must We Mean What We Say?: A Book of Essays*. Cambridge University Press, 1998, p. 71.
2 Paul De Man: *Allegories of reading: figural language in Rousseau, Nietzsche, Rilke, and Proust*. Yale University Press, 1979, p. 9.

现日本现代文学中的"现代主体"。在《日本现代文学的起源》"所谓自白制度"一章中,柄谷表达了与卡维尔相似的看法。他认为所谓"自白"并不是对于罪过的告白,而是被发展为一种使得隐蔽之事得以产出的"制度":

> 现代的"主体"并非一开始就存在,而是作为一个颠倒才得以出现的[……]这里包含着"精神革命",而且"精神革命"乃出自"时代之下"即充满抑郁情节的阴暗心性。谈论"爱"正是从持有这种阴暗心性的人们那里开始的。他们开始了自白[……]自白绝非悔过,自白是以柔弱的姿态试图获得"主体"即支配的力量。[1]

柄谷并没有将卡维尔的"激进持恒"如德曼一般导向"自毁",但却凸显了相反的一极,即"支配力"的生成。在《跨越性批判》中,与卡维尔的"虚己"不同,柄谷在承认"自我"确为幻象的同时进一步将其阐释为"功能性的超验统觉空位。"[2] 不同于解构主义式的对先验权威的"去中心化"策略,这反而意味着主体希求进入这一空位,成为一个"潜在的中心",成为一种"无法被否认的制度":"支撑自白这一制度的就是这种权力意志。今天的作家说我什么观念思想都不主张,我只是在写作,然而这正是伴随'自白'而来的颠倒。"[3]

在 20 世纪 80 年代这一"重新发现现代主体"的思潮中,与以

---

1 [日]柄谷行人:《日本现代文学的起源》,赵京华译,北京:生活·读书·新知三联书店,2006 年,第 79—80 页。
2 Kojin Karatani: *Transcritique: On Kant and Marx*. Sabu Kohso trans, MIT Press, 2005, p. 5.
3 [日]柄谷行人:《日本现代文学的起源》,赵京华译,北京:生活·读书·新知三联书店,2006 年,第 80 页。

往基于"反主体性"或至少是规避主体性哲学的当代哲学不同,"现代主体"的再发现同时伴随着对于某种"系统机制"的发现,这种机制表现为"权威-自毁"两极之间某种不可控的畸变。而80年代也恰好是以美国为代表的西方现代文明在人工智能及相关系统的发展中遭遇瓶颈的反思时期。[1]正如卡维尔的讲稿所示,爱默生式的"文学思想"并不能淹没坡的"文学系统"。而从后者的写作走向了西方文学最初的悬疑与推理文类这一事实来看,这一"文学系统"或者说"文体哲学"[2]与科学主义视野下一般意义上的"系统"之间的同构关系是一个值得讨论的隐秘问题。

二、"乌托邦的反常":"决定论"与《铁蹄》

爱伦·坡于1849年去世,《反常之魔》所代表的在当时被理解为某种心理神秘主义的精神空间,在19世纪后半叶的美国思想界中也迅速地被进化论(斯宾塞及达尔文)支持的"超验论"(transcendentalism)所占据。在当时的相关论述中,从人作为受体的向度上看,"超验论"被认为是"神性的断言",是"将一种超自然属性转移到人类的自然构成当中去"的决断性转化;[3]而从人作为策动源的向度上看,它是"一种热情,是情绪的浪潮,是心灵的呼吸〔……〕让这些体征兴奋,让它们运行起来,并且传递下去——没有人知道它将意在何方"[4]。这种双向不确定的扭结关系使得事物存在的意义等同于"自我"作为运作机制的意义,由此

---

[1] 林云柯:《〈银翼杀手〉与"弗兰肯斯坦传统":人工智能题材的思想史叙事》,《北京电影学院学报》2019年第12期,第20页。

[2] "文体哲学"的概念,源于周志强教授于南开大学文学院"重新发现'现实主义'"学术研讨会上的相关讨论,天津,2020年1月4日。

[3] Octavius Brooks Frothingham: *Transcendentalism in New England: A History*. GP Putnam's sons, 1880, p. 136.

[4] Ibid., p. 355.

它不仅是欧陆观念论意义上的认识论,更是一种实践性挑战,即"不断修正人类的经验并且去尝试经验所授予我们的东西"[1],一种卡维尔希望通过重释这一时期的美国文学来唤起的双向"持恒"系统。与"现代主体"的发现历程相似,虽然美式"超验论"的遗脉在 20 世纪被收敛进了浪漫主义诗学当中,H. M. 艾布拉姆斯(M. H. Abrams)的《自然的超自然主义》(*Natural Supernaturalism*)是其典型代表,但其中仍然保留了一种激进系统机制的形象。这种机制暗含了一种对于社会基础全面颠覆的必然性,短促且剧烈地爆发,并将从某一特定领域蔓延到人类社会整体。[2]

值得注意的是,《反常之魔》的"书写系统"结构几乎就是"超验论"在美国文学中演进史的缩影。在属于爱默生和爱伦·坡的前半个世纪结束后(爱默生于 1882 年去世,但大部分名作发表于 19 世纪 30—40 年代),正是在爱伦·坡去世的 1849 年,另一位卡维尔重视的"超验论者"亨利·梭罗(Henry David Thoreau)发表了《论公民抗命》,并于五年后写就了《瓦尔登湖》,这标志着"超验论"由一种普遍性的超验系统建构走向了基于个体实践之经验性精神革命的下半场,由一种"神性的断言"走向"经验的断言"。如卡维尔所言,《瓦尔登湖》的写作所自明的是"作者没有称颂任何他没有经验过的东西,除非是他尝试过的,否则也决然不会称之为不可能之事"[3]。如果说 19 世纪上半叶"超验论系统"的扭结在于普遍神性(抑或哲学性)与个体自发性之间制衡的挑战,那么此时的挑战则转为了抵御某种伪经验性的外部"经

---

[1] Henry David Gray: *Emerson: a statement of New England transcendentalism as expressed in the philosophy of its chief exponent*. The University, 1917, p. 10.
[2] M. H. Abrams: *Natural Supernaturalism*. W. W. Norton & Company, 1973, pp. 62—63.
[3] Stanley Cavell: *The Senses of Walden*. University Of Chicago Press, 1992, p. 4.

济决定论"的个体实践。当梭罗将"经济"作为开篇题名时，他的意图是将这一范畴收归己身。

美式"超验论"、爱默生的"嫌恶"以及爱伦·坡的"反常"在资本主义勃兴时代埋下了这一哀叹之种："现代主体"倘若试图将经验性与普遍性联通，则必然融贯于悖谬与自毁之中，否则"现代主体"就无法凸显或生成，形成真正的"第一人称"叙事。更确切地说，"系统"本身即一种对于"决定论"的"怀疑主义平面"：一方面，它试图避免任何外部因素干涉其"自行运作"，避免这些因素成为"决定性的"；另一方面，这种"自行运作"的"我思"又潜在地指向"决定性"本身。这一潜在思想在世纪之交所产生的结果，就是乌托邦与反乌托邦文学的并生。而也是在这一组体裁中，文学获得了最初的"系统"形象："系统"成为自行运作之"自然"时，它意味着什么。

与今日将"反乌托邦"理解为一种对于"乌托邦"的外部批判不同——拉塞尔·雅各比（Russell Jacoby）认为这是由于战后文化粗暴地建立起了一种"乌托邦"与纳粹国家的同一性[1]——在美国19—20世纪之交的文学中，两者都是"自然主义文学"的衍生品。自左拉（Émile Zola）"实验文学"的经典概念以降，"自然主义"也被转译为"悲观现实主义"的张力概念，"决定论"作为核心制约因素凸显了"现实主义"作为经验"编码"的一面。[2]正如尼古拉斯·斯宾塞（Nicholas Spencer）所说，自然主义中从

---

1 [美]拉塞尔·雅各比：《不完美的图像》，姚建彬等译，北京：新星出版社，2007年，第21—24页。
2 关于"现实主义编码"的观点，详见周志强：《越是现实，距离 The Real 就越远》，《社会科学报》2019年7月3日，第6版。

不缺乏自发性主体，即使这样的主角在作品中缺席，叙述本身也会暗中调动作者或读者的自由意志。因此，也如查尔斯·沃尔考特（Charles Child Walcutt）所说，自然主义中的决定论总是关涉自由意志的妥协或顽抗。[1]但更深层次的问题在于，为何是这样一种"反乌托邦文学系统"捕捉到了这一张力，并深化了我们对于"系统"症结的认识？

与卡维尔一样，斯宾塞在对于美国反乌托邦文学的论述中钩沉了著名自然主义作家杰克·伦敦的一部存在感不高的小说——《铁蹄》(The Iron Heel)。这部出版于1908年的小说的书写结构几乎就是《反常之魔》书写系统的精致扩张版本。《铁蹄》以爱薇斯·埃弗哈德所写的《埃弗哈德手稿》为虚拟文本，以爱薇斯的视角记录了其丈夫内斯特·埃弗哈德的革命故事。和《反常之魔》一样，手稿的前半部分被内斯特滔滔不绝的无产阶级革命言说与辩论所充斥，爱薇斯的叙述者身份几乎可以被忽略；而小说的后半部分则从经验层面详尽记录了革命活动惨烈的失败及其中的绝望情绪，爱薇斯成为穿行其间的经验个体，而占据领导者地位的内斯特则退居幕后。

伦敦实际上对《反常之魔》式的"书写系统"进行了一个浅白却又精致的处理，爱薇斯在转述革命偶像埃弗哈德关于社会主义革命"决定论"论调的过程中爱上了这一偶像，嫁给他从而也成为"埃弗哈德"，转而又在下半部分以"经验体"埃弗哈德的身份具身经受了革命的种种失败。"爱薇斯-内斯特·埃弗哈德"在这一书写系统中呈现为一个无法完全同一的主体（在第一次革命失败

---

[1] Nicholas Spencer: *After Utopia: The Rise of Critical Space in Twentieth-Century American Fiction*. University of Nebraska Press, 2006, p. 15.

后，内斯特要求爱薇斯改头换面，而在两人之后重逢时内斯特曾因认不出妻子而推开她[1]）。如果说《反常之魔》中的叙述者只有在"自毁"的思考中才能生成勾连自由意志与普遍性的"自我"，那么《铁蹄》则从反面证明了在这一"书写系统"中，经验性与普遍性基于"决定论"的正向适配只会导致"自我"生成的失败（在小说中内斯特·埃弗哈德本人也曾论及阶级分化必然带来的"自毁"[2]）。在这一视角下，杰克·伦敦式的"自然主义写作"所触及的核心观念几乎成了此后"反乌托邦"小说的文体潜意识："威权体"与"经验体"的互渗必然导致一种系统性的失败，除非是思考关于"自毁"的问题。而假如真的存在一种"威权系统"试图控制所有的"经验体"，那么这一系统的负荷将越来越巨大。而对于后来的"反乌托邦"作品来说，无论崩溃发生与否，它们都是在书写那"最后一根稻草"的可能。

在斯宾塞对于《铁蹄》的解读中，他并没有论及文本这一"内结构"的重要性，但他对该小说"外结构"的分析仍可归结于同一问题意识。杰克·伦敦这一小说的精妙之处在于，除了《埃弗哈德手稿》这一被转述的虚构文本之外，《铁蹄》实际上还有第三层文本，即全书实际上是安东尼·梅瑞狄斯的编辑稿，所有的脚注都以这一编辑的视角给出。"编辑序言"表明《手稿》是7个世纪前的历史文献，而在编辑所处的时代革命已经成功，时代编年为"大同世界"。杰克·伦敦实际上在写作时是将幻想中5年之后发生的事情视为一个宏大胜利的某一历史阶段，有限时空内的系统性失败最终仍能成为乌托邦的元素，但阶段性失败却是无

---

1 [美] 杰克·伦敦：《铁蹄》，吴国祺、鹿金译，上海：上海译文出版社，2003年，第194页。
2 同上书，第151页。

法被逾越的。

斯宾塞试图从卢卡奇（György Lukács）与布洛赫（Ernst Bloch）两种视角解读《铁蹄》中前后分裂的叙事，他摘取了卢卡奇对于卢森堡相关思想的认同与批判作为阐释线索。卢卡奇赞扬卢森堡将"大众自发运动"与"正当承载无产阶级意识与良知"联系在一起，但随即又指出过度强调自发性乃至陷入"无政府主义虚无"实际上是陷入了另一种"决定论"与"宿命论"的陷阱。[1]而从布洛赫的角度看，在《希望的原理》第二卷中他写道，社会主义的进程就是"从乌托邦走向科学"，这意味着"抽象的世界进程将被终结"："现存的惨痛不是被哀叹和遗忘的，而是当它意识到自身及自身的原因，它就会成为有理由消除自身的革命力量。"因此，"乌托邦精神"作为一种系统，它不是绝对自由意志的决然实现，也并非对某种"决定论"的服从，而是即使遭遇有限时空中的阶段性毁灭也"决不允许把自己的主观义愤蒙蔽在实际存在的革命因素上"。[2]

在《反常之魔》到《铁蹄》的世纪历程中我们可以看到，今日被人工智能相关问题所捕捉的"反乌托邦文学"及其社会管制"系统"的相关问题实则有着源自文学"书写系统"的自然衍生史。实际上，直到20世纪90年代，科学主义才意识到"决定论"抑或"目的论"视角下的"主客统一"无法突破人工智能发展的瓶颈，而必须承诺"经验体"的无限演进才能进入"神经网络"的新范式之中，这实际上就是卢卡奇所追求的历史性的"主客统

1　Nicholas Spencer: *After Utopia: The Rise of Critical Space in Twentieth-Century American Fiction*. Lincoln & London: University of Nebraska Press, 2006, p. 22.
2　Ernst Bloch: *The Principle of Hope*, Vol 2. The MIT Press, 1995, p. 620.

一"。而这同时意味着,任何有限时空都需要在对"自毁"的思索中才能发现未来的踪迹,这也就是布洛赫所谓的"具体的乌托邦"。正如雅各比指出的,当"蓝图派乌托邦"的能量在当代被逐步耗尽,"反偶像崇拜的乌托邦"仍然持续地"洞悉着诱惑性的形象",并在有限的时空视野中对未来的走向不置可否,而这恰恰是"探究未来思想的必要条件"。[1] 因此,由人工智能的技术视角讨论文学中的某些"新问题"实际上包含着一种思想史上的倒错,后世被人们所熟知的"反乌托邦"文学实际上析出于"乌托邦空间中的反常",而真正的问题则在于"反乌托邦"基于"文体哲学"的理解如何可能。

三、"反乌托邦文体":"唯我论"与《我们》

在"文体哲学"的讨论中,此处重回到《反常之魔》的钩沉者卡维尔。作为由日常语言哲学介入文学研究的典范,卡维尔在哲学领域以其后期维特根斯坦(Ludwig Wittgenstein)研究而著名,后者所属的语言分析哲学脉络也恰好始于19—20世纪之交。卡维尔所显示出的思想跨界关联在当时的主流研究视角下无疑是怪异且无法安置的,但对于这一跨界关联背后思想基础的发掘能够为我们提供一种"文体哲学"的阐释范例,并能够提供一种"反乌托邦文体"而不仅仅是"反乌托邦题材"的深度视角,用以呈现"文学系统"与"智能系统"之间的隐秘同构关系。

在后期维特根斯坦哲学中,"规则"无疑是其中最重要的问题之一,实际上在《哲学研究》发表后相当长的时间里,对于维氏

---

[1] [美]拉塞尔·雅各比:《不完美的图像》,姚建彬等译,北京:新星出版社,2007年,第11页。

"规则观"的误读一直充斥着研究界。其中一个典型代表来自大卫·玻尔（David Pole），他将人的行为与"规则"理解为语言活动的两个方面，"规则"于是成为被行动所"诉诸"的外部限制，亦即存在"我自身"与"规则自身"的二元。[1]这也是时下人工智能视野下对于"反乌托邦"阐释的潜在预设。但事实上对这一观念的抗拒几乎贯穿于维氏前后期思想始终，可以追溯到其对于弗雷格（Friedrich Ludwig Gottlob Frege）"逻辑常项"的批判，后者的这一设定默认存在一个决定经验是否为真的恒常衔接，[2]尽管它远远弱于某种权威中介，但就对于经验的挟制这一性质来说，两者差异并不明显。相应地，如果一种"规则"不能在世界中被发现的话，那么一样不能够被发现的就是那个"经验自我"，在具体叙述中就会呈现为"爱薇斯-内斯特·埃弗哈德"式的主体分裂。

这就是在某些研究者看来贯穿于维氏前后期思想始终的隐秘线索："唯我论"问题。前期维氏试图采取休谟的视角，即试图通过不断反省经验寻找一种"非中心"式的言说方式缓解"自我的非遭遇性"。[3]而在其后期思想中，强调语言具身社会性的"私人语言批判"是维氏所给出的最终方案。但这并不简单地意味着以社会意义上的"我们"替代超验的"我"，谈论"规则"也并非意味着服从的诱惑。这一问题的主要阐释者伯纳德·威廉斯（Bernard Williams）极具洞见地指出了维氏前后期思想的连贯性，

---

1 David Pole: *The later philosophy of Wittgenstein*. Bloomsbury Publishing, 2013, p. 61.
2 [德]弗雷格：《弗雷格哲学论著选辑》，王路译，北京：商务印书馆，2006年，第179页。
3 Peter Hacker: *Insight and illusion: Themes in the philosophy of Wittgenstein*. Clarendon Press, 1986, p. 82.

即在"第一人称复数的观点"与"第一人称单数的超验观点"之间的区分中留存下了"我们"的可能性。[1]"我们"不是"复数的第一人称",而是我(们)。

仅仅从字面上,这一阐释也足以将我们引向著名"反乌托邦"作品:《我们》(Мы)。作为第一部该类型的小说,扎米亚京(Yevgeny Zamyatin)塑造了一个服从于数学理性的主人公Д-503。虽然作为数学家的他不断展现自己如何在封闭的社会里严格按照数学的精确性来生活,但实际上作者一开始就将其置于了悖论之中:他是即将飞往无限宇宙的"统一号"飞船的设计师。在提要为"最后的数"的"记事三十"一节中,Д-503遭遇了最终的系统悖论。作为数学家,他自然知道数字没有尽头,随即他的爱人I-330说道:人们的错误就在于"认定自己是最后的数",而认为"没有最后的数"的"我们"则"会像秋天树上的树叶,不可避免地落下来",但也因此"你和我们是在一起的"。当I-330热情地拥抱Д-503,小说实际上在Д-503的"我消失了……"[2]这一最终判词中触及了"现代主体"的基底,犹如《反常之魔》中露出"经验体"面目的哲学演说者一般。扎米亚京各个"记事"的提要,包括"函数的极限""41度体温""晶体的融化""凝固的波浪"以及涉及无限小、无限大和无理根等,大多是关于"极限"与"反常",但这一切极限的智能思考却最终在一个最浅白的常识中"消失了"。而小说就是在Д-503充分认识到如果和爱人走到大墙之外就意味着"彻底摧毁自己和所有的人",

---

[1] [英]伯纳德·威廉斯:《道德运气》,徐向东译,上海:上海译文出版社,2007年,第213页。

[2] [俄]叶·扎米亚京:《我们》,顾亚铃,邓蜀平,刁少华译,北京:作家出版社,1998年,第166—167页。

并因此拒绝"自毁"中落幕了。[1]

在"唯我论"视角下,从《反常之魔》到《铁蹄》,从《我们》到《1984》,"反乌托邦"题材大多倾向于采用"第一人称"叙事。在《1984》中这一视角虽没有《我们》那么直接,但小说仍然以温斯顿的第一人称体验展开,并时而插入其个人的书写行为以强化这一视角。实际上在这里,"第一人称"并不是受社会管制系统外部压迫之人对其遭遇的客观叙述,毋宁说小说中的"第一人称"就是这一"决定论系统"偶像自身,这种控制在其中体现为主人公作为系统自身的"自白"。当人们设想一种"决定论"的威权系统意图控制所有的"经验体",这也就同时意味着系统自身在不断突破自己的极限,自毁并生成新的"主体"。在这一设想中,"生成"的后续效应在有限的历史阶段里大概率会失败,但这一"技术趋势"作为"乌托邦的反常"仍然处于向"乌托邦踪迹"的转化之中,这也就是前文提到的《铁蹄》在第三层文本中所许下的承诺。

正如许煜在《递归与偶然》中所说,控制论的精神就在于:"在每一个死胡同之后都能找到新的认识论,一个新的基础;即使这个基础是无根基的也无需恐惧。"[2] 许煜用"递归"替代了"反思",因后者仍然以"我思"与"我被思"的分离为基础,而"递归"则只有在绝对统一的条件下才是可能的。[3] 因此,一种"反乌托邦文体",亦即一种绝对统一条件下的"第一人称"书

---

[1] [俄] 叶·扎米亚京:《我们》,顾亚铃、邓蜀平、刁少华译,北京:作家出版社,1998年,第186页。
[2] 许煜:《递归与偶然》,苏子滢译,上海:华东师范大学出版社,2020年,第47页。
[3] 同上书,第66页。

写总是趋向于一种"递归系统",指向这一系统自身的"乌托邦的反常"。从这一角度看,作为文学书写的"反乌托邦文体"即威廉斯所提到的保留"我们"的"区分",这种"区分"作为有限系统"递归"的超负荷"剩余物"[1],在此"我"才最终遭遇了"我们"。

四、"乌托邦文体":"现象主义"与《美丽新世界》

内斯特·埃弗哈德在《铁蹄》中初次登场辩论时,杰克·伦敦饶有意味地将第一个关于历史人物的注释给予了乔治·贝克莱(George Berkeley)。借由梅瑞狄斯编辑之手,注释指出贝克莱是一个否认物质存在的"唯心一元论者",并且"在经验中得到的科学新发现被概括成哲学理论后,他聪明的论点终于垮台了"[2]。

对于贝克莱的突兀引用似乎透露了杰克·伦敦的某种哲学意识。如前文所说,如果辩论中的内斯特是某种"决定论"的偶像系统化身,那么对于贝克莱哲学的排斥实际上凸显了其笛卡尔主义悖谬性的一面,正如包括卡维尔在内的一些理论家对于"我思,故我在"诸多逆否命题式的改写所显示的那样。哲学史中两种最著名的"反笛卡尔主义"学说,其一是康德的认识论,其二就是贝克莱的"现象主义"。与康德的方式非常不同,正如许煜所提到的控制论精神对"无基础"无所畏惧,贝克莱的学说也不承认任何先验形式的作用。从前文提到的"唯我论"视角来看,当维特根斯坦在《逻辑哲学论》开篇说"世界不是由事物构成的,而是

---

[1] 关于"文本剩余物"的概念,详见周志强:《越是现实,距离 The Real 就越远》,《社会科学报》2019年7月3日,第6版。

[2] [美]杰克·伦敦:《铁蹄》,吴国祺、鹿金译,上海:上海译文出版社,2003年,第11页。

由事实构成的"，他一定程度上分享了贝克莱的观点。由于对世界与自身都做了全然"现象化"的处理，也就不存在"我"作为一个经验实体的矛盾，而如此一来现实世界也就成了个人的一种观念。[1]

作为"决定论系统"的决然对立面，"现象主义"视野下的对"对象"的认识可以被理解为对繁杂"第二属性"的认识，世界无物而只有"感觉质料"的存在，对象的存在方式是极其不稳定且稍纵即逝的。以康德对贝克莱的批判来看，"对象"由此就被理解为将时间与空间这样的"先验条件"包含于自身之中，而不是作为"先验"的认识条件，这导致了"对象"自身的存在与变化方式完全不依赖于主体所提供的稳定性认识条件。而这一认识观反馈于主体的结果，即一种"递归运作"的结果，就是主体也将成为这样的"对象"，即"第一人称的复数观点"。此外，由于时空已然被收归于"对象"自身，前文所提到的造成系统悖论的时空有限性也一并被消除了，而保留下自身不断演进的"对象"。与康德在批判中曲线行进的认识论不同，贝克莱的思想之所以必然被"决定论系统"所排斥，正在于它有可能以此建立起另一种"非决定论系统"，亦即一种在"经验体"意义上"拟人"的系统。正如玛格丽特·威尔森（Margaret Wilson）就贝克莱哲学写道："在我们的日常生活中还有太多我们所感知和经验到的现实，它们必须被以一种'不可靠的虚炫'（false imaginary glare）来建构。"[2]

---

[1] 梁议众：《康德反驳唯心论问题研究》，北京：中国社会科学出版，2014年，第186页。
[2] Margaret Wilson: *Ideas and Mechanism: Essays on Early Modern Philosophy*. Princeton University Press, 1999, p. 297.

对超智能系统的设想实际上正是基于这一视角的转化。较之于有限时空内的管制系统，超智能系统不仅会被设想为一系列限制性规则集合而成的"威权体"，更是一个规模巨大的"经验体"，其统治力就来源于对于社会中所有"经验体"的涵盖。在这种超智能系统社会中，个体实际上并不是在受限的理性层面认同社会统治，而是在一种对于超智能系统的想象性共情中认同了该系统具有基于"人格"的判断力，同时没有任何外部基础能够否定它。作为"人格主义"的主要代表，马克思·舍勒（Max Scheler）认为"人格"亲历（er-lebt）每个存在与生活，但它本身永远不会是生活过的（gelebt）："恰恰就是并且必定是次生的东西，以及无法在注意力的同一行为变异中把握到的东西。"[1] 正如许煜引述苏珊·韩的解释，"拟人主义"同时意味着设想一个对矛盾"憎恶"的自然系统。[2] 这就造成了一种更高层次的悖论，在通过"现象主义"建构一种对于矛盾存在持中立立场的"非决定性系统"之后，这一工程旋即转向对于一切偶然与矛盾极端敏感的系统。此处发生的是原理与结果之间的矛盾，也就是经典意义上的"异化"。

因此，在"反乌托邦文体"中被视为落后形而上学思想的"现象主义"引发了一种错时效应，虽然它是人工智能发展的新阶段，但实际上它落实于人文研究尤其是文学研究中并不产生时下如此多的"新"或"前沿"问题，这一新阶段是基于向之前范式的轮回式退返。在文学书写上，如《美丽新世界》这样的"反乌托邦"作品所采取的书写方式实际上与传统的"乌托邦文学"保持一致，即对于乌托邦现象与信息的采集。这种文体中不直接触及"乌托邦的反常"，从"乌托邦"到"敌托邦"的转折点在于外

---

1 张任之：《资料先天与人格生成》，北京：商务印书馆，2014年，第341页。
2 许煜：《递归与偶然》，苏子滢译，上海：华东师范大学出版社，2020年，第122页。

部"经验体"的进入导致系统对自身原理的记忆复苏,作为"反乌托邦文体"的前史,这标志着系统历史性视域的开启。《美丽新世界》中的幸福神经制剂"SOMA"(在希腊语中意为"身体")充当了系统原理记忆开启的屏障,从"野蛮世界"返回"新伦敦"的琳达与约翰代表了对于"遗忘"的贪恋与反抗。正如舍勒在对"人格"的解释中所明示的,"人格"同时意味着"历史性"的开启,它也意味着系统重新回到"递归性主体"的进化之路上,从而回到"反乌托邦文体"自身的系统悖论视角之中。实际上,《美丽新世界》只是为"反乌托邦文体"做了前史上的补充,也必然走向与《铁蹄》一样的结局——出于义愤的自发性暴乱以及作为启蒙者的"野蛮人"之死。

因此,对于超智能的想象反而将我们带回问题的起源,对于它的理解实际上就是对我们"自发性"的理解,它肇起于经验本身,而并不主要是对于"决定论"的确信或者基于义愤的暴力。如《西部世界》这样的科幻作品实际上仍位于这一脉络之上,虽然其科技世界观的设定更强,但掩盖在人机殊途表象下的仍然是这一传统问题。即使在非科幻题材的作品中,以回忆唤起全篇的手法也自然地引导着"乌托邦的反常"。《百年孤独》开篇一句是最广为人知的例子。而在时下流行的大众作品中,《进击的巨人》开篇说道:"那一天,人类终于想起了被巨人支配的恐惧。"较之于是什么造成了压迫,在社会系统想象中更深层的问题是,我们失去了什么。

五、"超智能返祖":终极系统形象与《心理测量者》

最后,我们将论述扩展到"反乌托邦"题材作品的当下呈现问题。事实上，影视中对于此类题材作品的影视改编鲜有佳作，与《1984》评价只能算中规中矩的三个版本相比，1998年版的《美丽新世界》得到的反馈可谓糟糕，而《我们》至今还没有影视版本。也许是由于近年来人工智能的热潮，三大"反乌托邦小说"均有影视改编计划，其中《美丽新世界》剧集已于2020年上映，但评分也随着播出进程一路走低。"反乌托邦"题材与影视改编水土不服几乎是一个历史性难题，其中最著名的案例就是《银翼杀手》在初映时糟糕的市场反响。但同时，《银翼杀手》的翻身史与20世纪90年代人工智能范式的转化不无关系。这或许说明，文体逻辑上的限制，或者说形式与内容的同构关系，同时带来了影视改编理解视角上的限制。如果影视在某种程度上也可以被视作一种"媒介文体"，那么前文对"反乌托邦文体"的论述或许能够帮我们明晰这一难题的根源。

三大"反乌托邦小说"新影视版本中最先问世的《美丽新世界》的改编策略就极具代表性，刨除选角是否符合原著人设这一见仁见智的问题，新剧集中对于原著比较显著的改动有两处。一处是在剧中约翰的母亲琳达为了给自己的儿子在逃跑时挡枪，死在了飞船飞向"新伦敦"的半途，而不是死于过量服用SOMA；另一处改动也许是为了迎合时下的人工智能想象，"新伦敦"被设想为由名为"因陀罗"的超级人工智能系统所控制，它的"人格"形象呈现为总统女儿一般的人物，时常与母亲对弈娱乐，而野蛮人的进入也被表现为该系统布局中的一部分。这个形象是符合前文所讨论的原著的文体意识的，但琳达这一人物的消除与此同时取消了直接的二元对立设定，将所有的"反乌托邦"因素都寄托于"野蛮人"自身的经验演进之上。这也就是为什么这一改编剧集突出了"大尺度"、高速蒙太奇和迷幻氛围的渲染，但高度的感官刺激反而将观众置于了"凝视者"的立场，而无法体会在阅读中能够体会到的经验展开。实际上大多数文学名著在影视改编上的问题都可以归结于此，但在"反乌托邦"题材作品中，尤其是加入了人工智能想象的作品中这一问题体现得最为明显。

但无论如何，2020年版的《美丽新世界》还是提供了一个想象系统形象的标准参照，它表现出了基于文体与系统同构关系的一致性。这种一致性想象最杰出的代表之一，就是日本动漫作品《心理测量者》中的"西比拉"系统，其主要功能表现为对人们的"心理值"做出量化判断，以此为依据来决定其职业归属以及是否被治安部门杀死。剧情的核心冲突是出现了一个"免罪体质"者，他意识到自己不会被系统所制裁，于是利用自己的特质进行犯罪活动。《心理测量者》2012年版以"西比拉"系统真相的揭示为结尾，系统的构成实际为社会中所有"免罪体质"者大脑的集合，系统的运作恰恰是由系统无法涵盖的"经验体"所支持。"西比拉"的系统形象是超智能系统想象的直接具象呈现，也是一种严格意义上的"递归行为"，但也因此它所呈现出的是原始的长老院式的决策模式。

由于与人工智能相关的人文研究通常被归属于前沿类别，这种"超智能返祖"现象常常被忽略或者掩盖，但其实这种现象是可想而知的。虽然很多人文研究者在"神经网络"范式下的人工智能想象中着迷于"进化"中可能遭遇的"奇点"，但由于"奇点"本就是一个无法依据现有理论来推定有什么存在的处所，因此"神经网络"，亦即"拟人"的智能体只可能被设想为已有人类智识密度在数量上的最大化。如果说在前文论述的"反乌托邦文体"中，"人"与社会系统之间仍然存在一种性质上的分裂（比如《西部世界》），或一种外部关系（比如《美丽新世界》），系统对于其逻辑之外的"人"仍然通过抹杀、麻痹或者使之失忆的方式消除矛盾与偶然性，自身也在"人"的一次次的失败与死亡中被迫遭遇历史性的侵袭与自毁引导，那么在终极系统想象中，超智能系统与人的关系实际上已经发生了颠倒。在《心理测量者》中，"免罪体质"者对系统及遵守其算法的执法者完全采取一种凌驾的态度，较之《铁蹄》与《我们》中的反抗者，他更接近于一个施虐者，而"西比拉"系统则更多地位于受虐者的位格。正如埃里希·弗洛姆（Erich Fromm）将"威权人格"作为"逃避自由"的一种类型，它源于施虐与受虐双方的共谋："欲使自我与自身之外的某人或某物合为一体，以便获得个人自我所缺乏的力量，"而弗洛姆的如下表述几乎准确描绘了超智能系统在这种颠倒中如何塑造了自身的"威权人格"：

> 这些人非常有规律地呈现出极度依赖于自身之外的权力、他人、机构组织或自然。他们不敢伸张自我，不去做想做的事，而是臣服于事实上或假想的这些外在力量的命令。他们常常无法体验"我想"或"我是"的情感。总的说来，他们觉得生活整个就是某种强大无比的东西，根本无法主宰与控制。[1]

事实上，这不正是我们所能想象的最不可动摇的"终极系统"的"人格"状态吗？不再是作为有限的权力去统治有限的时空内的事物，因为这样一来它就需要将大量的功耗花在维持这种"有限性"本身之上，这无异于和时空本身对抗，反抗者只要一步步蹚

---

[1] [美]埃里希·弗洛姆：《逃避自由》，刘林海译，北京：国际文化出版社，2002年，第101页。

出历史性的维度就最终可以触碰到系统的边界。一旦系统自身不再具有有限的"权力"概念，而只是作为"威权人格"的集合体与放大器，它的能力仅仅来自对人类本身某种"威权人格"可能性的收容——用黑格尔在《逻辑学》中的表述来说，它不是被"设定"，也不被中介，而是直接的现实性本身[1]——究其纯粹的"可能性"而言（"免罪体质"者何以产生，剧中没有任何说明），完全没有可颠覆的基础；而究其"现实性"而言，偶然出现的"免罪体质"者就是社会现实自身，它是"西比拉"管制下所有人所依赖的"算法基础"，是有其划分标准的"法"的必然生成物。[2] 而这几乎可以说解释了人类政治起源最核心的奥秘，在法内与法外的偶然差异中，在诸多"例外状态"[3]的"人格"积累中，人们塑造了自身无法动摇的社会管制系统。

最终，"现代主体"的发现之旅行至对于"终极系统"形象的想象，我们回到了开篇柄谷行人的看法："不可动摇的智能系统"是一种"功能性的超验威权感的空位"，它召唤着主体的进入。同时我们也回到了卡维尔的看法，"反乌托邦文体"无外乎就是对这一召唤诱惑的描绘。今天当我们希求从文学视角思考人工智能及其可能形成的社会管制问题时，需要意识到"反乌托邦文体"或者传统的文学理论可能已无法全然捕捉这一问题，卢卡奇的思想、《西部世界》以及《1984》的讽喻或许也已无法真正承担当下的思考。但至少在树立起一种相关的"文体哲学"的意识中，我们要面对的更迫切的问题或许是：我们所想象的终极系统

---

1 许煜：《递归与偶然》，苏子滢译，上海：华东师范大学出版社，2020 年，第 124 页。

2 对于这一问题的一个典型论述，详见阿甘本：《剩余的时间》，钱立卿译，北京：中央编译出版社，第 69—72 页。

3 此处指施米特意义上的"例外状态"，其与阿甘本及本雅明意义上的区分详见张旭：《阿甘本论例外状态》，《马克思主义与现实》2018 年第 1 期，第 124—126 页。

真的有对于人类来说可颠覆的统治欲吗？时下很多相关讨论似乎都默认了这一点。以及更为重要的：当我们对人工智能的问题进行论述的时候，我们自己潜在的权力意识状态又是怎样的？

（原载《外国文学动态研究》2022年第1期，原标题《"反乌托邦文体"及其"文学系统"——从〈反常之魔〉到〈心理测量者〉》）

《银翼杀手》与"弗兰肯斯坦传统"：
人工智能题材的思想史叙事
Flowers for Frankenstein

2017年5月27日，随着AlphaGo的Master版本以3∶0的总比分战胜了世界排名第一的人类围棋手柯洁，自2016年以来颇具热度的人工智能话题达到了一个高峰。此时舆论对于人工智能的推崇已经不再受到传统人文思想的掣肘，进而被鼓励要完全冲出自由人文主义的牢笼。在新型人工智能的光辉下，另一个文化事件则显得不那么耀眼了，那就是在同一年上映的《银翼杀手2049》，其前传，即改编自菲利普·K.迪克（Philip K. Dick）的长篇小说《仿生人想要电子羊吗？》的《银翼杀手》于1982年上映，这也是迪克第一部被好莱坞进行影视改编的作品。值得注意的是，在经典影视作品的续拍中，《银翼杀手2049》是少数得到评论界一致认可的经典续作。英国卫报的首席影评人马克·克默德（Mark Kermode）就不吝赞美地指出，这部续作无论在视觉呈现还是哲学深度上都在前作的基础上有着极大的提升和拓展。

但是与同年席卷整个舆论界和思想界的人工智能热潮相比，这部作品所带来的关于菲利普·迪克的追忆则完全是另外一种情形。正如克默德在影评中的感慨，和弗里茨·朗（Fritz Lang）的《大都会》以及库布里克（Stanley Kubrick）的《太空漫游2001》一样，斯科特（Ridley Scott）所执导的《银翼杀手》为人们描绘了一个未来，但同时也很容易让我们忘记这部作品自身所经历的过往。克默德感慨道，好在现在的续作不必遭受原作当年那样艰难的境遇了。正如他在评论中指出的那样，1982年初版《银翼杀手》是一部在商业上全然失败的作品，甚至没有收回制作成本。就连导演斯科特本人在1982年的时候也预计到了市场的负面反响，在与该片的剪辑师特里·罗林斯（Terry Rawlings）初次看完成片后，斯科特对后者说："这到底都讲了些什么啊？"[1]而直到斯科特在1992年推出导演剪辑版之前，《银翼杀手》都没有获得如今的影史地位。在如今的科幻热下，这一发生在经典科幻题材作品身上的漫长认同时距似乎很难被理解，但这也暗示了其中所蕴藏的某些思想史纠葛。

一、《弗兰肯斯坦》与生机论：整体的与未知的人

与如今的人工智能及其他科幻题材相比，《银翼杀手2049》是一个"陈旧"的作品，1982年版的《银翼杀手》也是如此。很少被人提及的是，在《银翼杀手》上映的同一个月还有其他三部科幻电影同期上映，其中就包括尼古拉斯·迈耶（Nicholas Meyer）的《星际迷航2：可汗怒吼》和斯蒂芬·斯皮尔伯格（Steven Spielberg）的《E.T.》，两者都反映了当时科幻题材的主流，它们的共同特点是指向完全与人类异质的地外物种，或是完全脱离人类现实生活圈的宇宙空间。20世纪80年代的主流科幻类型反映了相关科技成就在当时的处境，尤其是反映了人工智能的处境。70年代，美国投入了大量的经费用于人工智能，但是没有取得任何显著的进展，著名的《莱特希尔报告》（Lighthill Report）认定人工智能只能用于解决简单的问题，而无法实现其被提出之时的野心。80年代的人工智能已经被主要部署于小规模的商用领域，这使得关于外部的商业化想象类型的科幻成为主流的同时，关于

1　Paul M. Sammon: *Future Noir: The Making of Blade Runner*. New York: Harper Prism, 1996, p. 268.

科幻最初的题材，也是与人工智能直接相关的题材，即人与仿生人之间的问题被视为陈旧而不合时宜的，这也正是《银翼杀手》在 80 年代遭遇舆论冷漠反映的原因之一。比如斯坦利·考夫曼（Stanley Kauffmann）就认为《银翼杀手》只是一部风格片（style is all thesis）："要享受这部片子，你只需要尽量无视演员和对话。这部作品不过是另一部关于人类受到类人非人（humanoids）生物威胁的老生常谈罢了——比如说它只是《天外魔花》（Invasion of the Body Snatcher）这一主题的另一个衍生品罢了。"[1]

考夫曼的评论反映了当时评论界的一种典型态度，即随着人工智能在 80 年代的发展陷入低谷，类人智能题材的作品不再受到关注了。但是对于该题材的弃置不仅仅表征了当时的评论风潮，它实际上也反映了某种科幻经典文化叙事的危机，西方科幻文学始于类人智能题材这一文化史事实逐渐被遗忘了。在传统的西方科幻史叙事中，玛丽·雪莱（Mary Shelley）的《弗兰肯斯坦》曾被公认为西方首部科幻文学著作，而这部作品何以被认为具有科幻性质？由于对其时代思想背景论述的缺失，这一问题鲜有很好的解答，以至于其科幻特质逐渐被其他特质（比如"哥特文学"）吞没。因此，还原"类人人工智能"科幻题材的整体性历史叙事，对更好地解释《银翼杀手》从备受冷漠到被追认经典地位的原因是必要的。

对于《弗兰肯斯坦》这部作品的理解，最容易被忽略的反而是一个最为明显的信息，即这部作品产生于 19 世纪初，而这无疑是欧洲思想史中最重要的历史时期之一。以康德和黑格尔为代表

---

[1] Stanley Kauffmann: *The Miracle Workers, Pictures movie*. New Republic, 1982(19&26), p. 30.

的"观念论"哲学大师的主要著作大多出版于18世纪末到19世纪初,这些著作所构建的关于人类认识的整体性哲学体系极大地振奋了人类在认识事物方面的野心,在这样的时代精神指引下,欧洲科学观念也在一种辩证路线上向前演进。但与当今科学精神中将人向物质的精确还原思路不同,这一时期的科学并没有放弃"人是什么?"这一古老的哲学问题,并且在一定程度上使其得以摆脱形而上学及本质主义的束缚,被以科学实践的方式提出,其主要施展的领域就是生物学。往往被忽略的是,在拉瓦锡(Antoine Laurent)以化学为核心的实验科学大行其道之前,欧洲生物学几乎是完全被当作治疗术和医学基础来研究的,它是属于医学家的科学。[1] 在当代的科学观视野下,这一常常被实验科学掩盖的脉络实际上所带来的思想推动力要更为直接和巨大。在19世纪声名显赫的医学生物学家中,组织生物学之父扎维埃·毕夏(Xavier Bichat)的研究方法(不使用显微镜)和研究观念(生机论)直接支持了对于人类整体性的理解。与如今精神分析学派中的"死欲"不同,毕夏将生命定义为"那些抵抗死亡的机能的总和",并且提出生命是无法在本质层面被认识的,而只能在现象层面被认识:"生命的普遍性部分在于外部肢体恒定的动作频率,部分在于活生生的生命体征"。[2] 毕夏所确立的生机论生物学精神开启了一场旷日持久的观念论争:如果以活生生的生命体征为标准,以观察现象为重点,那么有机物与无机物的相似性就越来越让人着迷。换句话说,如果"生命是什么?"是通过对现象的观察来证成的,那么生命乃至于人的概念外延就被大大拓展了。

---

1 [英]约翰·西奥朵·梅尔茨:《十九世纪欧洲思想史(第二卷)》,周忠昌译,北京:商务印书馆,2016年,第300页。

2 Xavier Bichat: *Physiological Researches Upon Life and Death*. Smith & Maxwell, Philadelphia, 1809, p. 1.

另一个有助于理解《弗兰肯斯坦》产生动因的社会时代背景在英国内部，这一背景不仅仅是科学观念上，更是社会观念上的。近代英国的医疗体系如官僚体系一般森严，内科医生自诩绅士阶级，受古典教育，掌控病理诊断与处方权；外科医生只负责处理外伤而无权开内服药物；药剂师级别最低，只依照内科处方配药而没有诊断权。这一森严的医疗权力等级随着1665—1666年伦敦大瘟疫的蔓延而开始动摇，面对着大量底层人民的医疗需求，药剂师开始独立进行诊疗。以此为开端，在之后一个半世纪的时间里，外科医生与药剂师群体开始成为主流。根据伯妮斯·汉密尔顿（Bernice Hamilton）在《18世纪的医生群体》(The Medical Professions in the Eighteenth Century) 中的说法，到了1815年，以"外科医生-药剂师"为核心的"全科医生"群体正式崛起，英国长期以来的医疗等级被打破，开始了"全面医疗"的时代。[1]这一重大的社会变革意味着人开始作为一个整体而被处置，这种整体性不仅仅是被治疗的，也意味着它是可以被建构的。

《弗兰肯斯坦》正是出版于1817年，它是生机论影响下人类对于自身认识的希望与焦虑的集合体。实际上，这一时期的生物学所承担的正是康德哲学中"二律背反"的境遇。一方面，生机论是一种旨在解决生命疑难的观念，它认为这些问题是可以被解决的；另一方面，生机论也在暗示生命之中存在不可解决的问题。思想史学家梅尔茨（John Theodore Merz）如此总结生物学在这一时期的境遇：

> 它记录了运用在抽象科学中已发现的方法对生命物质展示的

---

[1] 王广坤：《19世纪英国全科医生的崛起》，《世界历史》2016年第4期，第93—94页。

新的现象领域的进步性攻克。不过，人们普遍感觉到：这种知识并未穷尽这个问题；存在某种我们并不知道的有关原理；如果不是自觉或不自觉地承认存在这种原理，我们就无法思考万物的有生命部分。这个未知的——可能是不可知的——元素或因素，我们必须承认它存在，它无意中支配着我们对我们已知东西的反思。[1]

"生机论-治疗"这一科学范式实际上衍生出了西方科幻文学最初的基础，它并不是关于未来世界想象的，而是关于未知和探索的，并且被运用于世界与人两个维度之上。凡尔纳的地球探索与玛丽·雪莱的人造人是19世纪科幻文学最重要的两个主题，它们都是关于科学所承诺的绝对的可知性所带来的不可知性的悖论，并且同样都是基于生机论的。《弗兰肯斯坦》中关于人造人的一个核心问题是，一个似乎只是由残肢拼凑起来的类人却拥有着与人类无异的情感诉求，甚至有乐器演奏天赋，实际上正是人造人揭示了人自身的某些未知之物，打破了人对于自身的固有的已然被分类完毕的认知，带来了人的自我认知的危机，同时也带来了将人重新构入一个外延更为广阔的新的生命概念的契机。正如卡洛琳·琼·皮卡特（Caroline Joan S. Picart）所指出的那样，《弗兰肯斯坦》不仅仅是一部作品，它更是一个相当庞大的被称为"弗兰肯斯坦式魅影"（Frankenstein Cinemyth）的影视类型，在这一类型中，人造人的未知性被赋予了诸多不同的表象，用以颠倒我们惯常熟知的人类分类和性别关系：

> 我认为这样的怪物是这样一种临界点，它不仅是我们之所不

---

[1] [英]约翰·西奥朵·梅尔茨：《十九世纪欧洲思想史（第二卷）》，周忠昌译，北京：商务印书馆，2016年，第293—294页。

是，也是我们之所是；怪物们所揭示和取消的不仅是我们的恐惧，也是我们所欲求的东西，它们让我们能在想象中挖掘得更深，这一深度不仅仅关于我们能够与自然和神学所处的关系，也关于我们与潜伏的魔性所处的关系。[1]

二、"生活世界"与人的界定："大陆漂移说"与仿生人测试

将《银翼杀手》仅仅视为一个类人造物威胁题材的作品，这样的看法一方面忽略了这一题材得以产生的社会及思想史背景，另一方面也忽略了同一思潮之下所产生的另一类科幻题材与类人题材的潜在关联，这就是以凡尔纳为代表的地理探索类科幻题材。关于地球环境生机论观念的形成是伴随着大陆漂移说而被最终呈现的，这是19世纪后半叶的一个重要的地理观念转型。虽然大陆移动论作为一个学说在20世纪初才被魏格纳（Alfred Lothar Wegener）提出，但斯尼德（Antonio Snider）于1858年撰写的《天地及其被揭开的奥秘》（*The Creation and its Mysteries Unveiled*）中的一些绘图才是重新激发这一设想的源头。在19世纪末，对于大陆样貌形成的观点还处于一种全景式的裹挟之中，地球从原初地貌到如今地貌的变化过程被设想为如苹果干瘪似的过程，但诸多具体经验层面的事实（比如不同大陆物种的相近性与沉积岩的性质）使得大陆移动论成为唯一可能的折中设想。[2] 实际上，大陆移动论的最大意义并不在于它是我们构想地球样貌形成的方式，而在于它重新激活了活生生的经验世界，地球样貌这

---

[1] Caroline Joan S. Picart: *Remaking the Frankenstein Myth on Film: Between Laughter and Horror*. State University of New York Press, 2003, p. 6.

[2] ［德］阿·魏根纳：《大陆和海洋的形成》，张翼翼译，北京：商务印书馆，1997年，第11页。

样宏大的问题得以脱离抽象的全景式观看,而必须由探索中的已知与未知来进行勾勒。以生机论为载体,整个19世纪可以被视为人与环境最终达成了同构关系的世纪,而这种同构关系是通过两种科幻的基本类型显现出来的。

"同构关系"不仅仅是一种平行相似关系,更是一种彼此作用的"压抑—升华"关系。在一种生机论的整体探索之下,随着已知的范畴不断扩大,未知的范畴也随之愈加神秘化,从而导致恐惧的产生。比如在地理探索类作品的晚期风格克苏鲁文学中,洛夫克拉夫特(Howard Phillips Lovecraft)在《克苏鲁的召唤》开篇便指出了这种由经验性未知之魅化而造成的恐惧来源:

> 如果我们有朝一日真能把所有毫无关联的知识拼凑起来,那么展现在我们面前的将是一个非常可怕的现实世界,我们的处境也将充满恐惧。果真是这样,我们要么被已知的真相逼疯,要么逃离光明,进入一个平静而又黑暗的时代。[1]

克苏鲁文学实际上标识出了未经人类生机论视角"压抑"的环境探索最终会走向经验的神秘主义内爆,这也就是我们常说的未知恐惧,其所导致的是一种世界尺度上的牺牲性后果,正如伊格尔顿(Terry Eagleton)在《激进的牺牲》中所说的:"没有阻抗的自由将会是单纯的内爆。"[2] 因此19世纪科幻主题之间的这种同构关系并非反映了两种平行的无节制探索,而是透露了人与环境之间互制而又互证的危机解决方案。在《弗兰肯斯坦》

---

1 H. P. Lovecraft: *The Essential Tales of H. P. Lovecraft*. New York: Race Point Publishing, 2016, pp. 108—109.
2 Terry Eagleton: *Radical Sacrifice*. New Haven and London: Yale University Press, 2018, p. 36.

中，玛丽·雪莱非常清楚地通过非人生物表达出这种丧失了界限的科学经验探索所造成的危机的实质内容："我的内心深处有你无法想象的爱和你难以置信的愤怒，若我不能满足其中之一，便会纵容另一个。"［1994年版电影《科学怪人》(Mary Shelley's Frankenstein)台词］而这种危机的解决方法，也被表达为非人生物的单纯诉求，即渴望一个伴侣，并构建自己与人类截然不同的生活世界：

> 我将去南美的茫茫荒原；我的食物与人类为生的食物不同，我无需捕杀小羊羔、小山羊什么的以饱口福；各种橡子和野果就能够为我提供足够的营养。我的伴侣也将与我具有同样的特性，也会满足于同样的事物。我们将以枯叶为床；太阳普照人类，也将哺育我们，也会使我们的作物成熟。我向你描绘的这幅图景是宁静祥和而又富有人情味的，你一定会感到，只有你残酷无情，胡乱使用手中的权力，才会拒绝我的要求。[1]

非人题材与地理探索题材最终统一于有机的生活世界，这是19世纪留给20世纪的理性标准，同时也革新了西方思想界的问题意识，比如作为西方20世纪思想奠基者之一的胡塞尔（Edmund Husserl）在其晚年著作《欧洲科学危机与超验现象学》中，就试图以"生活世界"（Lebenswelt）来应对由于科学实证精神泛滥而带来的人类理性危机，而这种危机最鲜明的当代表现形式便是上文提到的克苏鲁文学。就与电影产业更直接相关的英美思想界来说，这一问题在早期分析哲学的奠基中表现得更为直接。与当下流行的认识不同的是，以罗素（Bertrand Russell）和摩尔（G. E.

---

[1] ［英］玛丽·雪莱：《弗兰肯斯坦》，刘新民译，上海：上海译文出版社，2007年，第147页。

Moore）为代表的早期分析哲学并非一开始就走向了琐碎的公式还原，而是在对于以迈农（Alexius Meinong）为代表的"心理主义"者的批判中确立了最初的问题意识。19 世纪末在欧陆风行的"心理主义"可以被视为一种纯粹的造物意识，也就是所谓"虚拟物"问题。"心理主义"者认为人类可以进行一种无关外部世界的心理造物行为，并将其称为"准存在"（pseudo-existence），他们认为人类可以通过"关系型"思维将低阶的词项通过逻辑连接呈现为高阶存在物（比如从"金-山"到"金山"），并最终运用到完整的命题中，从而完成了虚拟物成为外部世界中被认可的存在物的制造过程。实际上，这种"造物"思维与《弗兰肯斯坦》中的造物行径是极为相似的，用罗素的话说，即一种"质料的无意识构成"[1]。进一步说，这样的"造物"由于被设想为没有被先验地给予一个"生活世界"中的存在物，因此必然是某种畸形的、令人无法处置的存在。从这个角度说，《弗兰肯斯坦》中的非人造物正是"心理主义"者"虚拟物"逻辑的化身，而它必然会陷入与人类争夺生活世界的矛盾当中。

早期分析哲学家试图解决这一问题的方法正是呼吁一种作为先验奠基的"生活世界"，以此为任何可能存在的对象奠基。摩尔在《哲学是什么？》一文中指出，在"常识"（common sense）的诸多问题当中，最要优先思考的是关于"实质对象"存在的问题，而我们的方法就是通过"sense"（by means of the senses），"去看、去听、去感受"。[2] 可见，至少在这一时期，"sense"是一种使得"未知"可描述的方法，也是一种"已知"与"可知"的世界观，

---

1 Bertrand Russell: Meinong's theory of complexes and assumptions. *Mind*, 1904, 13 (50), p. 208.
2 G. E. Moore: *Some Main Problems of Philosophy*. New York: The Macmillan Company, 1953, p. 27.

其所试图消解的就是"已知"和"未知"之间的恶性增殖，即接受一种有机的"生活世界"的奠基。在罗素的早期思想中，他由此提出了亲知（acquaintance）这一概念。在《亲知的本性》(On the Nature of Acquaintance)中，罗素认为我们能否确认我们的经验是真实的，就在于我们能否提出适当的问题，而这些问题引导我们在寻找答案的过程中尽可能地还原我们的"生活世界"，这就是著名的"亲知六问"[1]。在之后的著名论文《论指称》中，罗素进一步表述道："所有的思想都要从亲知开始；但是继而就要投入到很多对于我们是非亲知的事物的思考当中去。"[2] 概言之，对于罗素来说，"心理主义"者的"弗兰肯斯坦式"造物逻辑之所以是谬误的，根本上就在于，我们对于对象存在或真伪与否的判断之所以是可能的，是因为这是以我们所亲知的"生活世界"为标准，舍此基础，造物或者"虚拟物"要么是极其可怖的，要么是真伪难辨的。

从这一思想史叙事出发，《银翼杀手》最终成为经典的原因，就在于它是这一思想史叙事最终的实现。无论《银翼杀手》的故事多么光怪陆离，为其整个故事奠定基调同时也是最令人难忘的仍是开篇对于仿生人瑞秋的测试。在影片中，拍摄者在这一段落中运用了双重特写的方法：一重特写是对于测试者德里克和被测试者瑞秋的面部特写，这一重特写旨在将人还原为单纯的面容反

---

[1] 即"经验是否在我们微弱和次要的感知中也存在？""我们当下的真信念也是经验吗？""我们现在能够经验到我们所记住的那些过去的事情吗？""我们如何知道我们现在关于各类事物的经验不是全然的（all-embracing）内部视角呢？""为什么我们总是倾向于认为我们现在的和过去的经验是'同一'经验（one experience）的组成部分，并且还倾向于把经验称为'我们'的经验呢？""又是什么让我们倾向于相信'我们'的全部经验也不是全部的经验呢？"

[2] Bertrand Russell: On Denoting. *Mind*, 1905, 14 (56), p. 480.

映；另一重特写则是对于瑞秋瞳孔的特写，以镜头中的另一重镜头来呈现。而配合着对于有机体即时反应的观察，德里克所提出的问题均与动物有关。在原著《仿生人想要电子羊吗？》的世界设定中[1]，动物因为濒临灭绝已经几乎从人类的生活世界中退场，此时制造出的仿生人的"生活世界"中就缺乏真实的动物概念，而这种经验缺失会直接反映在有机体最细微的反应中。

这一测试方法的设定继承了早期分析哲学的观念，同时也反映了某些新的发展。在该著作产生的20世纪60年代，美国著名分析哲学家蒯因（W. V. O. Quine）同期出版了《语词和对象》，其中所提出的著名的"译不准原理"就反映了处于不同"生活世界"中的物种在沟通和互鉴上的疑难。蒯因在此提出了"刺激意义"的概念，即并不是去验证语言是否对应某种真实存在的外部事物，而是通过听到词语时的刺激反应来寻找异质性对话双方的语言共同基底。蒯因经过一系列基于纯语言刺激意义的"行为主义"测试之后得出结论，并不存在单纯语言层面的异质性转译。换言之，如果沟通在某种程度上是可以达成的，则对方就不是完全异质的存在，即不能被设想为周身没有"生活世界"的全然"未实现"的存在，而这正是传统观念中人对于非人造物的歧视点。正如蒯因所说："谈论未实现的个体物并试图把它们汇集成为集合，确实是毫无意义的做法。未成现实的东西必须被设想为普遍物。"[2] 而整部《银翼杀手》，从开篇的仿生人测试开始所要说明的问题就是，对于仿生人鉴别同时也是对于人类自身"生活世

---

1 原著名为 Do Androids Dream of Electric Sheep? 实际上正确翻译应当是"仿生人渴望电子羊吗？"，目前的通行翻译某种程度上掩盖了原著的主旨。

2 [美] 蒯因：《语词和对象》，陈启伟等译，北京：中国人民大学出版社，2005年，第36页。

界"的鉴别,而这也就是为什么与仿生人有关的科幻多采用"废土"风格的环境背景:丧失了"生活世界"的人类存在,也就不再是普遍的人类存在,而是被迫衰减为趋于物质性存在的个体,在这一点上,人与仿生人就不再有明确的区别。

三、人工智能发展史中的范式转折:受控智能的悖论及其突破

我们可以看到,《银翼杀手》最初所遭遇的冷落在于其所反映的科幻意识是传统的,在20世纪80年代并不符合人们对于人工智能在应用层面狂飙突进的欲求。但到了90年代,随着人工智能范式发生了根本性的转型,这部作品才被追认为经典,因其被识别为人工智能上一范式时代的遗迹。实际上,由于近年来人工智能的成就过于耀眼,以至于它在被泛化为一种超越人类能力的机能的同时,其内部发展史中的诸多问题也被忽略了,而这一被忽略的范式转型史也为很多科幻作品的价值提供了历史佐证。

实际上,在人工智能概念被提出的20世纪50年代,科幻作品就展现出了其卓越的预见性。阿西莫夫(Isaac Asimov)首次提出"机器人三定律"[1]的《我,机器人》出版于1950年,比麦卡锡(John Maccarthy)在达特茅斯学院首次提出人工智能概念要早四年,而且实际上阿西莫夫在40年代初就已经完成了这一构想。落后于科幻作品,以麦卡锡与明斯基(Marvin Minsky)为代表的第一版人工智能概念强调"自上而下"的模式,即模拟人脑的行为控制模式,而这一范式实际上不过是人的机器化的翻版,其遵

---

[1] 阿西莫夫的机器人三定律。第一定律:机器人不得伤害人类个体,或者目睹人类个体将遭受危险而袖手旁观;第二定律:机器人必须服从人类给予它的命令,当该命令与第一定律冲突时例外;第三定律:机器人在不违反第一、第二定律的情况下要尽可能保护自己的生存。

循的是被19世纪生机论所克服掉的范式，这种范式的代表便是成书于18世纪中叶的拉·美特利（La Mettrie）的《人是机器》。在该书中，作者用军事术语来描述人体运作："意志有一个由比闪电还敏捷的各种液体组成的看不见的兵团做它的部下，随时供它驱使。但是正因为它是通过神经行使它的威力的，它也就受到神经的限制和束缚。"[1] 这样一种机械唯物主义范式不但落后于科幻题材所基于的生机论观念，而且暗示了一种僵化的政治管制体制，它造成了人工智能自身进化能动性的丧失，而这正是开篇所提到的人工智能在20世纪70年代一度陷入低谷的主要原因。

这一时期人工智能所面临的问题同样反映在分析哲学的发展中，尤其在各种科幻作品试图给出解答，人工智能也试图走出低谷的80年代。1981年，希拉里·普特南（Hilary Putnam）在《理性、真理与历史》中提出的著名的"钵中之脑"假设实际上就可以被视为对明斯基式人工智能范式的绝妙反讽。[2] 虽然在哲学技术层面，普特南最终将这一假设不可能为真的依据引向指称问题，但在与图灵测试的对比中，其中所显现的悖论之处已很明显：我们不能设想一种完全受控的对象拥有我们满意的智能程度。或者反过来说，一种令人满意的人工智能必然要冲破行为控制的束缚。正像"弗兰肯斯坦传统"与早期分析哲学所揭示的那样，类人智能要达到真正不可分辨的程度，就必须要具有行为控制阈限之外的"生活世界"。这也就是普特南将这一问题引向指称问题的合理性所在，因为只有控制阈限之外的"外部世界"才能赋予指称以最终的真实性，而这种彻底的"真实性"并不表现为图灵测试

---

1 [法] 拉·梅特里：《人是机器》，顾寿观译，北京：商务印书馆，1996年，第59页。
2 [美] 希拉里·普特南：《理性、真理与历史》，童世骏、李光程译，上海：上海译文出版社，1997年，第11—18页。

某种语用学层面的正确取效,时刻感知"外部世界"这一行为的更重要之处在于对经验拓展的承诺,而只有这样,人工智能才有可能达到令人满意的程度:不是有限的功能实现,而是持续不断的有效交流以及与人类"生活世界"的同步演进。

实际上,20世纪80年代对于之前人工智能低谷的反思揭示了一个很直接的问题:智能既然与"生活世界"的建构密不可分,则说明任何智能就必然要具有主观因素,而不仅仅是向纯客观还原,这一点在科幻作品中早有考量。阿西莫夫"机器人三定律"构想的特别之处,就在于在施加给非人造物以外部强制法则的同时,也加入了非人造物必要的主观性法则,尽管只是以最基本的"自我保全"的形式出现,但也正是这一关键的补充构成了机器人与人得以共建"生活世界"的基础,这意味着机器人想要与人和谐共存,就不能仅仅接受人的控制,而是要切身地学习人类之于其存在状态的某种觉知,否则悖论终会出现。阿西莫夫的机器人定律仍然反映了"弗兰肯斯坦"传统下的某种问题意识,而第一代人工智能的构想则完全抛弃了这一视角。1985年,阿西莫夫在《机器人与帝国》中进一步发展了机器人定律,并补充了第零法则:"机器人不得伤害人类整体,或坐视人类整体受到伤害。"此条法则实际上并不是一条外部法则,而是一种人工智能主观性认识的推想,是基于"自我保全"这一与人类主观意识最低限度共鸣之上的可以合理设想的下一步发展,即形成"人类"这一整体概念。而这也意味着在阿西莫夫看来,要想真正解决人工智能中"人工"与"智能"的悖论,只能以此种价值判断来奠基事实判断,而这也最终回答了"弗兰肯斯坦传统"中基于生机论而提出的本源性问题:生命(智能)是什么?生命(智能)是由价值判断(人与他人、环境的整体互动关系)所奠基的事实判断(单一的个体生命保全）的综合体。

在2002年出版的《事实与价值二分法的崩溃》一书中，普特南在人工智能发生彻底范式转型之后的年代总结性地回答了这一问题。他指出，在科学实证主义中长期存在一个教条，即认为"价值判断是主观的"，而"事实判断是客观的"这样一种二分，并认为对于科学理性的追求应当完全无涉主观的价值。但普特南指出，实际上认识活动本身就具有价值取向，且认识价值在追求对于世界的正确描述中指导着我们：

> 通过选择展现了简单性、融贯性、以往预测上的成功等特征的理论，我们就更为接近关于世界的真理［……］这些主张本身就是复杂的经验假设［……］是因为在我们对与以往的探究有关的记录和证据——当然并不是与过去有关的世界中的所有的故事和神话，而是我们根据"正当理由"的这些真正的标准有正当理由相信的记录和证据——的反思中已经受到所讨论的价值本身的指导。[1]

普特南在此几乎准确地描述了1990年之后人工智能范式转型并取得决定性突破的原因所在。1990年，罗德尼·布鲁克斯（Rodney A. Brooks）的名文《大象不会下象棋》（Elephants Don't Play Chess）彻底改变了人工智能的发展方向。在布鲁克斯看来，传统人工智能试图直接通过与现实事物对应的符号系统来进行输入和输出，但任何符号系统都不足以描述整个世界。于是布鲁克斯提出应当把"整个世界"作为外部世界自身的模型，这就意味

---

[1] ［美］希拉里·普特南：《事实与价值二分法的崩溃》，应奇译，北京：东方出版社，2006年，第41页。

着要抛弃"物理根据假设",让人工智能与世界直接交互并将其用作自己的表示:"无须预设协同模式,因为智能计算机可以制订出自己与世界交互的最佳策略。"[1]这意味着人工智能必须"主观能动"地仿效人类的学习方式,布鲁克斯将希望寄托于人群动态交互行为理论的进一步发展。而在本文开篇所提到的AlphaGo正是基于神经网络下的深度学习理论所达到的一个人工智能巅峰。

但令人遗憾的是在国内人文学界深陷人工智能热潮而不能自拔之时,却鲜有学者真正关注AlphaGo的运作机制。根据丹·马斯(Dan Maas)在《阿尔法狗是如何运作的》(How AlphaGo Works)一文中的明确表述,AlphaGo的神经网络是以"双脑"模式工作的。其中第一大脑为"策略网络"(policy network),第二大脑为"价值网络"(value network),前者作为落子选择器(move picker),后者为棋局评估器(position evaluator)。传统的落子选择器不会模拟任何未来的走法,"只是从单一棋盘位置,再从那个位置分析出来的落子",仅靠落子选择器可以达到业余棋手的水平。而AlphaGo真正的先进在于后者,即作为"棋局评估器"的"价值网络",它能够通过对整体局面的判断来辅助落子选择:"通过分析潜在的未来局面的'好'与'坏',AlphaGo能够决定是否通过特殊变种去深度阅读。如果局面评估说这个特殊变种不行,那么AI就跳过阅读在这一条线上的任何更多落子。"[2]这实际

---

1 Elena Eisioti: Going deeper: A history of Ideas in AI research, https://www.freecodecamp.org/news/deeper-ai-a104cf1bd04a/, 2018-02-09,中译:https://baijiahao.baidu.com/s?id=1595803947373104934&wfr=spider&for=pc, 2018-03-24。
2 Dan Maas: How AlphaGo Works, https://www.dcine.com/2016/01/28/alphago/, 2016-1-28,中译:https://www.zhihu.com/question/41176911/answer/89912149, 2016-3-11。

上与普特南描述的"认识价值"对于"事实"的奠基作用别无二致。

结语 "加速批判理论"与"无器官的躯体":科幻电影或其他类型电影的未来样式

通过这一漫长的思想史梳理,我们就能够理解《银翼杀手》从备受冷落到追封经典的逆袭过程所暗藏的时代思潮变革。事实上,20世纪80年代最为火热的科幻电影以一种亢奋而不受限制的想象力表达着对于人工智能发展的失望情绪,而《银翼杀手》以及始终潜在地伴随着科幻思想发展的分析哲学则仍然试图通过反思寻找答案,并在90年代人工智能完成了转型之时最终证明这一反思的价值,这就是《银翼杀手》在90年代被追封为经典的思想史因素。但同时这一叙事也暴露出国内人文学界由于对这一范式转型史实不甚了了,在AlphaGo带来的人工智能热中走向了"泛科幻"的道路。如《西部世界》这样的科幻作品,其问题意识显然处于上一人工智能范式之中,且本就是对于上一时代作品的翻新,却因此次人工智能热潮而被学界热议,其中显然有对于该题材理解过于泛化的问题。那么真正应该由当下的热潮所激发的新时期的科幻影视作品应该是何种样式,这也是通过这一思想史梳理能够得到启发的问题。

如果说《银翼杀手》是上一代人工智能范式的反思丰碑,那么以深度学习为核心的新人工智能与人的共处问题显然就不再是区分人与非人的问题,而是学习和进化速度上的碾压。哈特姆特·罗萨(Hartmut Rosa)就关注到这一"新异化"问题,即所谓的"社会加速批判理论"。罗萨直言不讳地指出,人类知觉里空间优先于时间的"自然的"（亦即人类学的）优先性似乎已经被翻转了，而这会使得我们的"世界存在"变得极不稳定，反过来影响到我们自身的身份认同。极度膨胀的人际关系使得基于感情建设的身份认同越来越不可能，而只残留下一种"情境式的自我认同"，这种认同只能是暂时的。[1] 这种由人工智能发展所带来的社会意识同构，既可以被理解为对于个体认同的压制，也可以被理解为反抗社会管制的强大力量。诸如《超体》《攻壳特工队》《V字仇杀队》，虽然未必都包含明确的科幻元素，但这些作品都反映了一种通过消弭古典自我同一性，从而突破权力管制的意识，里面的主人公可以说都代表了新人工智能范式应有的形象。

基于对新人工智能范式的清晰理解，很多在过去晦涩难懂的后现代哲学理论也随之被更浅白地澄清。比如，布鲁克斯认为由于智能应当是集群行为而不是复杂行为，因此它需要模仿的不是人类大脑的行为控制，而是感知器官的经验记录，这一点与德勒兹（Gilles Deleuze）关于"无器官的躯体"的描述几乎一致。德勒兹这一概念的核心是一种"非生产性的停滞"，而与字面意思的表达稍有出入，"无器官的躯体"并不是指舍弃感官，而是躯体能够通过某种方式从一切资本的社会关系中脱离出来，而又保留一种欲望的记录。换句话说，通过理解新人工智能，我们就能够理解德勒兹并非要求我们成为"不可欲"的主体，而是要求我们本能地排斥一切对于感官的压迫。而从人工智能的发展史来看，也是以深度学习模式来反对旧的行为控制模式，人工智能的发展就可以被视为不断重夺感官自主权的过程。由此，新人工智能范式激发了一种关于夺回自身躯体和感官的科幻题材，近期

---

1 [德] 哈特穆特·罗萨：《新异化的诞生：社会加速批判理论大纲》，郑作彧译，上海：上海人民出版社，2018年，第14页。

以《铳梦》改编的《阿丽塔：战斗天使》就属于这样一种新的科幻范式。而这种范式又不仅限于科幻，在以手冢治虫（Osamu Tezuka）的《多罗罗》改编的动漫作品中，主角以一个被夺取了所有器官却仍然存活的鬼婴形象出现，在成年之后通过杀掉曾在献祭中夺取自己器官的魔神而夺回自己的器官，并重新适应器官所带来的经验刺激。两者都可以被视为新人工智能范式下所能够出现的典型影视人物。

而从中国自身的科幻改编来看，其特点不在于所谓"软硬科幻"的区分，而在于其对于西方"加速主义"社会的批判意识。以刘慈欣小说为蓝本改编的影视作品的共同特点，就是包含着一个长时段的对于单一任务的建构和完成。比如在《流浪地球》中，人类需要完成的是一个长达千百年的逃逸，而在刘慈欣的其他作品中，也都贯穿了某一人物或群体的漫长成长历程。如果将此称为一种"减速书写"，那么尽管中国的科幻改编尚未具有过硬的科幻内核，但却已经准确地把握了新人工智能时代的批判点。中国科幻也完全有可能在批判先行的奠基下，开掘出自己的科幻风格。

总而言之，虽然人工智能的飞跃式发展难免会给人文学界带来巨大的刺激，但是通过思想史的梳理我们可以看到，任何对于新事物的人文阐释都需要一个艰难甚至反复的过程，在这种刺激的晕眩下断然放弃自由人文的阐释力并非可取之道。尤其是当《银翼杀手2049》这样的影片再一次让一些科幻往事呈现在我们眼前的时候，我们应该意识到每一次真正的进步，都是基于对过往充分的反思和解释。正如维特根斯坦在《逻辑哲学论》结尾处所说："我的命题可以这样来阐明：理解我的人，当他通过这些命题——根据这些命题——越过这些命题（他可以说是在爬上梯子之后把梯子抛掉了）时，终于会知道是没有意义的。"[1]因为哪怕对于完全异于人类的人工智能来说，理解它的契机也许不在于某种理论阶梯——另一种哲学语言转译，也不在于放弃积极的阐释——某种切割自由人文主义的科学主义思潮。这才是维特根斯坦的深意所在：复杂事物背后的真理仅仅在于我们敢于迈出的每一步当中，在最切实的各个时代所积累的问题意识当中。这一点对于人工智能的发展与人文学科同样重要。

（原载《北京电影学院学报》2019年第12期）

1　[奥地利]维特根斯坦：《逻辑哲学论》，郭英译，北京：商务印书馆，1985年，第97页。

电子游戏的"不可能空间": 从"单行迷宫"到"多稳态"

Let's Start from Nowhere

在游戏研究领域,关于电子游戏与文学之间的关系的讨论总是会导向一个著名的论域,即"游戏学"与"叙事学"之争。根据亨利·詹金斯(Henry Jenkins)在《作为叙事建筑的游戏设计》中的概括,这一争论涉及的基础观念层面是,"游戏学家"将叙事定义为"以时间为序的事实的集合",因此必然是线性的,而游戏制作的宗旨则是"提供一个自由行动的结构"。[1] 这一观念所隐含的另一个更为一般的看法是,作为叙事的文学创作根本上无法摆脱作者的前在创作意图框架,而读者(文学作品的"玩家")在根本上也是不完全自由的。

虽然如今回看这一争论,当时的"游戏学家"对"叙事学"的排斥看法显然过于武断和浅显,但仍然显现出媒介融合的可能性并不直接在于技术呈现手段的相似性,而是在于如何处理我们在媒介中的能动性(agency)问题,这实际上也暗示了"文学创作"(主体性的行动)与"游戏制作"(为行动提供条件或设限)之间的根本性差别。正如"游戏学家"指出"时间线性"必然导致"创作框架"的前置,想要取得"游戏"与"叙事"的折中,就必须在"结构"与"空间"之中提供一种关于"叙事"的可操作性理解。这种从"创作"到"制作"的转化自然无法通过一种否

---

1 [美] 亨利·詹金斯:《作为叙事建筑的游戏设计》,吴萌译,《电影艺术》2017年第6期,第103页。

定性的观念轻松达成，而是必须说明"主体性"及"能动性"如何生发于"空间性"，并进行以此联通文学中"空间性"的一些尝试。

一、遗忘的"能动性"：迷宫的"单行"与"多行"[《新手指南》(The Beginner's Guide)]

根据"游戏学家"的看法，叙事想要与游戏融合就需要与可回溯的"时间性"脱离，或者能够被解释为一种"行动结构"。在《电子游戏世界》中，克劳斯·皮亚斯（Claus Pias）以罗兰·巴特（Roland Barthes）的理论为支持，将冒险游戏中的"叙事"以"结构分析"展开。这一分析的要点是把游戏的核心叙事看作时序与逻辑功能的结合，这一叙事并非"以时间为序的事实的集合"，而是"通过浏览给定数量的数据时所做出的决策来创建的故事"。[1] 皮亚斯在这个表述中并不回避"给定"这一具有预先限制意味的词，一个游戏如果是可玩的，它需要在源代码的逻辑层面成立。游戏中的每个对象都应有其指定用途，虽然在时序上它们不被具体安排何时起效，但就逻辑功能层面来说，游戏已"预先"合成。因此，皮亚斯将电子游戏称为一种"虚拟合成"，而游戏展开的时序，即玩家成功的游戏过程则将这种"虚拟合成"转化为"实际合成"。在这一过程中，正如巴特的理论所示，游戏玩家即"主体参与某行动所定义的叙事主体"[2]。

---

[1] [德]克劳斯·皮亚斯：《电子游戏世界》，熊硕译，上海：复旦大学出版社，2021年，第150页。
[2] 同上书，第151页。

皮亚斯的征引印证了巴特的"作者之死"与"零度写作"并不仅是观念上的否定性议题，而是寓于"叙事结构分析"的具体操作之中，而这一策略本身也与卸除"时间性"有关。"线性时间"之所以被视为传统叙事观念的基础，也是因为时间性往往被视为"主体同一性"的基础，这一观念往往和记忆有关。一个显白的例子是，在日常语言中存在一种倾向，即被认为具有"主体同一性"的人称可以占据一个"单称词项"的逻辑位置，其主要特征是可以拥有反身代词（我/他——我自己/他自己）。[1] 而在电子游戏中存在的只是诸多独立序列的"合成"，通过参与才得以被定义的叙事主体在游戏中实际上要经历一个不断遗忘的过程。皮亚斯援引威廉·狄尔泰（Wilhelm Dilthey）的看法，冒险游戏不发展图形（gestalten），只是配置不同但有效的序列。[2] 因此，当一个序列在核心叙事中被通过决策完成，整个事情就会被遗忘。正是通过遗忘，皮亚斯将电子游戏的重心导向了冒险游戏空间组织。

这种空间最典型的形态就是迷宫，在其中伴随着游戏者面前混沌路径的，是潜在的已经被"虚拟合成"了的"上帝视角"。在"线性时间"的展开模式中，这一整体性视角是基于记忆的"主体同一性"的空间外显。在《迷宫的观念》中，佩内洛普·杜布（Penelope Reed Doob）论述了发生于16—17世纪的迷宫观念转向，即从单行（unicursal）迷宫向多行（multicursal）迷宫的转变。从今天的视角来看，单行迷宫本身不具有任何谜题，只需要

---

1 ［挪威］奥拉夫·阿斯海姆：《指称与意向性》，张建军、万林译，南京：南京大学出版社，2014年，第12—13页。

2 Wihelm Dithey: *Poetry and Experience*, trans. Joseph Ross et al. Princeton: Princeton University Press, 1985, p. 336.

按照曲折蜿蜒的道路前行，其风险在于它的中心是怪兽所在的地方（类似于早期红白机平台上的滚轴类游戏）。与此相对，多行迷宫则是自身成谜的迷宫，它更接近现代人对迷宫的理解。杜布提及了公元1世纪的普林尼（Gaius Plinius Secundus）对埃及式三维迷宫特异性的强调，而在14世纪，对于此类迷宫的惊异又在薄伽丘（Giovanni Boccaccio）对"克里特岛迷宫"的描述中复现，它们都是有纵深的地下迷宫：每个房间都是方形的，每边都有四扇门，每扇门都通向一个相似的房间，所以进去的人会感到困惑，不知道如何出去。[1]

杜布在这一部分更倾向于提炼两种迷宫模式的共性，比如两者都是混沌与秩序悖论的统一体，以及迷宫行者都会遭遇有限视野下的囚禁感。但在单行向多行迷宫隐喻的历史转化中，维度切换所带来震惊更令人瞩目。单行迷宫是中世纪到文艺复兴时期传统基督教文化中的空间模式，伴随着一种被承诺的"上帝视角"，这一视角正如米歇尔·德·塞托（Michel de Certeau）所说，对于任何实际的观察者来说都不曾存在过，不过是"人类认知的假想"[2]。单行迷宫的"上帝视角"直接呈现为图形，或更直白地说，地图。地图实际上是一种记忆辅助工具，但它又是一个被默认为已经存在了的前在叙事。因此在皮亚斯看来，冒险游戏是"包括叙事与地图制作的双重活动"[3]。换句话说，在游戏空间中，玩家要完成一个"找回记忆"的过程，由此隐喻地在游戏结尾达成作

---

[1] Penelope Reed Doob: *The Idea of The Labyrinth: from Classical Antiquity through the Middle Ages*. Ithaca and London: Cornell University Press, 1992, p. 40.

[2] [法] 米歇尔·德·塞托：《日常生活实践：1.实践的艺术》，方琳琳译，南京：南京大学出版社，2009年，第168页。

[3] [德] 克劳斯·皮亚斯：《电子游戏世界》，熊硕译，上海：复旦大学出版社，2021年，第151页。

为游戏参与者，或者更确切地说，达成游戏设计者的"主体同一性"，这也是很多冒险游戏惯常选择的故事背景设定。但另一方面，"找回"与"一致性"的最终合成却又如同玩家自己的"创作"。游戏的"空间性"及其中的玩家"能动性"并不在任一单独方面展开，而是在两者的分离，并总是试图进一步促成两者的分离中展开。

从一种游戏空间的"哲学层面"来看，"空间性"在此意味着"先前叙事"与"地图"双重建设的分离尺度。对于单行迷宫来说，这种分离多以阻碍的形式出现，杜布就视"迂回"（ambages）为迷宫的共性。[1] 在一些卷轴游戏的设计中，这种"阻碍"甚至会以加速的形式出现。比如《超级马里奥兄弟》（Super Mario Bros）的隐藏关卡实际上是一个高速通关的路线，这种嵌入并非一种通常意义上的路径分叉，毋宁说是一种对单行迷宫的"多行化"反讽，它们实际上是一个个可进入的、脱离原有叙事时间线的房间。快速通关的可能性成就意味着对"先前叙事"的彻底遗忘，沉迷于快速通关成就的玩家实际上从未"完成"过这一游戏。多行迷宫是一种通过"遗忘-可能性"来反讽、克服和抑制"记忆-必然性"的空间性模式，它对立于一种纯知识性的数据积累。在此需要指出的是，对游戏空间的理解不应只限于对"分叉点"（branching point）的强调，正如在对博尔赫斯（Jorge Luis Borges）《交叉小径的花园》的征用中，被忽略的是当"真相"被最终"合成"时，那个似乎被预先承诺的"往事"也被顷刻取消了。在博尔赫斯自身作品的互文中，《永生》和《博闻强识的富内斯》则代表了无法摆脱的记忆与时间性，与《交叉小径的花

---

[1] Penelope Reed Doob: *The Idea of The Labyrinth: from Classical Antiquity through the Middle Ages*. Ithaca and London: Cornell University Press, 1992, p. 54.

园》从两极勾勒了博尔赫斯的"游戏空间"系统原理。

在此，我们以纯空间性游戏《新手指南》(*The Beginner's Guide*)中的一个著名关卡"Escape From Whisper"为例。这一游戏被建构为对另一位游戏设计者科达未发表的游戏样本的展示和讲解，而《新手指南》作者的讲解声音一直以画外音的形式伴随着玩家的行动。在这一关卡中，玩家被抛入一艘似乎将毁坏的太空飞船，手中有可射击的枪支，却没有任何敌人。在漫无目的的行走之后，玩家进入了一个迷宫。但就在此时，画外音却表示他不明白这个迷宫设置的理由，所以干脆就跳过吧！随后玩家被直接带到了迷宫的出口。走出迷宫之后，玩家会看到一个有着向上射出的激光束的房间，游戏中的声音表示只有玩家用身体挡住这道光束，大家才能够得救。在玩家第一次站上光束的时候，会切换到一个倒在地板上的"死亡视角"。画外音表示，这是设计者科达最初设置的结局，但在第一次运行游戏的时候，出现了一个错误。这时玩家（仿佛失忆或是被真正唤醒一般）会被再次重置到进入激光房间之前，并再一次站上光束。这一次，玩家的视角会慢慢上升，最终达到一个俯视视角，整个"游戏"在这个"错误"中仅仅被"还原"为一连串房间和走廊（并且迷宫其实无法走通）。这个被称为"错误"的视角实际上在展现玩家在"正常"的游戏进程中被遗忘的整个"前在叙事"，而那个无法走通的、被跳过的迷宫在这一视角下则展现为无意义的空间。

"Escape From Whisper"可以作为上述讨论的一个直观呈现，以一种失忆模式为切换，这一关卡呈现了游戏空间中两个相互伴随，却又实际上处于张力中的面相。在这里，遗忘并非指经验层面上的忘却，而是一种形而上的遗忘，即在对"时间性"的克服甚至取消中所获得的能动的"空间性"。在下面的部分，我们将讨论这一能动性模式在传统哲学上的来源。

二、空间作为遭遇物：笛卡尔空间观（"开放世界"，FPS外挂）

假如游戏的"空间性"可以被定义为"上帝视角"与"行动视角"之间的能动性分离，那么这一张力状态很容易让人想到笛卡尔式的怀疑。虽然年代相去甚远，但前述与遗忘（记忆）、克服时间性及其能动性的联动模式与笛卡尔的论述具有相似的展开。实际上，在传统哲学的主导模式从笛卡尔转向康德的过程中，时间与空间之间从属关系的逆转是最直接的转向标志之一。当我们说一种"上帝视角"内在地、单行地伴随着游戏空间中的参与者，我们或多或少是以康德的"图型论"来理解行动空间。在这种观念论中，空间只是外部直观的形式，而时间则是内外直观的共有形式，因此是一切直观表象的联结条件。在此，先验图型即先验时间规定，时间才是"普遍的、是基于先天规则的，又与显象同质，因为所有显象都包含时间"[1]。在一种很强的意义上，这意味着空间本身是无法被知性直接触及的，能够触及的只是"时间中的空间"。单行迷宫实际上正是这种空间的外显"图像"，在其中我们没有切换，或者说更确切地说，始终牢记行动的"先天规则"，空间的"图像"中内含了可线性回溯的行动形式，起点和终点被"时间线"连接在一起。"上帝视角"、地图或单行迷宫，无论如何进行分岔、阻碍或其他复杂化处理，其本质仍然是"时间的空间图像"。

---

[1] 刘晓莹：《为何康德没有提出先验空间图型？》，《哲学研究》2018年第8期，第106页。

作为康德哲学的主要批判对象之一，在笛卡尔的空间观中，"位置""空间"与处于某一位置的物体并无本质上的不同。[1] 空间不是"空"，而是实际存在物的边界或轮廓，我们看到一个空间在那里，而不是比如一段可以通过的凿空隧道。与康德相反，笛卡尔对时间并不重视，他认为时间不过是当人们把"事物的绵延"与"引起年和天的最大的、最规则的运动的绵延加以比较"时所形成的一种思想方式而已。[2] 换句话说，空间不是在时间中被刻画的外显形式，而是一种我们在行动中直接触及的事物。在《光学》中，笛卡尔将视觉与触觉进行了类比，认为我们应该把物体的发光看作通过空气或其他介质传到我们眼睛中的确切的运动，或者迅捷而活跃的行动，这就像"盲人的身体运动及其所受到的阻力通过他的拐杖传递到他的手"[3]。在此观念中，空间是一种被即刻遭遇和识别的物，在此我们无需像康德那样区分"图型"和"图像"，空间就是被直接投射的"空间图像"，它没有时间性的纵深。有趣的是，在比如扫地机器人这类需要轨迹规划的技术研究中，机器的运动模式就被称为"笛卡尔空间运动"，因为对于此类机器人来说，遭遇到的一切空间都是需要被处置的对象。

上述两种空间观实际上反映了两种哲学一些更根本的导向。康德认为我们能够对空间有"图像"层面的把握，这是因为我们带入空间关系的概念图型，它根本上是时间性的构造。笛卡尔则

---

1 [法]亚历山大·柯瓦雷：《从封闭世界到无限宇宙》，张卜天译，北京：商务印书馆，2016年，第112页。
2 张桂权：《笛卡尔的空间观念及其现代意义》，《四川师范大学学报（社会科学版）》2014年第3期，第32页。
3 René Descartes: *The philosophical Writings of Descartes*. Vol. 1. trans. John Cottingham, Robert Stoothoff, Dugald Murdoch. Cambridge: Cambridge University Press, 1985, p. 153.

认为我们直接遭遇了被某种媒介干扰、扭曲或者说加工过的空间图像,当我们对它们进行某种时间性回溯的时候,或者说我们试图回忆、重温或找回的时候,我们不可能从根本上区分真实和幻象。在"第一沉思"中,笛卡尔正是通过回忆梦中坐在火炉边的场景发现自己找不到任何确定不移的区分梦与真的标记,而"现在",当他做出当下具体的识别行动,知觉上较为清晰的效果才让他能够做出些许分别。[1]这很像我们进入游戏空间时的情况,因为暂且不提方兴未艾的VR游戏,玩家一开始面对的就是媒介中的游戏空间的图像,玩家也许会自然地默认它符合某种空间关系的概念图型(比如考虑到游戏作者直观地把握了这个空间),而更具可玩性的游戏空间会让玩家在这一点上不断遭遇"挫折"。

对于《魔兽世界》(World of Warcraft)和《塞尔达传奇》(The Legend of Zelda)这样的"开放世界游戏"(open world,也称 free roam,即漫游游戏)来说,最初给玩家带来的震惊体验往往在于他们发现远处的群山和河流是确实可以登上和踏入的。这从反面说明,尚未获得相应游戏空间观的人会倾向于认为,这些被表现为物体的空间不过是游戏空间前在直观下的装饰物,而只有当这些空间真的被发现为可触及的物体,游戏世界才得以开放。艾斯彭·亚瑟斯(Espen Aarseth)对游戏内容作了三个本体论层次的划分,即真实(real)、虚拟(virtual)和虚构(fiction)。以门为例,在游戏空间中存在着大量看上去是但又无法打开的门,另一种则是可以打开关闭、能够走过甚至可以被子弹击穿的门。亚瑟斯将第一类门称为"虚构",第二类门则是"虚拟"并同时是"模

---

1 [法]笛卡尔:《第一哲学沉思集:反驳和答辩》,庞景仁译,北京:商务印书馆,2009年,第18页。

拟"（simulated）的。他认为游戏迷宫是"虚拟"与"真实"的跨界空间，而游戏中"非虚构"的门则处于"虚拟"与"模拟"之间。[1] 这个递进关系表明了前文提到的"双重建设"的分离，尽可能克服前一个层次的掣肘，将游戏空间推向完全的行动合成。比如在进入一个完全"虚拟"的门后，我们有可能面对一个与门外完全异质的空间。

克服康德式的空间直观诱惑对游戏空间来说非常重要，一个极端的反例就是第一人称射击游戏（first-person shooting, FPS）中泛滥的外挂问题。FPS 游戏中的空间位置坐标都来自玩家主机的运算，也就是说游戏空间已经被玩家主机所直观，服务器只起到传递作用。因此只要在玩家主机上让参数以坐标的形式显现，就能够随时看到敌方的位置，从而达成一种常见的"透视作弊"。相反，在通过服务器进行空间运算的游戏中，比如《王者荣耀》一类的动作类即时战略游戏（action real-time strategy, ARTS）就很少出现外挂问题，在其中一切的空间性行动都是被即刻遭遇的。相应的另一个例子就是曾经占据主导地位的即时战略游戏（real-time strategy, RTS），在《星际争霸》《魔兽争霸》和《文明》这样的游戏中，虽然玩家对各个地图的概况已有所了解，但探明自己的出生点位仍至关重要，并直接决定了游戏策略和种族优势的发挥。RTS 的通行中文翻译"即时战略"顾名思义地体现了这种空间策略的当下性。正如詹金斯在《完全的行动能动性》中所说，电子游戏中的"图绘"（mapping）活动和孩子在真实世界空间中的探索活动是一样的。同一个社区的孩子们对空间的图绘会有根本上的不同，"野地"（wild spaces）在这个意义上不同于已经被规

---

[1] Espen Aarseth: "Doors and Perception: Fiction vs. Simulation in Games", Intermédialités 9 (2007), p. 42.

制的"操场",因为前者给孩子更多的机会去修改(modify)物理环境。[1] 在此,"共同空间"的时间性(或者说历史性)要完全受让于空间的物质性和当下性。

三、"多稳态"与"不可能空间":"非欧几何"创制(《P. T.》《传送门》)

在笛卡尔哲学向康德哲学的哲学观念转换中,另一个显而易见的区别在于,康德基于"何以可能"构造认识论,而笛卡尔正相反,是从"不可能"中寻找认识的基础。这一区别更深刻地反映在两种哲学背后的几何空间上。依据康德的框架,几何空间是以量的累积规则被直观的,也就是说这一潜在构造必然发生于时间之中。几何作为一种度量空间,暗示了一种"数形结合"的一致性规则,这实际上揭示了康德哲学默认的欧式几何学空间,这一中性空间状态(或者说非现实临界状态)在所有可能世界中都具有不可逾越的初始有效性。[2] 迈克尔·弗里德曼(Michael Friedman)曾经对康德的空间观作了一种操作层面上的转译,他认为可以将康德对于空间的直观转译为对"时空对象"的关涉,这一对象即运动的点,此为欧式几何空间得以被先天直观的基础。[3] 在一种单行性的游戏空间观念中,玩家根本上是在复现这一运动点的轨迹,或者无论处于哪一个位置都能够被表示为空间前在一致性的参数所还原,在 FPS 的透视外挂原理中我们看到的就

---

1 Henry Jenkins: "Complete Freedom of Movement: Video Games as Gendered Play Spaces", Katie Salen and Zimmerman ed.: *The Game Design Reader: A Rules of Play Anthology*. Cambridge: The Mit Press, 2005, p. 336.
2 [德] 安东·科赫:《真理、时间与自由》,陈勇、梁亦斌译,北京:人民出版社,2016年,第 138 页。
3 Michael Friedman: "Kant's Theory of Geometry", *The Philosophical Review*, Vol. 94, No. 4 (Oct., 1985), p. 460.

是这种情况，这也显现了欧式几何空间观念被应用于游戏空间时的负面情况。

为了克服基于欧式几何空间的默认，很多空间游戏开始探索空间"陌生化"的方法，这些方法被统称为一种"非欧空间"的尝试。一个对欧式几何空间进行内部突破的例子来自著名的空间恐怖游戏《P. T.》，这款"游戏"原是小岛秀夫工作室为著名恐怖游戏《寂静岭》系列制作的互动宣传片，但在出品之后却成为游戏史上最成功的恐怖游戏之一。《P. T.》的基础空间是一个似乎是环形的走廊，在每一次循环时走廊的空间布局相同，但空间里的内容会发生变化，这体现了欧式几何空间作为"中性容器"的一面，这种变化可以通过时间性来解释。另外，玩家总是通过一个向下的走廊，绕过一个拐角，打开尽头的门，回到一开始的走廊起点，这一空间的反常又可以被理解为玩家被带入了一个全新的走廊。汉斯-约瑟阿姆·巴克（H. J. Backe）在论述中指出，《P. T.》游戏空间包含了三种不同的观念：一是时间中的不变的走廊循环；二是位于同一空间的多个不同走廊；三是同一房间在空间中的向下迭代。可以看到，与时间相关的欧式空间虽然仍然作为基础容器存在，但已经退居为巴克所说的作为"多稳态对象"（multistable object）的游戏空间中的一种形态，并且其作用更多的是在其自身的消弭中增强玩家的空间迷失感。在这种"非欧空间"中，"导航路径"（navigational paths）与知觉环境不是同构的。[1]

1　H. J. Backe: "The Aesthetics of Non-Euclidean Game Spaces Multistability and Object Permanence in Antichamber and PT", Marc Bonner ed.: *Game|World|Architectonics*. Heidelberg: Heidelberg University Publishing, 2021, p. 160.

与"多稳态对象"相对应的知觉模式即"多稳态知觉",它常被描述为在观看一个图形时,会主观性地观察到图形无法预期的自发性改变。当一个图形对人类的视觉系统来说具有歧义性,此时就会引发多稳态知觉的现象,观察者可以通过一种"横向抑制"使得其中的一个面相被另一个压制。[1] 换句话说,"多稳态"空间的参与者无法以直观与时间为潜在认识基础,而必须能动地处理这种悖论。更确切地说,必须自发能动地寻找空间能够被处置的平衡点,而这一平衡点往往又只是暂时的。另一个经典空间游戏《传送门》(Portal)系列更直接地利用了这种空间创制。游戏中的每一个关卡都以容器式的立方体为基本空间,玩家手中的枪可以在墙壁上制造两种颜色的彼此之间互通的门,以完成物体在原有空间里不可能达成的传送,或者玩家自身不可能完成的移动。这一机制实际上是通过纯粹空间的方位辨识来取消玩家对"中性空间"的默认,去创造一个相对而言的"不可能空间"。玩家必须通过注视即时创造的传送门来识别进门这一行动在中性空间中将会产生的效果,并在这种训练中学会反向参照。因为传送门之间的连通关系,《传送门》中的常见视觉效果就是玩家可以通过刚刚制造的传送门窥见自己身体的一个呈现角度。也就是说,除了通过注视即时遭遇的空间效果,玩家无法以其他方式直观地"记住"这一空间。

正如巴克所运用的"临时永久性"(temporary permanence)这一矛盾修辞所示,游戏空间的"多稳态"并不是感知上的,而是空间的本体。[2] 对于这样的游戏来说,阅读对于游戏空间的"记

---

1 参见《什么是多稳态》,https://mp.weixin.qq.com/s/53LSOALa39dHrPv7jK5_8A。
2 H. J. Backe: "The Aesthetics of Non-Euclidean Game Spaces Multistability and Object Permanence in Antichamber and PT", *Game|World|Architectonics*, 2021, p. 163.

忆"攻略（如果可以将它理解为一种对于游戏的线性叙事）几乎对提高游戏通关效率毫无帮助，因为这样的游戏无法以"时间"在先验图型的层面来模拟行动。更确切地说，《传送门》中的欧式几何空间是一个"死亡空间"，按照这一空间观念下的图型规则行动会导致角色的死亡，也就是游戏的失败。空间"导航"和游戏中实际的空间感知不同构，这就需要玩家提升自己的感知维度以适应"多稳态"下的知觉模式。在此，当我们运用"本体论"这个词的时候，我们实际上是在表达对另一个维度的"永久性"的寻求，并承受它的"暂时性"和"转换性"。如果可以将被抛入游戏空间的玩家视为这一世界中的新生儿，那么这一"永久性"正如基恩·摩尔（M. Keith Moore）和安德鲁·梅尔佐夫（Andrew N. Meltzoff）所说："新生儿最初并不理解物质对象作为对象永恒的一面，而是发现某些转换才是持续永恒的。"[1]

四、游戏空间的文学迁移：文学空间的"多稳态"（《刺客信条：大革命》）

最后，我们再回到"游戏学"与"叙事学"的原初争论。在这一争论中显然存在的缺失是，"游戏学家"也许具有一定的游戏空间意识，但是却并未在原理层面说明"空间性"的运作机制。而"叙事学家"虽然指出了文学写作中的空间性要素，比如詹金斯就指出了《战争与和平》结尾处看似与小说叙事无关的历史书写段落如何与《文明》系列的"上帝视角"一致，[2] 但这终究也只是

---

1 Moore, M. Keith, and Andrew N. Meltzoff: "New Findings on Object Permanence: A Developmental Difference between Two Types of Occlusion", *The British Journal of Developmental Psychology*, 17 (4), p. 642.
2 [美] 亨利·詹金斯：《作为叙事建筑的游戏设计》，吴萌译，《电影艺术》2017年第6期，第104页。

一种"空间要素"。从詹金斯的其他论述来看,"空间性"作为一种折中方案更多地以"文化地理学"的视角出现,而不是某种整体性的"空间性"创作机制。在此,需要正面论述的是,文学空间是否也具有游戏空间的"多稳态"特性。游戏空间内的活动本身是对空间的创制,从而被转化为纯然的"空间性"活动。这一点和文学中的"陌生化"观念非常相近,实际上自形式主义文论家雅各布逊(Roman Jakobson)以降,所有具有"科学"分析倾向的文论视角都含有这样的观念,即"文学性"会以一种"自我指涉"的方式,将其朝向信息本身的倾向作为某种形式归于文学自身。[1]

我们从一个相对广为人知的文论概念进入这个问题。《P. T.》中的循环走廊很容易让人想到弗洛伊德(Sigmund Freud)的著名概念"暗恐"。在国内研究界,童明于2011年发表的《暗恐/非家幻觉》一文非常系统且详尽地介绍了这一概念。在当下的研究潮流中,这一概念在人工智能与机器人人文研究领域运用颇多,突出了概念中"有机体"与"无机体"之间的断崖式界限。但这一界限仍然是这一概念中较为后置的面相,值得关注的是童明介绍性论文中对这一概念机制原理层面的描述。比如,在文章的开篇作者就明确了"暗恐"的运作机制是"强制重复"。而从主体存在的角度看,这一概念可以归入笛卡尔的"我思"传统的负面状态,即不能逃脱对自我的"异质感"。此外,作者还更深入地提到了"家-非家"这一对立在语义层面的另一层转译,即自己似知非知之事的"隐秘-暴露"。由此,弗洛伊德的理论就可以被转译为一种更浅层的表述:"作为压抑复现的暗恐,是记忆还是忘

---

1 Roman Jakobson: "Linguistics and Poetics", Krystyna Pomorska and Stephen Rudy eds.: *Language in Literature*. Cambridge and London: The Belknap Press of Harvard UP, 1987, p. 69.

却？准确的回答是在忘却状态下的'记忆'。"[1]

正如巴克所指出的,游戏空间的"多稳态"对应着一种悖论修辞的空间语言,这就需要我们将悖论在另一个维度转译成"行动语义"。在此,语言的意义即"使用客体的功能"。[2] 在"暗恐"机制中,正如皮亚斯所指出的,"遗忘"是一个叙事完成的标志,相应的"记忆"基于这些被完成序列的合成,玩家为游戏设计的"虚拟合成"提供一个实际的展开和收敛。从这个视角,弗洛伊德的论述可以被这样理解,即被压抑的无意识内容失去了在时间中的可追溯性,而被提取为一个当下的行动序列。以决策的方式,游戏隐秘的"虚拟合成"一角被玩家在有限的行动中暴露出来,从而推动游戏核心叙事的进展。在"非家幻觉"这一表述中,这种悖论修辞就直接被外化为空间自身的特质。

如果关注文学理论中那些最具标志性的对文学空间的表述,我们会一再发现上述机制的诗学版本。布朗肖（Maurice Blanchot）在《文学空间》中曾论及写作即投入"时间不在场的诱惑中去",时间的"不在场"在此造成了一个事物存在时序上的悖论,事物再现时以作为自身的"再出现"而出现,我们感觉它的"回来"并不基于对其存在的前在确认,这使我们认出了我们"不曾认识"的事物。布朗肖说这种没有前序存在的"再认识"摧毁了自己的认识能力,却又将不可理解的东西转变为不可放弃的东西。[3] 在

---

1 童明：《暗恐/非家幻觉》，《外国文学》2011年第4期,第106—112页。
2 赵楠、公艳艳、赵亮、陈强、王勇慧：《行动语义、客体背景和判断任务对客体动作承载性的影响》,《心理科学进展》2016年第11期,第1749页。
3 [法] 莫里斯·布朗肖：《文学空间》,顾嘉琛译,北京：商务印书馆,2003年,第13页。

此，布朗肖笔下这一系列矛盾修辞都指向文学空间的"多稳态"，只不过在法式理论修辞中，这一正面解释往往被否定地表达。在论及卡夫卡的作品空间时，布朗肖强调文学作品不可能到达自己的中心，故事尚未在各方向上得以展开，而这本身也是不可能完成的任务。对歌德的引用佐证了布朗肖文学空间与游戏空间的相似性："他是否常忆及歌德的这句话：'艺术家正是通过假设不可能来获得整个可能的。'"[1]

在"家-非家"这一层面上，在《空间的诗学》中，巴什拉（Gaston Bachelard）在开篇就提及了家宅空间"无穷无尽的辩证法"。家宅空间中的人或者"用受保护的幻觉来自我安慰"，或者"在厚厚的墙壁后颤抖，不信赖最坚固的壁垒"，受空间庇护者"对庇护所的边界十分敏感"。[2] 在这种独处的空间体验中，处所被带入分析而非直观，混合着多种层次的体验：宽敞、温度以及光线的射入角度。在此，巴什拉讨论了时间、记忆与空间的关系。"在此空间就是一切，因为时间不再激活记忆"，更深刻的解释学"应该把历史从对我们的命运无作用的相连时间结构中解放出来，从而确定命运的中心"。[3] 这种被解放的"空间的历史"是当下的行动序列，或者说，在当下的空间中我们探寻诸序列的开端与终结，时间在此转变为一种"事件性"的发生。虽然玩家或多或少沿用了现实世界中自己在知觉和行动上的历史性积累，但这些熟悉的知觉模式都需要在游戏空间中重新合成，并与空间进行新的同构。从这个角度说，我们的日常知觉模式的积累在这一

---

1 ［法］莫里斯·布朗肖：《文学空间》，顾嘉琛译，北京：商务印书馆，2003年，第68页。
2 ［法］加斯东·巴什拉：《空间的诗学》，张逸婧译，上海：上海译文出版社，2009年，第3页。
3 同上书，第8页。

空间中被模块化了。正如巴什拉所说:"空间在万千个小孔中保存着压缩的时间。这就是空间的作用。"[1]

"模块化"作为程序处理的通行模式,当用它修饰写作时,总会给人以套用和拼凑之嫌。这种对于模块的表层理解忽略了形成一个有效程序模块的困难程度,它是一种双重的系统环境集成。模块化的通用概念是指一种状态,即一个模块既自成一体,又是一个部分。[2]这种双重性曾经清晰地反映于文学现代性转型的时代,并与现实空间的转型并行。在《巴黎城记》中,大卫·哈维(David Harvey)指出了巴尔扎克写作中存在的严酷的空间秩序,在《费拉居斯》中,"只要有人逾越空间模式,也就是在错误的时间进入错误的空间,就会死亡"。这是这一时期巴尔扎克笔下普通人面临的空间风险,同时也象征着严格的道德秩序。而拥有高于道德秩序的神秘社员却可以"只在他想出现的时间地点出现,当每个人都被空间所困住时,空间却任由他差遣。这是他的秘密力量的关键来源"[3]。随着巴黎城市空间的现代性改造,空间的严密性在巴尔扎克的作品中弱化了,随之而来的另一种文学空间化写作的革新来自福楼拜。詹姆斯·伍德(James Wood)在《小说机杼》中用"拍号"(time signature)这个音乐术语表明了福楼拜是如何把事物的时间性保存在空间当中的:"他希望作者面对着一堵他所谓的,由表面上没有个人色彩的行

---

1 [法]加斯东·巴什拉:《空间的诗学》,张逸婧译,上海:上海译文出版社,2009年,第7页。
2 Christine Parent and Stefano Spaccapietra: *Modular Ontologies: Concepts, Theories and Techniques for Knowledge Modularization*. Stuckenschmidt, Heiner, Christine Parent, and Stefano Spaccapietra, eds. Springer, 2009, p. 7.
3 [美]大卫·哈维:《巴黎城记:现代性之都的诞生》,黄煜文译,桂林:广西师范大学出版社,2010年,第47—48页。

文组成的墙,细节像生活中一样自动聚到一起。"[1] 在这样的文学空间中,读者无法得到任何的空间直观,但也因此遭遇了所有持续程度不同的时间模块。以这种方式,福楼拜的文学空间在不依赖于时间的先验图型的情况下,同时保持了空间的连贯和错综。

巴尔扎克与福楼拜两种空间模式的交织可以说形成了一种游戏与文学通行的空间建构框架,他们是巴黎这一"多行迷宫"的共同构造者。在与二者所处时代背景紧密相关的《刺客信条:大革命》中,私密空间与公共空间的错综直接影响了游戏中的行动机制。《刺客信条》系列一直以逼真的建筑与历史环境的还原著称,但真正形成其游戏空间的是它著名的"跑酷"（Parkour）系统。"跑酷"是一套让玩家在建筑之上以各种姿态进行连贯跑跳穿越的动作集成。在前序《刺客信条》系列中,跑酷系统仍保留了较多的以克服障碍为核心的空间移动,这就使得不同功能的行动需要进行一个明确的切换。比如说,在建筑立面的攀爬状态中,玩家必须找到可落脚的物体才能落到平面继续跑动。在《刺客信条:大革命》中,这些动作被极大地自动化了,玩家只需要通过按键选择动作意图,跑酷系统就会自动在可展开动作的路径上完成这一动作序列,城市空间由此就不再是需要克服的障碍,而是伴随着玩家的行动连贯地展开,有时甚至感觉是建筑在吸引角色的身体,仿佛空间发出的一种自发交互。而另一方面,能够进入的建筑则充满了神秘和危险,在有些任务中找到内部空间的入口本身就是一个谜题。虽然《刺客信条》系列游戏常因复原历史空

---

[1] [英]詹姆斯·伍德:《小说机杼》,黄远帆译,郑州:河南大学出版社,2015年,第29页。

间的逼真性而为人称道，但空间创制的首要问题始终在于空间本身如何在知觉与行动中展开。在这一点上，文学空间对游戏空间的奠基作用可能是隐而不显却十分重要的。

（原载《中国现代文学研究丛刊》2023年第5期）

艺术作为开源系统:"系统环境"中的"文学"
Literature, therefore I am

当文艺理论界将大量的话语资源投向人工智能文学写作领域之时,一个根本的问题却鲜少被提及:为什么是文学?近十年来,"自动洞察"(automated insights)与腾讯的 Dreamwriter 都曾以海量的新闻稿输出证明了人工智能写作在新闻纪实领域的卓越能力。较之于在新闻领域的普适应用,人工智能文学写作大多滞留于互动娱乐层面,并仍保有相当程度的"非虚构"基础,比如以《银河系漫游指南》(*The Hitchhiker's Guide to the Galaxy*)为代表的对已有文学作品的互动改编。2016 年,日本人工智能的短篇创作通过了"星新一文学奖"的初审,但作用也仅限于对人类所设定的人物与框架的组织。在当下的 ChatGPT 热潮中,大多数用户也仍在测试人工智能如何进行"知识互动",是否能够生产出符合前在预期的"产品",从而抛弃了"智能化"的本义:自行运作并自我决策。

想要切中人工智能文学写作或者更大范围的艺术创作问题的要害,需要在这种明显的理论话语与技术应用的错配中揭示这一研究潮流的潜在动因。在哲学史中,"艺术哲学"的形成伴随着对作品自身"客观化"要求的不断提升。进入 20 世纪,人文学科中出现了确切的"科学平台"(数理逻辑、现象学及心理分析)。相应地,正如谢林(Friedrich Schelling)所说,艺术即绝对"客观性"的顶端,而哲学若被赋予这一"客观性"则成了艺术。[1] 这

---

[1] [德] 谢林:《先验唯心论体系》,梁志学、石泉译,北京:商务印书馆,1976 年,第 278 页。

一"客观性"既是艺术与哲学二者的中介,也是"艺术哲学"最终的直观性目的。在当代技术社会,如果说人们倾向于从艺术中寻求这一"客观性",那么这一寻求就已转为用技术手段对艺术进行"客观性改造"。尤其在 2000 年之后,随着希利斯·米勒(J. Hillis Miller)"文学消亡论"的译介,国内学界形成了一种延续至今的发源于文学写作领域的"艺术哲学"氛围:将文学与艺术纳入其外部的以"产物"为衡量标准的确定性程序中(比如社会学、政治经济学以及技术学,在时下的研究中往往被融合为某种"跨学科研究"),而对文学与艺术内部的"客观性"技术趋势的探讨则被弃置了。

一、"文学(研究)消亡论":信息"灌注"

米勒的《全球化时代文学研究还会继续存在吗?》中译发表于 2001 年,彼时除了全球化信息大潮的冲击感,国内的相关研究尚未为该文提供充足的理论语境。[1] 因此,当时的解读大多错失了两个技术层面的论题:其一,米勒并不否认利用全新的媒介工具继续传统文学书写工作的可能,而是怀疑依赖面对面谈话的"精神分析"是否能继续存在;其二,米勒在文中所作的技术层面的判断在于以下段落:

> 德里达(Jacques Derrida)在《明信片》这本书中表达的一个主要的观点是:新的电信时代的重要特点,就是打破过去在印刷文化时代占据统治地位的内心与外部世界的二分法

---

[1] 比如文中提及的媒介学者基特勒近年才出现于国内的研究视野中,提及的"以言行事"所属的《如何以言行事?》一书在 2002 年才于国内出版第一个英文影印本,2012 年才出版第一个中译本。

（inside/outside dichotomies）。在书中，作者采用在某种程度上已经过时的形式对这个新时代进行了讽喻的描写，即不仅引述主人公与其所爱（一位或者多位）进行大量电话谈话，而且还利用正在迅速消逝的手写、印刷以及邮寄体系这些旧时尚的残余：明信片。明信片代表而且预示着电信时代的公开性和开放性（publicity and openness），任何人都可以阅读，正如今天的电子邮件不可能封缄，所以也不属于个人。[1]

为什么印刷文化的这种"内-外"二分法的消逝会直接影响精神分析的存在？在当下的媒介史译介中相关领域学者为此提供了一个直接的背景。在精神分析产生的时代，存在着一种与之平行的风潮，即一种可类比于电信技术的"心灵感应"妄想。杰弗里·斯克斯（Jeffrey Sconce）在《回溯影响机器之起源》一文中介绍了19世纪末一类偏执症状态，患者将自己的大脑妄想为一种流体信息装置，并认为存在具有此种"磁性特质"的医生，能够即时地从他的脑中传输出信息并即刻转化为公共信息。这种特殊的妄想"将整个传播史凝聚在单一的交易行为之中——言语、印刷与电报合谋，将患者的私人记忆变成可供公共消费的商品"[2]。

这一幻想模式在著名患者丹尼尔·史瑞伯（Daniel Schreber）的妄想中达到了全宇宙尺度的神学高峰，其《回忆录》在当时得到了弗洛伊德的高度关注。史伯瑞将人类灵魂与上帝之间乃至整个

---

1 [美] J. 希利斯·米勒：《全球化时代文学研究还会继续存在吗?》，国荣译，《文学评论》2001年第1期，第132页。
2 [美] 杰弗里·斯克斯：《回溯影响机器之起源》，[美] 埃尔基·胡塔莫、[芬兰] 尤西·帕里卡编，《媒介考古学：方法、路径与意涵》，唐海江译，上海：复旦大学出版社，2018年，第73—74页。

宇宙的交流植入神经网络之中，使得神经成为宇宙的本体。基特勒（Friedrich Kittler）在其著作中强调了这种"记录与存储信息方面的统一性"，一种不受感性干扰的"无休止的技术记录"。并且，基特勒认为，这种妄想模式与弗洛伊德的"力比多灌注"之间不过是同一话语的两种延伸。[1] 从此媒介史背景可以看出，当米勒强调"内-外"二分法消逝所造成的精神分析危机，他实际上在暗示文学传统上所依赖的符号中介的消失，在精神分析上则体现为象征界在新的书写媒介中的消失。

在专门的信息化问题领域，詹姆斯·格雷克（James Gleick）的《信息简史》虽然是面向现代信息科学的著名书籍，但其结构也暗含这一"妄想症"模式。比如其第四章名为"将思想注入齿轮机械"，第五章名为"地球的神经系统"。格雷克在入题章节讨论了卸除"文字"这一包袱的必要性，并通过援引沃尔特·翁（Walter Ong）将"文字"的技术趋势界定为"查阅"（look up）：

> "查阅某物"是句空话，它不具有可以想象的意义。假如没有文字，词语就没有种看得见的存在，即便它们所代表的对象是看得见的。这时候词语只是一种声音，你可以将它们"唤"（call）回，也就是回忆（recall）起它们，可却无从"查阅"它们。[2]

---

1 [美] 杰弗里·斯克斯：《回溯影响机器之起源》，[美] 埃尔基·胡塔莫、[芬兰] 尤西·帕里卡编，《媒介考古学：方法、路径与意涵》，唐海江译，上海：复旦大学出版社，2018年，第78—79页。

2 [美] 詹姆斯·格雷克：《信息简史》，高博译，北京：人民邮电出版社，2013年，第28页。

信息化时代的语言在此被界定为一种"次生口语文化","文字"是需要预先掌握的技术,而"语言"则不是一种技术,而是非"心外"的心智本身的功能。[1]因此,一种"无载体的文学"是"文学(研究)消亡论"的真正内核。新闻类写作实质上仍然是对事实的"查阅",并未超出印刷文化的格局。但文学和艺术则不同,它们之所以与"创作"活动紧密相连,是由于其即兴与虚构性潜在地指向一种"无根基"的存在状态,其跨越时空的公共性原则上并不依赖于作品的物质性存留。这种"妄想"在传媒史中已被证实为一种导向"媒介化"甚至"智能化"的征兆。但这种"无根基"甚至"无条件"的存在状态并不是说这一信息处理模式背后真的一无所有,也并非仅仅是一种否定性修辞,而是一种具体的信息化形态。在计算机技术领域,这一形态的奠基即系统的环境架构。

二、"系统环境"的哲学解释:奥斯汀与德里达

对文学进行某种科学主义的或者"客观化"的处理,几乎是与西方人工智能同时演进的平行历史进程。这一进程并非显性地存在于任何连贯的哲学史脉络中,以至于在面对后期德勒兹哲学所引领的诸如"神经-影像"(neuro-image)这样的论域时,文学及艺术作品的技术生成模式更多地被理解为"媒介考古"的当代奇观化实现。但这种跳跃性的技术复刻视角也隐没了新时代技术最重要的原则之一:系统环境的开源性。

文学"客观化"塑造趋势的起源性论题即"语言行为理论"。该

---

1 [美]詹姆斯·格雷克:《信息简史》,高博译,北京:人民邮电出版社,2013年,第29页。

理论认为语言并非主要是对外部世界的描述,而是行动本身,即语言直接的客观展现。这表面上看与文艺的虚构性及语言的模糊性对立,因此在后续研究中,文艺作品更多地以被矫正者的角色出现。这一执念的树立也是由于在一般公认的起源性著作《如何以言行事》中,"语言行为理论"的奠基人 J. L. 奥斯汀(J. L. Austin)将"演员在舞台上说话,或是被插在一首诗中,或者仅仅是自言自语"作为"空洞或无效的施行话语"而排除出讨论范畴。但往往被忽略的是,他并未否决"一种更为普遍的解释"能够将之涵盖在内。[1] 一些刻板的理解视角过于轻率地接受了这一排除,而放弃了对"普遍解释"的寻求。

此处最常被忽略的一点是,奥斯汀在将文学语言中的施行句予以排除的同时,也赋予了这类语言明确的形态描述。首先,在一处行文中奥斯汀提到了诗作为一种"嵌入环境"。其次,文学中的施行句之所以暂且被排除出讨论,是由于它"寄生于语言的标准用法,可将其归入语言之退化原则"[2]。不同于一般所说的语言官能性的退化(deterioration,一种伴随着记忆与认知能力衰退的表意能力丧失,比如阿尔茨海默病),"退化"(etiolation)指寄生体从与宿主的有机体关系中枯萎凋落的进程。奥斯汀显然怀有这样的语言有机体图景,"文学"是作为"环境"而非"对象"才被排除出该论域的,在此他只是强调了在不同的语言系统环境中看似相同角色的语言所具有的不可比性。在此被忽视的正是奥斯汀提到的"普遍解释":文艺作品有其自身的"系统环境",其中语言信息有另外的客观化展现原理。

---

[1] [英] J. L. 奥斯汀:《如何以言行事》,杨玉成、赵京超译,北京:商务印书馆,2013年,第24页。
[2] 同上。

对文艺之"系统环境"的探寻之所以被后续研究者忽视,另一个重要原因在于,真正与这一"普遍解释"相关的论述实际上存在于奥斯汀的前序讲稿《感觉与可感物》中,而这一论述常被认为与"语言行为理论"关系不大。[1]《感觉与可感物》的核心问题是对一种关于感知的"哲学家话语"的批判,即我们无法"直接"感知物质对象,而只能感知"感觉与料"(或观念、印象、感觉项等)。[2] 这一虚假的对立向普通人的看法中引入了这样的意味:"我们凡有所'感知',那里就总有某种中介物,为另外一些东西提供消息——问题只在于我们能还是不能相信它所说的。"[3]

奥斯汀认为取消这一中介性思维诱导的关键在于对"直接"一词的理解。"感觉与料"理论将"直接"与"间接"的关系视为同阶的直接对立,但在日常感知中,"间接"只有在与"直接"的对照中才被使用,并且也只有在视觉层面这个问题才有一定的迷惑性。而在"间接摸到""间接听到"或"间接嗅到"中则都是无法(在行动例证中)想象的。正是在对于"间接感知"这一概念的扩展考虑中奥斯汀提到了媒介问题。在电话、电视和雷达这些媒介事例中,"直接"感知的描述和"间接"感知的描述是互相伴随的,因此无论是静态地记录过去场景的照片,还是记录不同时间中事件的电影,都不能算作"间接"感知的事例。[4]

以媒介视角来重审"语言行为理论"的整体工程就会发现,奥斯

---

1 该书的译者陈嘉映就持这一看法,详见 [英] J. L. 奥斯汀:《感觉与可感物》,陈嘉映译,北京:商务印书馆,2010年,第 vi 页。
2 [英] J. L. 奥斯汀:《感觉与可感物》,陈嘉映译,北京:商务印书馆,2010年,第6页。
3 同上书,第13页。
4 同上书,第18页。

汀用"行动"作为"语言"的修饰词，并以此充实整个语言系统时，他所做的就是对日常语言的一种"媒介环境"建构，所诉求的"普遍解释"在于从"中介"中区分出"媒介"。"中介"隐喻诱导的最终认识只是产品被还原于相应技术手段的回溯性分析结果。铭写、记录和编辑这样的行为隐喻都暗示了一种手段与产品的分离，这意味着只能通过"直接"的技术手段"间接"地感知艺术作品。反之，"媒介"隐喻诉求的是一个实现"感知直接性"之预先架构的系统环境，信息被直接"灌注"于其中并即刻展现。这种展现并非某种"产物"，其中也没有"感知物"与"感觉与料"的区分，"媒介"意味着在不同的系统环境中，人的感知与思维如何直接参与了系统原理的展现或者说与之同调。如果存在一种"艺术系统"并且有一定的智能化程度，那么它的系统环境原理将在作品中获得直接的"艺术展现"，而不在于具体的"产物"是否相似于另一个被确立为标准的系统环境（比如人在现实历史中的艺术创作）中的对象。正如奥斯汀事实上所揭示的，现实世界在信息层面也"仅仅是"或者说可以被建构为一个有其特定原理的系统环境。

由于奥斯汀的论述集中于对"日常语言"（现实世界的系统环境）的规范性建立，而没有凸显其"媒介性"，在同样具有媒介视角的德里达看来，奥斯汀在文艺作品与现实世界之间重新设立了"严肃/非严肃"的形而上学对立，从而强化了文艺语言的寄生性。对立于解构主义支持的"非饱和语境"（一般符号的内在可重复性），德里达认为奥斯汀建立了一种完全被规则（或者说程序）中介的"饱和语境"。[1] 在此，假如全面恢复了对"语言行为理论"

---

[1] 刘阳：《以言行事的事件学定位——以乔纳森·卡勒一个模糊命题为引线》，《学术界》2022年第7期，第105页。

的"媒介化"理解,那么德里达所批评的就不是奥斯汀的原则性错误,而在于后者只是论述了"现实世界"这一个系统环境并为其建构原理。德里达的不满实际上在于奥斯汀所说的关于系统环境的"普遍解释"并没有得到充分的说明。由此,整个"解构主义"实际上可以被理解为一种普遍的"媒介化"原理,是对既定知识结构事实运作时所属系统环境的再激活。在狭义层面,这一激活被表述为"环境"的一个弱化表述,即"语境"。在《论文字学》中,德里达的主要工程就是将文字从"外在的顺序"的寄生物状态中解放出来,使之成为"书写"这一系统环境中的原生物。[1] 这实际上是在哲学观念层面呼应了前述信息技术中对"查阅"的取消。

在《野兽与主权者》这一讲稿中,德里达正面例证了"解构"何以直接就是一种系统环境原理。正如在"狼"的词源中包含了"蹑手蹑脚",虽然野兽总是被"暴虐"或"吞噬"这样的标签制造为"知识",但在"野兽出没"的那个被所有人事实分享的"环境"中,"野兽"却展现为"安静""蹑手蹑脚"和"隐而不显","以缺席的方式提到了狼"。[2] 这些展现本身在解构主义视角下被保留在已经被标签化了的语词内部的"词源"中,并通过"解构"这一系统原理将语词从既定知识结构中解放,进行内在重复,重归于一种"系统环境"的展现。实际上,只要想在影像媒介中展现野兽就不太可能越过这一"环境",甚至当我们仅仅是很好地展现了这一"环境"本身,野兽是否真的出现就已经

---

1 [法]德里达:《论文字学》,汪堂家译,上海:上海译文出版社,2015年,第76页。
2 [法]德里达:《野兽与主权者(第一卷)》,王钦译,西安:西北大学出版社,2021年,第18页。

不那么重要了。而通过中介强行"制造知识"（faire savoir）[1]则是"假肢性"（prothétique）[2]的结果。这一修辞也形成了与维列里奥（Paul Viritio）所谓电影"义肢"（prosthesis）的呼应。[3]

这一被特别提炼的"平行进程"展示了相关哲学史议题如何导向"媒介"，也更新了对于文学、影像甚至艺术的定义：它们都是其自身系统环境的名称，是彼此之间不可比的原理的自身展开，而不是作为技术手段的系统工具的产物，亦不存在基于外部权力的"跨系统"统筹的可能。但这种"普遍的独异"恰恰在系统环境内部达到了真正的"开源"，对于所有进入系统环境内部的智能体来说，不存在"信息差"甚至"感知时差"。与之相反，时下很多与ChatGPT展开的互动实践都指向提问者预认可的"标准回答"，这一做法只检测了系统的"查阅"及一种"外部统筹"功能。撰写与现代学术体制内相近的论文也只检测了系统对成文规范的"查阅"功能。反而在虚构参考文献的例子中，ChatGPT才展现了其真正重要的媒介面向，它向我们展现了如何理解和即时构造学院学术的"体制环境"并将其展示出来。只有最后这一例子展现了智能化学术写作的可能，它本就是人类作为智能体在体制压抑下仍不懈运转的思维环境原理。

---

1 这个词在德里达的论述中包含了"假定有内容让人了解"与"制造知识的效果，在未必存在知识的地方"两个层面，详见［法］德里达：《野兽与主权者（第一卷）》，王钦译，西安：西北大学出版社，2021年，第64页。

2 ［法］德里达：《野兽与主权者（第一卷）》，王钦译，西安：西北大学出版社，2021年，第49页。

3 与德里达从批判的角度使用这一修辞略有不同，维列里奥的论述中包含了对技术"义肢"的中立甚至正面的论述。详见郑兴：《"速度义肢""消失的美学"和"知觉后勤学"——保罗·维利里奥的电影论述》，《文艺理论研究》2017年第5期，第201—208页。以及李三达：《现实何以消失：论维利里奥的后人类主义视觉理论》，《文艺研究》2022年第3期，第19—30页。

三、"文学/艺术系统"及其对立:"上都"(Xanadu)与万维网

实际上,在数字媒介史中"文学"本就是一个客观存在的重要系统类型。许煜在论及数据的物化进程时所提到的异见者泰德·尼尔森(Ted Nelson)正是基于"文学"这一系统观念拒绝承认数码物的可能。尼尔森所理解的"超文本"网络基于一种"非连续性写作",并将这一观念作为其庞大的系统工程"上都"的基础。较之于语言哲学家对文学的排斥性勾勒,"上都"的基本系统观念从正面呈现了"文学"的"开放性"形态。其"开放性"并非对某种"封闭性"系统的凿开,而是一种截然不同的双向链接系统。[1] 这一系统架构不需要对线性的链接跳转进行回溯(比如我们是如何在购物网站上从想要买的一双鞋跳转到一台咖啡机的),而是让双向可逆性的可视化系统形态在界面上被直观。用文学的通常概念来说,我们能够在每一个表达界面上看到"上下文"。作为一种典型的双向链接系统,诗的"上下文"不是单线性的而是双向关联的,韵脚与对仗这样的基础机制是这一架构的技术要素,它们被直观为一种可互逆的引用与重复,这使得"诗"实际上成了"文学系统"的环境原理。

"上都"一词来自西奥多·斯特金(Theodore Sturgeon)的小说《"上都"的技艺》。一个带有强烈中心性权力架构意识的外来者试图通过该星球上的"议员"找到他们的政治权力中心,却被告知并没有这样的一个中心:

"布里尔,你能先了解我们再谈吗?我现在告诉你,我们这

---

[1] 许煜:《论数码物的存在》,李婉楠译,上海:上海人民出版社,2019年,第45页。

里没有中央政府，几乎没有任何政府。我们是参议院的顾问。我也告诉你，与一位参议员谈话就是对所有人说话，你现在就可以这样做，这一刻或者一年后都可以。我现在跟你说的就是实情，你可以接受它，或者你可以花些年月在星球上旅行，检验一下我所说的。你会发现答案都一样。"

布里尔将信将疑地说道："我怎么知道你能够准确地传达给其他人？"

"没有传达，"坦恩直率地回答，"我们所有人同时听到。"[1]

在此，"上都"作为一种"文学"，即一种去中心化的系统环境。"非连续性写作"并不是对连续性写作的打断或拆解，而是信息非单向性的互逆、互引与重复。在尼尔森看来，"文学"系统是对人类观念结构的如实反映：

> 观念的结构从来就不是连续的。事实上，我们思想的进程也同样根本就不是连续的。确实，会有少量的想法在某一时间穿过心智的主界面。但当你思考一个事物，你的想法就持续地在其上循环往复，重审一个链接，然后是另一个。每一个新的观念都在比照整个图像的各个部分，或者整个图像的心智可视化自身。[2]

这一表述非常接近德勒兹与瓜塔里（Felix Guattari）在20世纪70年代对"精神分裂"与"机器欲望"的论述。在品斯特（Patricia Pisters）的援引中，"精神分裂"是人类思维展现的真实状态，即

---

[1] Theodore Sturgeon: "The Skill of Xanadu". http://fennetic.net/irc/Theodore_Sturgeon_-_The_Skills_of_Xanadu.pdf. (2004-10-18) [2022-03-04], pp. 5—6.

[2] Ted Nelson: *Literary Machines*. Michigan: Mindful Press, 1994, p. 16.

一个"充满机器连接"的工厂环境,其中涌现出的"产物"是连接之流中的断裂,表现为环境中的"功能"(functions)。[1]"产物"自身也仍是"流"中的一个段落,在未被设想的方向上生成新的连接。[2]

参照尼尔森的表述能够对该激进哲学提供一些规范化的抑制。诺伊斯(Benjamin Noys)就指出,后期德勒兹与瓜塔里通过"现存多元现实的激进化"(the radicalisation of existent plural realities)所达到的"加速解域"(an accelerated deterritorialisation)使我们在没有干涉与抵抗的情况下完全暴露于资本主义的趋势之中,只能去假想一种"更高"的超越性力量。[3]因此,基于后期德勒兹思想的讨论总难免导向一种难以名状的新主体或"奇点"。虽然不必否定这一指向,但对此的抑制会带来一个更切实的系统环境预期。"上都"在系统发展史中明确了这一预期:开源系统即"非传达性"的、最大程度消除"信息差"的系统环境。

作为"文学系统"的"上都"也是迄今为止计算机史上野心最大的工程,它既要实现完全的信息开源,又要将激进到玄化的观念稳定为一个操作系统。双向链接循环往复的数量级是难以估测的,因此"上都"从启动到第一个版本就花费了50年。这一系统今天仍然存在并进一步发展,其趋势是通过量子计算来处理庞大的信息数量级。由于量子态信息并非人类能直接理解的,其间

---

1 Functions 是一个经常被使用的多义词。它可以被翻译为机器的"功能",同时在逻辑学中也翻译为"函项",指在一种特殊的关系中,给予任何对象或诸对象,都会产生另一个对象。

2 Patricia Pisters: *The Neuro-Image: A Deleuzian Film-Philosophy of Digital Screen Culture*. CA: Stanford University Press, 2012, pp. 44—45.

3 Benjamin Noys: *The Persistence of the Negative*. Edinburgh: Edinburgh University Press, 2012, p. 61.

的转化仍然是个大问题。很少有人注意到"量子计算"与"人工智能"之间的原则性对立,而如何整合两者是时下科技界的重大课题。

正是在这段时间中,"万维网"框架成了今天互联网的主流框架。尼尔森的"文学系统"实际上拒斥数字信息的"物化"。触及任何一个信息都意味着触及这一信息所处的系统环境的展现,而非"位于"系统中的对象。相反,在"万维网"支持下产生的"数码物"则是在"超定"(overdetermination)下成熟甚至过度成熟的技术物,是通过强加各种约束条件整合而来的具体产物。[1] 其诉求不是信息的开源和即时分享,而是"有意义的内容结构化,从而形成环境"[2],是对已被赋义的既有网络进行整合。"万维网"的成立基于两个假设,首先是已经被明确赋义的事物,其次是对不同语境中对象的跨语境转译。[3] 它完全是参照现实世界运作方式的语义结构,反映了"赋能"乃至"赋权"的共谋。

"上都"与"万维网"的历史性对立凸显了很多时下讨论中的错配。其中最重要的问题是,大多数讨论者不会意识到当下的人工智能应用是基于"万维网"这一网络系统环境。对于大多数普通用户和跨学科研究者来说,"互联"只发生于"万维网"框架中。无论是"万物互联""元宇宙"还是其他新潮概念,都仍然基于一种单向链接的、赋权中介式的默认框架展开。人工智能在此也只是关于这种赋权中介所造成的"信息差"的进一步扩大。这也就是为什么在今天通行的网络技术框架下,任何中性的技术手段和

---

[1] 许煜:《论数码物的存在》,李婉楠译,上海:上海人民出版社,2019年,第48页。
[2] 同上书,第61页。
[3] 同上书,第62页。

技术环境常会以"赋能"这样的流行修辞参与到资本运作甚至剥削当中去,而反过来批判的一方则完全没有意识到根源并不在于技术手段本身的恶化,而是"万维网"技术思维的垄断。[1]对"万维网"中的资本控制问题进行批判之所以是较为便捷的主题,是因为这无外乎是一种批判的"同义反复"。

如果说"上都"是系统层面"文学"思维的展开,那么人工智能在时下研究中被默认的"万维网"系统环境中就无法创作"文学"和"艺术",但可以轻易地塑造一种相关的"知识表达",即对"什么被认定(赋能)为艺术"的系统性整合,这一思维在"艺术定义"的讨论中蔚为大观。但不满足于此的讨论者也应该意识到,在讨论"神经-影像"和"自动写作"这些技术哲学视角下的艺术形态时,它们从根本上也许就与时下默认的"人工智能艺术"相对立,至少就后期德勒兹思想所希求那种"新(政治)主体"来说确是如此。

四、开源系统的艺术形态:艺术"智能"的激活

在许煜所揭示的"上都"与"万维网"的媒介史纠葛中,最显著的一点就是"文学系统"与"数码物"或者说数据的"物化"相排斥,进一步说即"文学系统"与"万维网"框架下的"人工智能(赋能)"相排斥。因此,对"人工智能写作"的恰当解决思路,就是通过某种方式达成二者的协同。其中一种仍然存在的方案就是被称为"文学编程"(literate programming)的解决方案,这一概念于1983年由唐纳德·克努特(Donald Knuth)提

---

[1] 关于"算法"的中性解读,详见朱恬骅:《"算法"提喻的话语陷阱》,《中国图书评论》2023年第1期,第10—17页。

出,旨在替代20世纪70年代占据主流的结构化编程范型。作为算法界的传奇人物,克努特对于程序编码有着浓厚的艺术与美学追求。在与皮特·塞贝尔(Peter Seibel)的访谈中,克努特如此描述"文学编程":"我尝试用与我大脑思维相一致的方式,而不是逻辑学家存想于形式化系统中的方式来建构程序。我的程序理应服从我自己的直觉,而不是服从他人死板的框架。"[1]

"文学编程"的观念具有可想而知的优势,它结合了代码与文档语言,依靠人类语言而非计算机语言,同时也更容易维护。但在具体实践中情况却没有这么理想。在名为《文学不是代码》的文章中塞贝尔描述了进行"文学编程"时的体验。首先,尽管他很想以"文学研讨会"的形式组织关于"文学编程"的开源分享,但实际上很少有程序员会去"阅读"其他人的"文学代码",但如果一个文学作家不去阅读其他作家的作品,这是不可思议的。其次,虽然"文学编程"的优势在于人的直接理解,但每当塞贝尔想要理解自己的编程时,就几乎要把这段"文学"重写一遍。塞贝尔最后得出结论:"显而易见的是,代码不是文学,我们不读代码,我们解码它,我们检验它。一段代码也不是文学,它是一个样本。"[2]

根据前文的论述就可以看到,塞贝尔的失败体验正源于对"文学"和"开源"的一种"误解"。人类具有明确意义的语言实际

---

[1] Peter Seibel:《文学编程——Donald Knuth 访谈》,戴玮译,《程序员》2010年第6期,第110页。

[2] Peter Seibel: "Code is not Literature". https://gigamonkeys.com/code-reading/. (2014-01-20) [2022-03-06].

上并不是"文学"的基础,前者是一种"知识表达",后者是具体语言环境的"思维展开"。作为展开度更充分的一方,后者的"可传达性"奠基了前者。[1] 一旦"文学"以"有意义的对象"被置入代码环境中,其"系统环境"就会被湮没,失去自身的"可传达性"而成为一种"特设"(ad hoc)。这种植入只能在代码运行中被检测,而不能被理解与展开。塞贝尔的跨系统体验可以归纳为:只能植入"语义"(表达)而不能植入"文学"(传达)。只能被开放式"赋能",而无法达到真正的"开源"。

在一种反向实践中,"数字诗学"则展现了"文学"的标准数字化呈现状态。根据格莱齐尔(Loss Pequeño Glazier),"数字诗学"让人学会以 UNIX 的模块形式进行思考。作为系统环境的"诗"传输的是"感官效果活动的触觉记录",机器与人两者的思维就都成了文本的"物质性部分"。[2] 上述实践从正反两个方面显示了这样的事实:如果智能系统的艺术创作就是"文学/艺术系统"的环境展现,那么人类事物就不可能通过简单的"赋能"温柔地走进系统的"良夜"。智能系统的艺术创作更多甚至只能展现为"文学/艺术系统环境"所受到的跨系统(来自人类世界)的扰动,所展现的是介入冲突或是无法被填平的跨系统缝隙本身。数字诗记录"文学"与"单线性"(mono linear)的冲突,在"代码"环境中当意识转入联想性倾向时发生的"舌头打结"似的故障,即一种"闭塞"(occlusion):

---

[1] 关于语言的"可传达性"优先于"指物"的辨析,详见王凡柯:《任意的"任意性"——本雅明早期语言哲学与索绪尔结构主义语言学的辨析》,《中国图书评论》2023 年第 2 期,第 65—71 页。

[2] [美] 劳斯·佩克诺·格莱齐尔:《跃向闭塞:数字诗学宣言》,林云柯译,《新美术》2015 年第 2 期,第 107 页。

于是我们可以说,将读写进行连接的能力依赖于一种联想性技巧,且并不依赖于封闭的结论,而是依赖于一种"闭塞",一种眼睛偏移,一种字面义和同音异形。(如果机器意味着运算,那么书写就始于它陷入错误之时。)这是一个微量物质的空间:当单线性受阻时,外部视野就可能重新运作起来。[1]

"文学/艺术系统"与视觉的相关性在此被揭示了出来,影像的知觉模式比词句更适合承载"文学/艺术系统"的原理闪现。视觉印象更具有持存性,一个画面与时间轴上临近画面的连贯和断裂更容易被直接感知,天然地具有"双向链接"的系统环境特征,也对系统扰动更为敏感。这实际上为"机器欲望"提供了一个更具体的描述,它体现为一种"视线"受阻之后必然出现的"视野"重构,这就是影像所代表的艺术"自我决策"的"智能"。

从信息角度来说,在谈论创作者主观性以及叙述者视角问题时,我们实际上在讨论跨系统的"信息差"如何形成作品内部的势能,并最终决定信息流的展现形态。影像艺术中所有的镜头模式和剪辑手法都可以被这样理解,即对被设想为自行展开的"影像系统环境"的扰动和闭塞。现代技术条件下的人类影像大大加剧了"信息差",压制甚至消灭了影像自身的开源信息形态。在此,"人工智能"艺术创作应被理解为"人工"如何辅助艺术自身的"智能"觉醒,以"文学/艺术系统环境"替代依赖"信息差"的"人工系统"。

---

1 [美] 劳斯·佩克诺·格莱齐尔:《跃向闭塞:数字诗学宣言》,林云柯译,《新美术》2015年第2期,第110页。

以"神经-影像"为例，品斯特在其著作的理论奠基部分实际上将后期德勒兹思想呈现为一种"故障美学"。处于现代"赋能"网络中的身体和知觉具有一种绝对的兼容性，看似能够自由地穿越于诸系统环境之间，实际上则是被不同的系统环境分割、拼接为一种虚假的"有机体"，至今也并未给出具体系统环境说明的"元宇宙"就暗含这一负面趋势。"智能化"因此必须借助一种原发性"故障"触发的自我分析，这并非要表明各个不同知觉区域的连接关系，而是要看到其独立的"上下文"与"可逆性"。影像若趋向于柏格森（Henri Bergson）的"生命之流"，就要区别于"落差之流"，即平等的衍生连接区别于被迫的单向链接。

品斯特对"神经-影像"的论述收敛于现代战争电影，并主要借助于维列里奥所说的电影的"消失美学"展开论述，这恰是因为战争作为一种极端的冲突状态是人类与机器思维环境的汇流之境。正如在"数字诗学"中，单向性运作中的故障激活了外部视野，电影也总是于消失之中才理解了自身的智能系统环境。现代技术的"赋能"所对应的那些词汇（观看、凝视、监视）在这一视角下都将影像的消失推向一个其自身不可感的边界，消除影像环境与人类感知的同调性，而电影本该是对消失、对"赋能"系统的故障具有绝对敏感的艺术系统。这种敏感是最原发的艺术能动性，或者说就是艺术的"智能"。影像形成于知觉段落的边界，而所谓系统的"智能化"则在于这一边界必须同时衍生出新的连接。实际上，大多数在叙事层面"不可观看"却又有着重要实验范本意义的电影作品都在探求这一衍生系统所能达到的智能化程度。可以设想，如果"人工智能"电影创作是可能的，它最初的影像展开必然会更接近艺术电影而非故事片。反过来说，正是"人工智能"艺术创作的可能性让人们认识到艺术自身的运行环境，以及为什么艺术总是与现实社会系统存在隔膜。

结语

当我们基于事实存在的智能系统发展史而非新技术奇观来思考新技术条件下的艺术创作问题时，有两个方向上的偏执应当引起注意。其一，很多讨论实际上将"人工智能"理解为了"人工赋能"，这种理解忽视了或不了解"信息化""数字化""智能化"三个技术发展阶段的区别。前两个阶段仍然由人类操作者主导，只是信息采集的自动化程度和量级不同，而"智能化"则意味着系统不依赖外部操控的自行衍生和决策。时下跨学科研究者对ChatGPT这样的智能系统所做的"测试"实际上并未真正触及"智能化"的层面，甚至人类如何才能触及这一层面都仍是一个问题。其二，这也并不意味着"人工"可以被抛弃，以至于很多研究者陷入了"技术神秘主义"的迷狂之中。正如很多科学实验一样，人工的介入、扰动甚至故意破坏已有的系统环境并观察其后续演进，这是非常正常且必要的科学手段，在艺术领域也是如此。

对于"人工智能"艺术创作的思考在相当大的程度上并不是对"新事物"的思考，也不是要急于宣布一个新的技术时代的来临及"旧时代"的终结。这里的关键问题反而在于如何重整已有的"艺术系统环境"，重新表述过去那些被认为是怪异的、疯狂的、高屋建瓴的艺术实践实际上何以作为"艺术系统环境"的基础。此外，进入这一视角就意味着只能进行系统环境层面的整体性颠覆和替代，比如用维列里奥的电影的"义肢"替代德里达所批判的"假肢性"。但也正如这两个修辞所示，一种作为现实参照的标准有机体将被从观念中完全剔除。是否能够在论述中给予这种"无基础性"以规范性说明,这远高于朴素的"反基础主义"或"融贯论"的要求。

(原载《电影艺术》2023年第3期)

时光机与罐头：分析美学与"亨普尔模型"
The Time Traveler's Art

在20世纪后半叶的英美学界，分析美学具有显著的优势地位，但并没有形成一个封闭的学派，而是保持了其广义性。广义的"分析美学"是诸多分析性方法在美学与艺术问题中的应用集合，并形成了与具体艺术实践相伴随的行动性的理论话语。大多相关文集也不会将"分析美学"用作专有名词，比如由皮特·拉马克（Peter Lamarque）与斯坦·奥古·奥尔森（Stein Haugom Olsen）选编的收录了大部分该领域经典文章的文集，就在副标题中使用了"分析传统"这样的表述[1]。可以看出，较之于"艺术定义"这类针对性质的分析，分析美学更注重分析方法在具体艺术分析中的演进与理论话语的实验性应用。

由于这一时期反本质主义的思想氛围以及当代艺术市场的状况，"艺术定义"与"艺术体制"一度成为分析美学的主要向度，并催生了对于分析美学的狭义理解，使之成为某种专有学派概念，这反过来也唤起了将分析美学重新广义化的诉求。将"分析美学"（analytic aesthetics）这一名词作为专门概念的典型例子来自舒斯特曼（Richard Shusterman）。在1989年选编的同名文集中，他在《前言》中指出，鉴于分析美学在其兴发期主要存在于"分析学者"（analyst）对美学问题的论述中，需要建立一个足够广义的流派范畴，把丹托（Arthur Danto）、古德曼（Nelson Goodman）和

---

[1] P. Lamarque and S. H. Olsen ed: *Aesthetics and the Philosophy of Art: The Analytic Tradition: An Anthology*. Oxford: Blackwell, 2004.

沃尔海姆（Richard Wollheim）的写作也包含进来，虽然"与维茨（Morris Weitz）、艾森伯格（Arnold Isenberg）和西伯利（Frank Sibley）相比，他们的理论由于太具革新性和奇异性而很难成为典范"[1]。鉴于此处所列举的前一类学者都以艺术定义的开放性立场而闻名，舒斯特曼的这一对比就暗示了分析美学重"艺术定义"而轻"艺术创制"的状况，并且认为两者至少应当被重新平衡。

在对分析美学的界定中，舒斯特曼对分析美学"第二阶性"（second-order）的揭示尤为关键，即它与艺术批评紧密相连。从它与分析哲学的关系来看，分析美学实际上是要将后者所认为的"第一阶性"（first-order）的目标，即"科学性"融入美学领域，并成为艺术在"第二阶性"上的行动性协同话语。[2] 这也就是说，分析美学在问题意识和方法论层面都并不主要关心"艺术应该是什么"或者"艺术如何被评估"这样的问题，而更关注如何建立一套艺术语言，也就是一种与艺术具体的及物创制行动相伴随的行动性理论话语。本文试图从这一视角，论述分析美学的另一条起源线索，即历史主义及其及物范畴"时间性"。这一线索一方面是对分析美学更早的起源性人物亨普尔及其认识论模型的钩沉，另一方面也以此具体解决舒斯特曼所提出的分析美学再度广义化的疑难，即揭示丹托、古德曼、沃尔海姆等理论家背后共同的"时间性"分析传统。

一、分析美学的先导：分析的历史哲学

早于维特根斯坦后期思想产生的时间，"时间性"的分析传统的

1　Richard Shusterman: *Analysis Aesthetic*. Oxford: Blackwell, 1989, p. 3.
2　Ibid., p. 7.

奠基期可以追溯到 20 世纪 40—50 年代。此时分析传统最重要的旨趣之一是试图在自然科学与历史学中找到兼容的解释框架。这一思潮始于 C. G. 亨普尔（C. G. Hempel），并至少持续到 1960 年左右，但却在维特根斯坦后期思想风行之后被遮蔽了。分析美学中的重要人物亚瑟·丹托正是这一过程的亲历者，也是亨普尔思想的重要践行者。由于研究界对丹托投身于分析美学之前的历史哲学思想鲜有关注，大多数相关研究没有认识到丹托的分析美学转向并非某种全新道路的开辟，而是基于对被遮蔽的亨普尔传统的重提与刷新，同时丹托曾身为当代艺术家的身份也鲜有人提及。我们将从丹托思想根源处的历史哲学与艺术实践返回这一传统。

在丹托为自己的个展撰写的《停止做艺术》一文中，他提到了他于 1961 年写下了第一部书《分析的历史哲学》（该书后续补入新的章节，以《叙述与认识》为题出版），此前他仍在从事艺术创作。次年，丹托看到了关于利希滕斯坦（Roy Lichtenstein）《吻》的报道，这件作品打破了他过去所持有的有边界的艺术概念，促使他完全转向分析美学。但他并非完全放弃了艺术，而是进入了一种经验交融情景，他发觉："我写的哲学有一些东西属于作为艺术家的我。"[1]

介绍丹托的艺术创作对理解这一转向是有帮助的。他本人创作的是将绘画转译到木刻之中的艺术品，用廉价的纸板与木料做底板，用树枝和大刷子做工具，大量的工序都花在处理基底材料上，不做彩绘。用丹托自己的话说，他在"通过毁掉绘画的方式

---

[1] Arthur Danto, "Stopping Making Art", presented at the University of Illinois, Springfield, on the occasion of an exhibition of his prints, 23 September 2009. （展览册印刷品，无页码）

来持存绘画［……］我想要画作呈现于我的制作方式之中，而不是成为它自己的镜像。"在此，丹托表露了他创作方法中的历史意识：

> 我极少画什么以其自身为目的的东西。我宁可开始试着涂抹和使用笔触法，追随波洛克（Jackson Pollock）和德·库宁（Willem de Kooning）的精神，然后看看有什么能浮现出来。那就像是在找寻什么讯息，看看有什么东西跑出来，那可能是我的世界某一部分的图像，一些我曾经知道或者读过并为之感动过的东西。我在等待我世界中的那些部分，我的孩子，我爱的女人，一些动物，一些小说的场景，诗歌，历史，报纸——比如碧姬·芭杜（Brigitte Bardot）自杀事件对我的影响，她的美丽和危险让我着迷。它们看上去如此现代，这都是因为我依赖着的是现代的美国艺术家。但它们看上去仍然很抽象——黑金线条的彼此纠缠，被沉重的刮痕禁锢。我走进我的工作室，那通常是夜晚，我渴望着看到有什么东西会迸发出来。[1]

这一创作方法直到今天仍然普遍存在于当代艺术实践中。从一种分析性的内在行动上看，这种创作方法作为一种链接模型同时保有关于事件在两个向度上的行动，即解释与预测。丹托潜在地表达了历史与艺术统一于这一分析性模型的看法，他认为，艺术作品无论抽象与否都是对以往经验的表述，而在当代艺术中，这种表述不以镜像式模仿为标准。这种方法将工作量集中于"呈现基底"本身的制作，这个过程使用亚麻籽油、福尔马林和模块切割

---

[1] Arthur Danto, "Stopping Making Art", presented at the University of Illinois, Springfield, on the occasion of an exhibition of his prints, 23 September 2009.

刀等一系列科学材料，而"作画"本身与传统艺术相比则十分潦草。但这种艺术恰恰是更为严格的，任何一个工序的失误都有可能造成基础性的紊乱。同时它缺乏装饰性，无法通过附加的涂绘与调色来弥补。一旦它呈现或者说确证了艺术家过往的经验，这一凝聚了所有这些科学条件限定的"基底"就成为一种普遍性的"呈现规律"。在科学上说，它能够预测同一类将会被它所确证的经验，也就是说，它是"现成的"。

"解释"与"预测"这一链接模型正来自亨普尔20世纪40年代的名文《普遍规律在历史中的作用》。如果不刻意无视丹托60年代事业转型期的各种互涉因素，上述对其创作方法的解析就是有迹可循的。在《认识与叙述》的序言中，丹托提到了50年代后的分析学界对亨普尔关注的滞后，他指出，直到1953年《哲学研究》出版，人们才开始以此为背景重新讨论亨普尔10年前就提出的思想。[1]

亨普尔在该文中指出，对于一个事件的科学解释包含两个层面。首先，事件发生的初始条件和边界条件，即被解释的事件的限定条件，这往往表现为对过去诸要素的陈述；其次，使解释能够成立的普遍规律。要解释一辆车的水箱经停一个寒夜而破裂，我们需要尽可能地陈述这一夜的诸要素，包括水箱材质及其破裂时的压力数值、盖子的拧紧程度、室外气温。但这些都无法构成真正的解释，我们必须陈述关于这些初始要素的普遍规律，比如水在标准大气压下的冰点，随着温度的降低体积压力变大，达到某一压力时会突破水箱材质的承压极限。亨普尔总结道："归根到底，

---

[1] [美]亚瑟·丹图：《叙述与认识》，周建漳译，上海：上海译文出版社，2007年，第2页。

这组陈述必须包括一种有关水压的变化是水的温度和体积的函数的数量规律。"[1]

这种后来被称为"演绎-定律论解释"的模型破除了一种决定论思维，比如"前因后果"这个说法就没有明示对于普遍规律进行陈述的复杂性及其严格性。水箱破裂是"因为"把车停在寒夜，这就是一种"伪解释"。这是由于其中的普遍规律仅仅被陈述为"停放在寒夜的车水箱必然破裂"，这种单一归因很容易被证伪。在对于历史事件的解释中，这种"伪解释"含有阴谋论的色彩。比如工人起义是"因为"工资水平低下，这一解释所陈述的普遍规律是将工人的诉求完全归结于经济利益。普遍规律并非在决定论层面制约着对事件的解释，它也是一系列需要被经验确证的陈述集合。科学解释的普遍性来自诸规律陈述所形成的函数式或矩阵，它同时向"解释"与"预测"两个时间向度开放。在过去的时效上，"解释"尽可能地探求原初限定条件；在未来的时效上，普遍规律基于"解释"所形成"科学性界面"而具有预测性。"解释"与"预测"在亨普尔看来发生于一个完整的结构中，这一结构的有效性并不受制于事件是否已经发生，而是基于事件作为"事态"（世界中向"事实"演进的可能性）是否在这一时间性结构中获得了发生依据。这一认识论结构就被称为"亨普尔模型"。

亨普尔模型更重要的面相在于其消极的一面，它契合了艺术解释的模糊性。原初条件实际上是很难被勘尽的，比如水箱材质局部质量不均，或者水中的混合物影响了冰点。这一面在历史

---

[1] [美] C. G. 亨普尔：《普遍规律在历史中的作用》，黄爱华译，《哲学译丛》1987年第4期，第49页。

解释中会被进一步放大，对于发生在具体时空中的独特事件来说，要依据"普遍规律假设"说明全部特征进而提出完全解释是不可能的。普遍规律在科学解释中指的是被解释现象的"覆盖律"（covering laws），即使最科学的解释也只能是"更全面"而非"完全的"解释。历史更是如此，但"两者都只有依靠普遍概念才能说明它们的课题，历史学正如物理学和化学一样能够'把握'它的研究对象的'独特个性'"[1]。

在《认识与叙述》中，丹托延续了亨普尔的包容演绎模式。他指出，历史学的任务是对"整个过去"的理想编年，而历史哲学则意图对"全部历史"进行把握，后者需要同时具备"描述"与"解释"两个分离的理论阶段。"描述"是为已经发生的事件提供完形的发生模式，比如认为任何阶级在自身的存在条件中都会生产出其对立阶级，历史即阶级斗争的历史。"解释"则是按照不同条件解释这种因果性，比如对各个时代生产力与生产关系的分析。由此形成的历史哲学大概率会导向历史终结论，因为这里被包容地演绎的普遍历史规律是矛盾随着社会生产条件的变化而走向消失。由此，这种历史哲学的理论性就在于它获得了它所希求的"全部历史"。丹托称这种认识模式为"实质的历史哲学"[2]。而在亨普尔模型中，普遍规律与原初事态在经验确证中共同扩展认识的外延。较之于科学，在历史解释中对原初事态的全面把握更为困难，但亨普尔并没有因此就要求放弃这种把握。"实质的历史哲学"则据此倾向于弱化甚至忽视历史学关于"过去"的素材

---

1 [美] C. G. 亨普尔：《普遍规律在历史中的作用》，黄爱华译，《哲学译丛》1987年第4期，第49页。
2 [美] 亚瑟·丹图：《叙述与认识》，周建漳译，上海：上海译文出版社，2007年，第1—4页。

搜集，而直接进入了理论之间而非事实之间的包容性演绎，它所提出的实际上是一种理论的普遍规律。

由此，丹托批判了当时分析哲学中以刘易斯（C. I. Lewis）为代表的"不存在关乎过去的叙述"的看法，这种看法认为过去只有在向未来的扩展或收束中才能被认识，从而隐含了"过去不可知论"的立场[1]。同样，他也批判了以艾耶尔（Alfred Ayer）为代表的将陈述的真值与时态，即陈述者在时间中的位置剥离的看法，后者认为用不同的时态陈述同一个事实，其为真为假不受时态的影响。在丹托看来，这些看法都是由于过去之不可经验以及"整个过去"的不可获得而完全将"解释"归于现在和未来的可经验性[2]。这种历史哲学看似局部地符合亨普尔模型，但实际上却破坏了"解释"与"预测"的互涉性平衡，使得"解释"完全从属于"预测"的需求。

"实质的历史哲学"对于"全部历史"的把握实际上是将自己置于"过去的未来"，并一跃回到后续事件发生之前来讲述故事，以此赋予前序事件以历史价值。相对而言，丹托支持的"分析的历史哲学"则试图维持"解释"与"预测"的互涉性平衡。亨普尔模型要说明的是，真正的普遍性在于我们是时间之中的解释者与预测者，这意味着我们的预测牵涉着我们的已知，反过来我们对已知的解释也关涉着对未来的预测。但这并不表示两者之间有决定性关系，而是说我们的"解释"或者"预测"活动都在潜在地提出一个普遍规律的函数式，它是诸描述的"织物"，而非被

---

1 ［美］亚瑟·丹图：《叙述与认识》，周建漳译，上海：上海译文出版社，2007年，第44—56页。
2 同上书，第69—74页。

简单地打造成某种统一的解释理论。对于过去的新发现会造成普遍规律的动摇甚至崩溃，而新发现对于据此展开包容演绎的某一个时间的解释者来说也是一个当下的新的原初条件，它仍然是对"整个过去"的指涉。

丹托以克己的角度继承了这一立场，他认为"我们对过去的认识受制于我们对未来无知的重要限制"[1]。这一点如实地反映在丹托的艺术实践中，即通过创作织物式的底板等待过去浮现出它的意义，而关于"未来"的艺术品会是什么样子，此类当代艺术家则完全恪守当下的无知。同样，"分析的历史哲学"的原则也反映在他的分析美学当中。他强烈反对迪基（George Dickie）对于"艺术世界"的"体制论"解读，即将之视为由艺术评论、评论家群体与艺术品所产生的语境建构。从"实质的历史哲学"批判可知，迪基的这种看法实际上是带着对艺术品而言在"未来"形成的体制运作规律，转身返回艺术品的产生与认同之前，以此对艺术的"全部历史"进行论说，这无外乎是"终结论"在艺术上的弱化表现。

在《艺术世界》中，丹托描述了一种"风格矩阵"。其中，一种自在的艺术风格总是在其对立面被发现之后与后者一并呈现出来。这一情况不断发生，导致了"艺术"概念的扩张[2]。在对于某种已有但未被发觉的风格的指认中，新风格才形成了"艺术世界"的一部分。依据亨普尔模型，"艺术"概念存在，但在朝向

---

1 [美]亚瑟·丹图：《叙述与认识》，周建漳译，上海：上海译文出版社，2007年，第20页。
2 钱立卿：《概念扩张问题的多重面向——以"艺术"概念为例》，《哲学研究》2021年第2期，第106—115页。

具体艺术品时它总是一种覆盖律的真理。严格的逻辑实证主义因此而否认美学与艺术的意义,反本质主义者完全撤销了它的价值,而"分析的历史哲学"则保留了它。

二、"实质的历史哲学"悖论:时光机与"非相继时间"

假如以"分析的历史哲学"作为分析美学的先导,我们可以看出"艺术定义"与"艺术体制"的问题范畴何以简化了分析性美学思想应有的复杂性,同时也失之严格性。倘若它被视为一种关于艺术(定义)史的"解释理论",那么它无法避免"实质的历史哲学"的批评。如果它是无关历史的,则它就是一种社会状况调查和描述,更趋近于社会经济范畴。此种问题意识实际上来源于分析性思维中对归纳逻辑的简单批判,但分析美学的建设性一面则要求在艺术中为演绎与归纳的关系提供合理的运用和解释。丹托表明这一问题可以进一步落实为:艺术如何呈现认识主体在时间中的位置及其所受到的限制?更确切地说,人如何看待艺术的功能,一个重要的方面就表现为人在时间中能做什么或不能做什么。因此,"分析的历史哲学"的及物范畴就是"分析的时间哲学",此处我们也将"及物"地谈论这一问题。

我们把这个问题落实到一个具有当代艺术气质的器物上:时光机。自威尔斯(Herbert George Wells)的《时间机器》发表以来,时间旅行成为20世纪初最热门的科学文化议题之一。《时间机器》讲述了一个发明了时光机的时间旅行者穿越到遥远的未来,并将自己的见闻带回现代,那是一个隐喻了阶级分化恐怖图景的未来世界。以今天的视角来说,威尔斯的作品可能称不上科幻,因为他避开了可能产生的悖论,仅仅保留了一个在时间中去而复返的设定,只是一部朴素的反乌托邦作品。之所以《时间机器》中没有悖论,是因为旅行者在相当遥远的未来与现在之间往返,那个未来里的一切在现在都不存在。

但这篇小说仍然体现了"实质的历史哲学"最典型的时间性欲望,即作为一个"过去的未来"者回到"过去的过去"做出预言,它提供了一个从资本主义产生时刻以后的"全部历史"。虽然有些人认为,来自未来的信息被现在的人所知是具有重大意义的,比如下周大乐透的中奖号码,但这个信息不可能被从世界线中剥离出来。如果它要起到扭转乾坤的作用,我们就必须预设历史终结于公布中奖号码的那一刻,否则我们就无法回到过去通过这一行为做出预言。丹托所批判的"实质的历史哲学家"就是如此,他们实际所设想的是在"全部历史"的终点与起点之间自由往返,而并不真实地生活在时间之中。正如艾耶尔的观点所示,时态对于他们来说并不重要。无论是从未来回到现在还是从现在回到过去,它们都是一种关于回到过去改变现实的欲望。后者表现得更为直接,即我们的当下被作为过去在此刻的终点。

很多符合"实质的历史哲学家"面貌的学者都不同程度地探索过时间旅行的可能性,刘易斯就是其中的代表。为了使之可能,他通过区分个人时间和外部时间划定了一个类似于空间的"永恒时间体"[1]。我们用一个小时穿越到几百年后,我们的手表却只走了一小时。刘易斯显然意识到了其中的困难,假如存在"永恒时间体",而我们在其中如空间移动一样做时间旅行,诚然,朝向未来的旅行可以是一个箭头,但返回过去则需要走一个向上的"Z"字

---

1 David Lewis: "The Paradoxes of Time Travel", *American Philosophical Quarterly*, 1976 (13), pp. 145—152.

形，以规避"双重占据悖论"（double-occupancy paradox）。这个悖论是当威尔斯的时光机向过去做逆向时间旅行时，它如何能不撞上之前的自己？因此刘易斯必须设想一种空间中的偏移来避免撞击。但实际存在的时光机不是一个欧几里得式的没有面积的点，它有一定的体积，在向后的运行中总会有一片时空重合的阴影[1]。

这里我们遭遇了时间旅行问题的实质："实质的历史哲学家"能不能回到过去？首先要回答的问题是，时间究竟是相继的还是非相继的？在刘易斯的"永恒时间体"方案中，时间类似于空间的相继性造成了"双重占据悖论"，只能通过将时光机进行欧几里得点化才能避免，而这已经是可能世界的逻辑范畴了。根据科赫（Anton Friedrich Koch）的解读，作为前概念的杂多性原则的欧式几何空间这一中性状态，或者说非现实临界状态，在所有可能世界中都具有不可逾越的初始有效性，只有当其中性状态被实在填充造成空间扭曲，我们才能获得可能世界[2]。换句话说，这种规避方式只是正常履行了一个虚构世界的思维过程，与实际要谈论的时间旅行问题已经无关了。因此，作为空间性相继时间的"时间永恒体"只是提供了一个想象的中性空间罢了。

解决方案就只剩下时空跳跃这一种可能：时光机原地消失，并出现在另一个时空点。我们在哆啦A梦的抽屉时光机里看到了这种形象，它实际上只是空间移动任意门的时间化版本。这一版本蕴含了一种空间思维制约下的非相继时间观，时间性呈现为过去、现在和未来三个时间点，而非彼此互涉的三域，而后者才形成真

---

1 Ryan Wasserman: *Paradoxes of Time Travel*. Oxford: Oxford University Press, pp. 30—33.
2 ［德］安东·科赫：《真理、时间与自由》，陈勇、梁亦斌译，北京：人民出版社，2016年，第138页。

正时间性的非相继时间观。海德格尔在《存在与时间》中提出了这一"三域说",并称之为时间性的"绽出",它依托于先验性的当下作为无所不包的"整体性时间"这一看法。这一对于此在的分析性解释可以被理解为亨普尔式的包容演绎,即眼下提出普遍规律的我(可以理解为当下认识者的存在状态)处于"解释"与"预测"的互涉结构中。因此,过去与未来并不以点状的现在为区分点,三者实际上处于同一个整体,即亨普尔模型之中。

在时间性自身之中展开的非相继时间,类似于丹托所说的"整个过去",对于达到这一认识理想状态的欲求,是当下的我们在朝向未来时的一种实践态度。非相继时间的观念使我能持存"整个过去"。反之,刘易斯式的时间旅行者则会遭遇如下悖论:他跳跃到过去,却没有那个可供降落的确切的起点,但"实质的历史主义"的行动观念却强烈地依赖于此。我们可以称之为"实质的历史哲学悖论":将时间理解为时间点,与它所需要的非相继时间这一条件的存在论情况相矛盾,而与之相适配的空间性"相继性时间"则会把该问题弱化为可能世界问题。但即便接受这种含混,在任何可能世界里,关于时间旅行的这一悖论都依旧存在。更根本的问题在于,"实质的历史哲学家"并非想要亲身参与历史实践,正如刘易斯为了规避"双重占据问题"而提出的空间位移所示,他默认了一种对于真实发生的过去的偏移旁观位置。

因此,"过去完结"与"回到过去"的悖论无法蕴含"重构历史",以"整体性时间"提出、检验并改善我们的"解释"才能蕴含它。本雅明(Walter Benjamin)与霍克海默(Max Horkheimer)曾就"历史是否完结"在通信中展开辩论,后者认为历史唯物主义必然意味着"历史已完结"的立场。过去的非正义与死亡无法被修复，而当下的幸福也不受其左右，"好与坏并不以同样的方式与时间相关联"。支持"历史尚未完结"的本雅明则认为，"甚至任何时代所做的事情的哪怕一部分都不被认为是可以轻易落入某人掌心的物品"[1]。可见，本雅明明确持历史作为非连续体的看法，历史唯物主义对历史的重建不是在思想中重复对胜利者的描述，而是催生了一种"运动的冻结"或者说"冻结的运动"，而非"运动的终结"。它形同于丹托作品中的织物底板，是艺术"运动的现成"。正如本雅明所说："历史的任务不仅是使被压迫者能够得到传统，还要使他们能够创造传统。"[2]

因此，相比霍克海默，本雅明并非"实质的历史哲学家"。虽然具有神学背景，但根据克里奇利（Simon Critchley）的阐释，"神圣暴力的非暴力性"恰恰在于上帝以一个无政府主义者的面貌出现[3]。它使法律、国家和政治之中永远存在一个无法被充实的非暴力空间。上帝之名不提供线性演绎的历史起点和终点，而是直接提供一个非线性的时空域，因此本雅明的"末世论"学说并不真的指向末世。在受到集权威胁的时刻，人们是为了"可能性"而非"终结性"去斗争。因此在形容"弥赛亚时间"的时候，他使用了"每一个"和"可能"这样的词汇。"灵晕"的消逝因此描绘的是一种"实质的艺术史哲学"的消逝，"机器复制时代的艺术"是生存在历史之中的自认无知的艺术。

---

1 [德]罗尔夫·蒂德曼：《历史唯物主义还是政治弥赛亚主义？》，载[德]西奥多·阿多诺，[法]雅克·德理达等：《论瓦尔特·本雅明：现代性、预言和语言的种子》，郭军、曹雷雨译，长春：吉林人民出版社，2011年，第309—310页。
2 同上书，第327页。
3 Simon Critchley: *The Faith of Faithless: the faith of faithless*. London & New York: Verso, 2010, p. 220.

这一历史哲学立场直接体现在丹托这样的当代艺术家的创作方法里，事实上，很多当代艺术家需要在一段时间之后才能理解自己作品中的意义。正如丹托所说："艺术家们不把自己的工作看作为艺术史提供素材，尽管事实上艺术家所做的事恰好是艺术史家的素材。"[1]这句话也出现在他的"分析的历史哲学"的篇章中。有趣的是，在关于时间旅行最著名的小说之一《时间旅行者的妻子》的同名影片中，这位妻子与各个年龄段随机穿越到她当下时间线中的爱人相遇，而她是一位和丹托制作同一类型作品的当代艺术家。

三、时间性"分析美学"的艺术解释

"分析的历史哲学"向分析美学的转化于是生成了新的对当代艺术与传统艺术的界分性描述。在时下分析美学的相关论述中，将传统艺术视为再现的而当代艺术则是表现的，似乎被理解为一种属性上的新区分。但从时间性的角度看，再现与表现都需要关联时态才能完成界分。即使在同一流派内部，两者也是作为关于该流派的整体解释，随着不同时间出现的作品而发生移动的。巴比松画派摆脱了当时法国绘画的历史主题束缚而走向了对风景的表现，在这个意义上它被公认为印象派的先导。随着莫奈（Claude Monet）的《日出·印象》于1872年问世，马奈（Édouard Manet）约十年前的《草地上的午餐》就显得不那么印象派（比如有清晰可见的轮廓线），而更趋近于再现，雷诺阿（Pierre-Auguste Renoir）的《红磨坊的舞会》则因为出现于莫奈的代表作之后且仍具有较为清晰的人物轮廓而地位低于莫奈，虽然三者的

---

[1] [美]亚瑟·丹图：《叙述与认识》，周建漳译，上海：上海译文出版社，2007年，第8页。

作品都被公认为属于印象派。在国内大部分莫奈或印象派的主题展中，雷诺阿的作品往往被附带展出，但在收集了巴比松画派的米勒（Jean-Francois Millet）和亨利·卢梭（Henri Rousseau）作品的"自然"主题群展中，雷诺阿又处于比较突出的位置（以2013年中国国家博物馆的"道法自然：大都会艺术博物馆精品展"群展为例）[1]。

"表现"并不意味着艺术品是无基础的，这是某种对于日常语言哲学泛化的反基础主义的误解。"表现"意味着某些关于艺术创作的新的普遍规律正在被揭示，或者说它在一定程度上从素材中抽离出来，使得材料或媒介在一定程度上被直观到。这种媒介直观就是一种"解释-预测"的链接模型，它不是否定而是解释了已有的"再现"，同时将这种解释"表现"给可能的未来艺术。因此，这一模型本身发挥了基础性功能。从这个角度说，格林伯格（Clement Greenberg）要求艺术通过媒介直观审视自己的本质不应该被简单地解释为"向媒介/平面还原"。假如他的看法是正确的，他要表达的意思是，艺术总是在"自我解释"中进行"自我预测"。

于是，关注分析美学之时间性的学者会触及两个主要问题：

其一，时态问题。这一问题的主要揭示者是列文森（Jerrold Levinson）。他准确地看到了不能脱离"某时"和"在此之前"等时间限定条件来看待艺术定义问题。一个对象是不是艺术品，不取决于其与艺术惯例的关联，而取决于先前的艺术品被"作为"

---

1 参见 http://www.chnmuseum.cn/portals/0/web/zt/met2013/#2。

艺术品的方式。尽管有些批评认为列文森是在其"定义程序"中自行区分了"艺术品"与"艺术品的外延",以此先在地区分了艺术的名与实[1]。但从亨普尔的解释传统出发,这本就是时间性的"解释"活动连通"预测"的整体性拓展。艺术普遍规律的模型会让我们不断地从"艺术品"拓展到"艺术品的外延",并继续将外延扩大,只不过这一点确实需要在当代艺术的技艺中才能被直观地揭示。

其二,对于已有艺术品的指涉问题。这一问题的主要揭示者是沃尔海姆。在著名的《艺术及其对象》中,沃尔海姆提出了对艺术品进行"物理对象假设"的看法。他指出,对于艺术品的表述大多倾向于"再现属性"(representational properties),比如人们会认为在大理石雕塑作为艺术品这件事情上,大理石材料本身并不受到特征化视角的关注,这些未提及的属性被称为"表现属性"(expressive properties),也就是艺术品作为物理对象的一面。沃尔海姆认为这两个层面是不能全然分离的,由此提出了"再现性观看"(representational seeing),并进一步将其等同于"看似"(seeing-as)。"再现属性"(在叙述中界定出意义)需要以"表现属性"(在相似、区分与指涉中为再现属性提供解释的可能)为潜在的保障[2]。由于沃尔海姆明确地保留了对于艺术品"整个过去"的意向,而非仅仅以某种描述性理论为出发点,他的观点也一定程度上影响了列文森。

时间性的分析美学坚持这样一个理念,即"回到过去"不意味着

---

[1] 刘悦迪:《分析美学史》,北京:北京大学出版社,2009年,第306页。
[2] [英]理查德·沃尔海姆:《艺术及其对象》,刘悦迪译,北京大学出版社,2012年,第6—17页。

改变历史进而改变世界,但重构历史进而创制性地塑造未来则是"当下"艺术的题中之义。从这个角度说,"当代艺术"也就是"当下的艺术",这也是最著名的时间性分析美学家古德曼所要解释的事情。下面将试图从前文的"亨普尔模型"与"分析的历史哲学"的角度解读古德曼的工作。

由于对时间性分析美学传统的忽视,时下相关研究中对于古德曼思想的理解,尤其是对他未完全解释的"何时是艺术"思想的理解尚有不准确之处。理解古德曼的分析性思想必须基于当时分析哲学界的一个重要思潮,即对于个体的强调。古德曼的年代盛行着一种对于康德哲学的分析性批判,以斯特劳森(Peter Frederick Strawson)为代表的一些学者认为,我们可以在时空坐标中定位个体的位置,而对于这一个体的认识也是被它的周边状况所刻画的。在这样的思想氛围下,在1956年回应性、宣言性的文章《个体世界》中,古德曼重申了自己的唯名论原则。这种原则拒绝把诸事物建立成一个类,而是严格地将事物看作个体在某一链上的聚合。唯名论不做内容上的区分,把每个个体都看作特殊的。"分析性建构"在古德曼思想中也不以分解出"共同实体"为原则,只有严格遵从了同样的程序而被分析出来的实体才是同一实体[1]。这里所需要的并不是去解释什么是"个体性",而是要解释什么样的描述能够将世界描述为是由个体构成的。

因此,艺术对于古德曼来说是一个指涉个体的包容性演绎框架,所谓"世界建构"(Worldmaking)就是在这种指涉的包容性演

---

[1] Nelson Goodman: "A World of Individuals", *The Problem of Universals: A Symposium*. Indiana: Notre Dame University Press, 1956, pp. 15—31. 亨普尔曾于1957年为该研讨会文集撰写评论。

绎中验证艺术之普遍规律的行动，它仍然是对亨普尔模型的继承。关于这一点，一个证据就是古德曼对于"反事实条件句"的专门性讨论。"如果火柴被摩擦了，它会燃烧"，这句话表示了一种自然规律的示例。但这句话的"前件"并非一个实际上发生的事实，因此不具备"双值"性（或真或假），也有可能并不会引起"后件"的发生（比如即使摩擦了火柴也不会燃烧），因此似乎无法说明任何可预测的规律[1]。在古德曼看来，"反事实条件句"之所以虽然具有这样的逻辑疑难，却仍然是科学性语言中重要的语言形式，是因为它并不是以纯粹的逻辑必然性而被理解的。当我们表述某种理所当然的规律的示例时，我们实际上是在承诺所要求的相关条件的语句为真。"前件"暗指了与这些条件的"合取"，形成了"后件"为真的基础，比如"火柴被摩擦了，火柴足够干燥，氧气足够"等推出了"后件"。也就是说，科学话语将个体示例视为对世界中诸条件的刻画[2]。"非相继性时间"使得经验验证总是具有"真值间隙"（即原初条件无法被勘尽），而相对应的在世界中就是具有"实在间隙"，但这并非障碍，而是促成了科学认识之科学性进程。这些表述几乎是对亨普尔普遍规律作为条件织物的再表述。

古德曼对于"反事实条件句"的观点是理解他"艺术语言"的基础，这一点往往被忽视了。艺术的话语要想彻底摆脱模仿论、相似性与逼真性的评价标准，就必须将其视为对世界中诸条件的刻画。再现和描述都是一种组织行为，当一个标记指向对象的时候，它同时也和其他标记组织在一起形成标准。这一标准可能具

---

1 [美]纳尔逊·古德曼：《事实、虚构和预测》，刘华杰译，北京：商务印书馆，2007年，第23—24页。
2 同上书，第26—27页。

有相当迅速的变更性。古德曼认为，在归纳中，有些知识会被削足适履地归入已知的类，因此归纳法的意义并不在于获得我们本不可获知的知识，而是用来解释什么知识是我们实际上并不具有的，这也就是丹托所说的人类的认识可能需要主动受让于无知的牵制。当一个论证符合当下所采用的演绎推理规则时，我们就认为这个论证得到了辩护，我们也同时保留了这个论证和演绎规则，否则就需要调整规则甚至将其抛弃。演绎与归纳的先行后续并非认识中的真实状况，两者始终处在互动调节中，并进入一种循环论证。但古德曼认为这种循环论证是有价值且必要的，直到在彼此达成的协议中得出一个唯一的辩护[1]。因此，"何时是艺术"对立于一种"什么对象是（永远）的艺术品"的提问，它要求我们将艺术设想为在某一时刻发挥了世界建构功能的示例。关于艺术究竟如何定义，这一点应当是动态的，也就是说取决于一个对象在何时履行了作为艺术品的功能，从而被识别为参与了世界建构的艺术品[2]。

以"分析的历史哲学"视角切入古德曼的思想就能够得到更清晰的解读，他要说明的是，艺术永远都是当下的。同时，时间性的分析美学也制造了一个潜在的障碍，它显然更多地指向艺术创作而非艺术欣赏，它始终在讲述一种"织物"的制作，这才是它与"艺术体制论"视角的关键分歧。大部分学院研究者也只是欣赏者，他们参与机构间的合作，而较少介入艺术创作或步入作坊一般的工作室。从非相继性时间的论述中我们也能看出，这种制

---

[1] [美]纳尔逊·古德曼：《事实、虚构和预测》，刘华杰译，北京：商务印书馆，2007年，第80—82页。
[2] [美]纳尔逊·古德曼：《构造世界的多种方式》，姬志闯译，上海：上海译文出版社，2008年，第69页。

作经验非但不是独异性的，反而是与我们主体的生存论经验同构的。从这个角度来看，我们确实可以说"人人都是（当下的）艺术家"，但在"实质的历史哲学"中则不是。

四、艺术的事实性与当下性本源：现成品与罐头

时间性的分析美学可以对时下已经被过度讨论的现成品艺术提供一个更为清晰的解读，它们并非主要是对空间性体制的利用或反讽，而是与所处历史时期的时间观紧密相关。这一视角近年来主要由"档案艺术"这一新的艺术形式所揭示。哈尔·福斯特（Hal Foster）在2004年的《档案冲动》一文中指出，该类艺术可以被简略地理解为"寻求对历史信息（往往是遗失的或者被替代的）进行物理上的呈现"，并且区别于一般后现代艺术的特征，着力于一种"去层次化"（nonhierarchical）的空间运用[1]。这个定义中几乎保留了"分析的历史哲学"的所有关键要素，对历史信息的物理呈现契合了沃尔海姆物理对象假设，而"去层次化"即一种无遮挡，它给出了丹托关于"整个过去"的理想性条件。档案的特性就此被明确表述为："现成（found）而非建构，事实（factual）而非虚构，公共而非私人。"[2]

档案艺术这一类型揭示了现成品自身的"演绎媒介"是如何被直观的，这就是现成品艺术的奥秘所在。正如丹托对自己创作方式的表述所示，"现成"的意思是一个我们在当下的"解释"中获得的"普遍规律织物"，它保留了指涉"整个过去"[对于小便

---

1 Hal Foster: "An Archival Impulse", Charles Merewether ed.: *The Archive (Documents of Contemporary Art)*, The MIT Press, 2006, p. 143.
2 Ibid.

池来说也许是整个资本主义的工业发展史及其日常"倾销（泄）史"］的意图，并将自己制作为一个当下朝向未来的预测性敞开界面。它能否在未来作为艺术品成为一种关于"全部历史"的理论，比如一种历史讽刺性的死隐喻？对此，当下的现成品不发一言。正如杜尚（Marcel Duchamp）在小便池上写下无意义的签名，在档案流程中签名意味着封存和缄默。签名于是意谓了作品"自传体"的面相，是一种内部的时间性循环结构，这一结构伴随着档案同时被展现，并因档案获得了它的事实性。

对艺术之事实性的理解是分析美学中的一个盲区，造成这一盲视的直接原因是分析美学忽略了维特根斯坦前期思想，从而也错失了其中的时间性维度。在《逻辑哲学论》开篇，维特根斯坦在明确了世界作为"事实"的总和而非"事物"（das Ding）的总和之后，就以时间性为这一论断奠基，"因为事实的总和既决定一切所发生的事物，又决定一切未发生的事物"，并且也由此确立了其前期思想的始基："世界"即逻辑空间中的"事实"。[1] 假如将这一立场纳入分析美学之时间性的连贯思想史脉络，那么前期维特根斯坦在此就预先为亨普尔模型提供了宏观尺度上的说明。"世界"作为普遍规律的织物而成为人们的"生活世界"，它的科学性维度即时间中的"解释"与"预测"行为。艺术的事实性通过具身地激活它所身处的逻辑空间而成为世界本身的科学性样本。

从这个视角来看，艺术家并不造物，因此也不生产被经济、政治、档案等空间性体制所赋值之物，艺术家使艺术作为事实发生。当丹托使用"艺术世界"时，这一概念并未脱离"艺术事

---

[1] ［英］维特根斯坦：《逻辑哲学论》，郭英译，北京：商务印书馆，1985年，第22页。

实"这一等价表述。艺术尤其是当代艺术之难点,即它是一种被制作的"正在发生",而现成品艺术则重新发现了这条时间性脉络。并不是随便什么产品都能成为现成品艺术("艺术体制"与"艺术定义"的问题视角都隐含了这一相对主义立场),它们必须是"正在发生"并尚未沦为时代遗物的事实性器物。一个显而易见的事实是,并不是所有出现在博物馆里展品都能够毫无异议地出现在艺术馆中,因为前者持存"某个过去",而后者持存"整个过去",并同时演绎了我们对未来的某些预测。这也就是为什么较之于已完成的"旧物"感,现成品艺术更容易带来一种"近未来"的观感,尽管它并没有被任何科幻元素所增补。

因此,在已有的对于现成品艺术的阐释中最被忽视的时间性面向,就是所有的现成品都是人工制成的耐用品,它们的存在本身与人在时间中的存在相伴随。从这个角度说,现成品艺术需要严格区分于极简主义艺术,后者关注空间性的剧场展开,而非时间性的普遍规律建构。

这种艺术观念下最典型的现代器物就是罐头,它是当下"整体性时间"的最佳物质性体现。罐头是对原材料的直接贮存,与易腐食材不同,对它的购买和囤积完全不依赖于对饮食生活的"实质的历史哲学"构想。对于易腐食材的依赖意味着作为"家政历史哲学家"的家庭主妇总是要把目光投向遥远的几顿之后的备餐,在"做了这顿想下顿"的永劫性的抱怨中形成了一种先在于家人饮食需要的、在"饭点"上周而复始的"实质的家政历史哲学"。这种"家政历史哲学"反过来也对家庭成员造成了束缚,所有关于营养学的解释说辞都服务于关于烹调预测的合理化诉求。与此相对,作为现成品的罐头不仅仅在其最盛行的 20 世纪 50—60 年代改变了美国人的饮食结构，而且改变了关于饮食的"日常历史哲学"，它们是随时可供采用的"整个过去"的原材料。在任何被"实质的家政历史哲学"合理化的菜谱上都不曾看到的组合，那些"不可连接之物"，吞拿鱼、鹰嘴豆以及奶油通心粉能够即刻地自动连接起来，提供一个可预测而又不僵死的生存性未来。

罐头将原材料持存为食物的"整个过去"，它将被长期地、如其包装上的档案所示地保留为过去的食材，在"普遍饮食"的给出中随时出场，并成为"未来饮食"的保障性条件，是一种关于"基本保障"与"食欲享受"的循环论证装置。因此，罐头类食品既"负面"地指向一种上限（饕餮），又"正面"地指向一种基本饮食的下限保障，它是普通人的"时间装置"。因此在安迪·沃霍尔（Andy Warhol）那些最著名的作品中，往往被忽略的是，无论罐头还是盒子，甚至那些同一画面存储了不同配色的波普艺术品，"容器"是它们隐秘的共同点。

蒂埃利·德·迪弗（Thierry de Duve）曾讲述了这一阐释范畴翻转的历史。从康定斯基到杜尚，现代画家艺术冲动的原初场景几乎都来自现成品，比如管装颜料[1]。从这一层面说，"创作"在当代意味着对原初材料的选择，是有待被持续整合与编辑的事实性存在。若现实世界是现成材料的集合，那么现成品的观念就意味着没有任何艺术规律或概念是一次性的成形或表达，艺术意味着持续解析的可能。

---

1 [比] 蒂埃利·德·迪弗：《杜尚之后的康德》，沈语冰、张晓剑、陶铮译，南京：江苏美术出版社，2014年，第138页。

在时下对分析美学的讨论中，关于"艺术本源"的批判被视为一个永不会错的起点或目标，这是由于大多数研究者会看到"本源"的不可追溯性，但这本就是个不言自明的问题。但正如从亨普尔到古德曼的"时间性"分析者们所示，提出这一质疑的人自身仍然陷在归纳与演绎的二分法里，他们仍然属于"实质性的艺术历史哲学家"，而20世纪的科学性与时间性的分析美学早已跳脱出来。当代艺术表征了一种事实存在的原初经验类型，我们的起点就是"现成"的，是从"织物"中被滤出的，这才是日常语言哲学与其影响下的分析美学的建构性一面。它在提醒我们日常理性"牵一发而动全身"的同时，也会以点带面地激活自发性的分析行动，与此同时这种分析性行动自身又是不可完结的。

本雅明说"过去必须被设想为尚未完结的"，丹托说必须保持对"整个过去"的理想化把握，海德格尔说在"非相继时间"中绽出"整体时间"。他们的看法在"分析性的历史哲学"视野下都可以归结为这样一个论断：艺术的本源于当下且只在当下才能被发现。

（原载《文艺研究》2022年第3期，
原标题《分析美学中的时间性问题
——一种基于亨普尔模型的艺术理解视角》）

"第三维特根斯坦"与"影像间隙论"
Cinema Paradiso

导言 "第三维特根斯坦"与"视觉隐喻"

自1958年维特根斯坦后期著作《哲学研究》的出版激活了"分析美学"这一领域以来，美学及艺术哲学话语开始以"行动"与具体作品及其呈现方式发生缔合。在这一"缔合"中，艺术哲学与艺术创作的物质性手段互渗，试图从"第二阶"（second order）的量化层面（构成艺术生产与接受的诸要素）析取出分析哲学所指向的"第一阶"科学性（对于艺术的规范性解释）。[1] 其中，维特根斯坦对于视觉的分析是被关注的热点之一。但是，虽然《哲学研究》中这一方向上的标志性命题"面向观看"（aspect-seeing 或 aspect perception）及其具体例证"鸭兔图"已被广泛讨论，但对于后期维特根斯坦思想中视觉问题的这种"提喻"或者"片段"式理解也容易错失一条隐秘的整体线索，而这条线索恰恰关涉着分析性视野下电影本体论的关键问题。

上述"片段式"分析的根源在于"传统维特根斯坦学派"对维氏思想不同时期的切割式理解。除了对维特根斯坦前后期两部著作的切割，这种切割也体现在《哲学研究》内部。这一学派的代表人物皮特·哈克（Peter Hacker）和冯·赖特（G. H. von Wright）都认为，《哲学研究》第二部分关于视觉问题的内容是一个独立的隶属于"心理学哲学"的新研究方向。以此为基调，达

---

1 Richard Shusterman: *Analysis Aesthetic*. Oxford: Blackwell, 1989, p. 7.

尼埃尔·莫亚尔-莎洛克（Danièle Moyal-Sharrock）在2004年编纂出版的文集中提出，《哲学研究》的第二部分与之后编纂出版的《论确定性》以及《论颜色》等散论构成了所谓"第三维特根斯坦"（The Third Wittgenstein）。莫亚尔-莎洛克认为"第三维特根斯坦"最终弥合了逻辑与行动之间的沟壑，"身心问题"的绝大部分内容被"去问题化"，并统一于最终的目的，即"对怀疑主义的去神秘化"。[1] 因此，虽然"第三维特根斯坦"看似来源于传统学派对维氏思想的断裂式解读，但实际上却触碰了传统学派的重要禁忌。正如弗隆吉亚（Guido Frongia）和麦吉尼斯（Brian McGuinness）所说，"第三维特根斯坦"的出现显示了维氏在晚期对"治疗"——这是传统研究者一直以来所允许的讨论维氏思想的范畴——兴趣上的减弱，而转向一种系统性的哲学旨趣。[2]

正如《第三维特根斯坦》首篇选文《维特根斯坦的基础隐喻》所示，作者斯图尔（Avrum Stroll）明确提出不仅要将维特根斯坦确立为一位"基础主义者"（Foundationalism），而且要凸显他在讨论基础问题中所运用的隐喻性语言。这种隐喻性语言在维特根斯坦提出"如果你怀疑一切，则你什么都不能怀疑"的《论确定性》中达到了之前著作中前所未有的峰值。[3] 如果这一转变确如莫亚尔-莎洛克所说是以"面相观看"为起源的，那么维特根斯坦对于视觉问题的讨论就隐含着这种隐喻基础，而不能仅仅被作为反形而上学"治疗"的一个例证。这就引出了"第三维特根斯

---

1 Danièle Moyal-Sharrock: *The third Wittgenstein: The Post-Investigations Works*. NY: Routledge, 2016, p. 3.

2 Guido Frongia and Brian McGuinness: *Wittgenstein: A Bibliographical Guide*. Oxford: Basil Blackwell, 1990, p. 34.

3 Danièle Moyal-Sharrock: *The third Wittgenstein: The Post-Investigations Works*. NY: Routledge, 2016, p. 14.

坦"更为重要的一个方面：以"面相观看"为先导的维氏晚期思想已然超出以"语法规则"全面替代形而上学的"治疗"范畴，转而对系统性的哲学方法采取了更为积极的态度。

正如莫亚尔-莎洛克所总结，"第三维特根斯坦"最重要的发现是："有所依凭的偶然事实（contingent facts），比如'世界存在'或者'我们在此'也可以被归于语法。"[1] 这正描绘了视觉媒介的行动域：视觉事实的发生并非随机性的意外偶然（accidental），而是"有所依凭"（contingent）的偶然，它的发生虽无法被还原为因果式的必然，却仍是一种归谬式的必然：世界存在于偶然的观看之中，并同时意味着观看者"此在"于被观看的世界。这一归谬传统上被视为怀疑主义的终点，并导致"视觉"尤其是电影这样的视觉"装置化"媒介被置于"幻觉"与"真实"的辩证表述之中，这形成了电影理论中的基础问题，即"影像怀疑主义"的思想基础。而在"第三维特根斯坦"中，这一归谬则被作为新哲学系统的隐喻基础，因而产生了对"视觉隐喻"进行"地形学"勘测的需要，亦即一种"视觉控制论"的系统表述。正如卡维尔所说，如果说怀疑主义的"视觉隐喻"基础在于"世界之外的整全视角"所导致的"一种存在之飘忽不定和任意妄为，事物之所以成为其所是的事实完全是偶然的"。[2] 与之相反，"有所依凭的偶然事实"则被缔合进"视觉隐喻"系统之中的主体所承担。这一"世界存在或者我们就坐在这里"的"视觉隐喻"语法几乎可以说被电影这一媒介系统具身化了。我们在银幕前，在影

---

[1] Danièle Moyal-Sharrock: *The third Wittgenstein: The Post-Investigations Works*. NY: Routledge, 2016, p. 4.

[2] Stanley Cavell: *The Claim of Reason: Wittgenstein, Skepticism, Morality, and Tragedy*. Oxford: Oxford University Press, 1999, p. 236.

院里，同时也在"视觉隐喻"的系统之中。

但是，莫亚尔-莎洛克在基于一种分割式的理解提出"第三维特根斯坦"时也错失了它的一个重要用法，即以此为契机重新组织关于"视觉"与"语言"之间隐喻性关联的历史性叙事。维特根斯坦的视觉转向实际上对其之前表述中含糊不清的部分（而这些部分又往往被视为其后期思想中不容置喙的基础）进行了澄清，也使这些表述被激活为路标，指向诸如奥古斯丁、贝克莱与卢梭（Jean-Jacques Rousseau）等未被组织的"视觉隐喻"问题史，同时与麦茨等同时代的电影理论形成了互证。本文将以此视角对传统理解中形成的一般性误识做出一定的修正，并重构理解后期维特根斯坦的另一条线索。

一、"视觉语言游戏"：《哲学研究》与《忏悔录》第七至十节

"第三维特根斯坦"的"视觉隐喻"问题之所以没有被很好地运用于电影理论，一个主要的原因在于"第二维特根斯坦"，也就是对于《哲学研究》第一部分的理解在传统研究中存在一些流行的误读。其中本源性的误读就是所谓的"奥古斯丁图像批判"。

在《哲学研究》的开篇，维特根斯坦完整地引用了奥古斯丁《忏悔录》第一卷第八节的内容。这一引文实际上包含了三个层面的内容：其一，奥古斯丁观察到人们通过称呼并转向一个对象来标识它；其二，奥古斯丁表示他主要学习的并不是这一标识行为，而是人们的"姿势"，人们通过表情、眼神、语调和肢体动作表达心灵的渴望、坚持、拒绝与逃避；其三，奥古斯丁是通过听到

这些词在不同句子中的"特定位置"上被说出而理解了它们所标识的对象，而当他学会了这些符号之后，就用它们来表达自己的愿望。

维特根斯坦在接下来的论述中把重点放在了第一层面，这就形成了著名的"实指定义批判"，即人无法通过向对象"贴标签"的方式学会一种语言。[1]一种流行的视角习惯于将"实指定义批判"视为维特根斯坦后期思想的核心批判，即"实指定义"在语言学习中的无效性。但倘若认为日常语言的有效性仅仅基于此，就容易将维特根斯坦的思想导向相对主义，格雷林（A. C. Grayling）就曾明确指出过这一普遍存在的理解倾向。[2]但从引文的完整性可以看出，维氏实际上批判的是一种将语言学习剥离于观看行为的孤立看法。事实上，奥古斯丁在此已经完整地表述了可说与可看的"地形学"势能：被说出的语言仅在"特定位置"上标识对象，履行其实证的功能；而对姿态、神情与语调的观看则关乎主观意向的传达以及与他者的互动。奥古斯丁显然在这一机制中将权重置于后者，同时以前者为系统保障。

实际上，如果以维特根斯坦的引文为线索回到《忏悔录》的上下文，就可以看到，正是将"观看"从"实指"之中挽救出来这一点成了掌握语言的行动规范性基础，进而将后者归为"可说"的逻辑建构性原则，此为"忏悔"之起始。在第一卷第七节中，在论述婴儿之纯洁仅在于"肢体之稚弱，而非本心之无辜"时，奥古斯丁说道："我见过也体验到孩子的妒忌：还不会说话，就面若

---

1 ［英］维特根斯坦：《哲学研究》，楼巍译，上海：上海人民出版社，2019年，第3页。
2 ［英］A. C.格雷林：《维特根斯坦与哲学》，张金言译，南京：译林出版社，2013年，第118—121页。

死灰，目光狠狠盯着一同吃奶的孩子。"[1] 奥古斯丁感谢天主赐予孩子和谐的肉体，并把自己幼年阶段的经历"惭愧地列入自己的生命史"。[2] 奥古斯丁在此处显然将一种明确指向对象的视觉视为一种有罪的知觉，它实际上可被视为当代理论词汇"凝视"的原型。如果说在"凝视"作为一种权力机制的脉络上它是被后天习得并建制的，[3] 那么在奥古斯丁的视角下这无疑是一种向恶的退化。

忏悔于是始于将"观看"剥离于"实指"，并融于对人的姿态的观察。而"实指"则被保留于"可说"与"对象"之间的物质性关系，这是维特根斯坦所完整引述的第八节的内容。换句话说，如果将"视觉"的"隐喻"（metaphor）——该词结合希腊语的原意，标准的解释为"意义由一物转移到另一物"——视为意义的转化生成域，那么"可说"的"实指"则只是输入与输出端，它联通着可实指的物质世界。对于"实指"的保留实际上是必需的，但如若它束缚了感官便是罪恶的。这一看法也是奥古斯丁释经学的基础，他将之前奥利金（Origen）——第一个提出可以通过可见世界认识未见之物的神学家——"字面义-感官"的联系替换为"历史"，物质世界被限制于"已知"之中成为一个不具生产性的基础，知识则主要由"寓意"来承载。奥古斯丁试图达到一种字面与灵性之间的平衡，并以后者为优先。[4]

值得玩味的是，在《忏悔录》的第九节中，奥古斯丁表达了自己

---

1 [古罗马] 奥古斯丁:《忏悔录》，周士良译，北京：商务印书馆，1996 年，第 10 页。
2 同上书，第 11 页。
3 详见汤拥华:《福柯还是拉康：一个关于凝视的考察》,《文艺研究》2020 年第 12 期，第 6—9 页。
4 [澳] 彼得·哈里森:《圣经、新教与自然科学的兴起》，张卜天译，北京：商务印书馆，2020 年，第 44—46 页。

对于游戏的喜爱,并控诉了成年人对于孩子参与游戏的限制。在第十节中,他则控诉了成年人只允许孩子将对于戏剧的了解作为提升社会声望的手段,而不允许孩子凭好奇心浸入戏剧之中。奥古斯丁明确表达了"字面知识"对"游戏"的侵占:"但一个公正的人是否能赞成别人责打我,由于我孩子时因打球游戏而不能很快熟读的文章,而这些文章在我成年后将成为更恶劣的玩具?"[1] 而"语言游戏"是后期维特根斯坦的另一标签性概念。

因此,"奥古斯丁图像"显然是一个具有误导性的提喻。这不仅是因为奥古斯丁并未展现这样一幅图像,更是由于整个《哲学研究》"实指定义批判——语言游戏"的展开框架几乎与《忏悔录》第一卷第七至十节同构。并且,正如上述梳理所示,假如维特根斯坦不是从第八节,而是从第七节开始引述《忏悔录》,那么整个《哲学研究》第一、二部分的顺序就会发生颠倒,而这并不会改变维特根斯坦的论说宗旨。"第三维特根斯坦"对"视觉隐喻"的强调于是就有助于消解第一部分所可能导致的误读,并将其澄清为"奥古斯丁系统"的当代版本。更为重要的是,"语言游戏"在这一脉络中被更加精确地定位于"视觉(语言)游戏"。在这一游戏中,一方面,对"实指定义"的批判是一种伪批判,因为"对象"在此并不存在,存在的仅仅是"现象"及其转化;另一方面,完全抛弃"实指"等于抛弃了意义的输入与输出端以及整个语言系统的保障,意义系统就完全无从启动和纠偏。奥古斯丁和维特根斯坦真正要说明的是,日常语言的有效性基于这样一个完整的系统框架。我们真正所处的位置位于"视觉隐喻"的转化之中,而不处于字词符号所处的句子中的"确切位置",对于后

---

1 [古罗马]奥古斯丁:《忏悔录》,周士良译,北京:商务印书馆,1996年,第13页。

者的承认意味着我们似乎能够处于绝对的实在之中而旁观意义转化的过程与结果。

实际上,《哲学研究》的诸多著名观点都共用了这一系统,而无关维特根斯坦在字面上讨论的是字词还是图像。在《哲学研究》最著名的第43节中,维特根斯坦提出了"意义即用法"的观点,但这一说法仅仅是第43节第一自然段的内容,第二自然段的内容为:"而名称的意义有时则通过指向它的承担者而得到解释。"[1]这一表述长期以来都是"意义用法论"最大的疑难,因为它与《哲学研究》开篇的反"实指定义"立场相矛盾,因此甚至一些西方著名研究者也倾向于忽略这一段表述。[2]然而,从"奥古斯丁系统"的视角就能理解,维特根斯坦在第二自然段中所保留的是一种"实指解释"而非"实指定义"的可能性,他为人们提供的并非两种对立的选择,而是一个语言游戏得以展开的区域,并试图保留这一区域完整的系统状态及其"地形学"势能:当人们采取"实指"这一行动,就必然滑入这一区域;同时,当语言游戏遭遇异常的时候,我们也能够返回这一实在的行为基础重启游戏自身。因此,只有当这个系统被整体植入某一媒介的时候,我们才能够说该媒介具有了"语言"。

二、"奥古斯丁系统"的崩溃:贝克莱的《视觉新论》与卢梭的《忏悔录》

如果"奥古斯丁系统"没有退化为"奥古斯丁图像",那么《哲

---

1 Ludwig Wittgenstein: *Philosophical Investigations*. G. E. M. Anscombe trans, NJ: Blackwell, 1986, p. 21.
2 George Pitcher: *The Philosophy of Wittgenstein*. NJ: Prentice Hall, Inc., 1964, p. 252.

学研究》的产生似乎是不必要的，但"视觉隐喻"问题在思想史中的发展使得这一当代重述具有其必要性。如果说奥古斯丁虽然弱化了"字面义"，将系统权重置于"视觉隐喻"，但仍然保留了两者的系统性关联，那么在同为神职人员的贝克莱的"现象主义"中，两者则完全分离了。"现象主义"视野下的对"对象"的认识可以被理解为对繁杂"第二属性"——"表征实在论"，无论是视觉还是触觉——的认识：世界无物而只有"感觉质料"的存在，"对象"的存在方式是极其不稳定且稍纵即逝的。"对象"由此就被理解为将一切认识的"先验条件"包含于其自身之中，这导致了"对象"自身的存在与变化方式完全不依赖于主体所提供的稳定性的认识条件。而这一认识观反馈于主体的结果，即一种"递归运作"的结果，就是主体也将成为这样的"对象"，即"第一人称的复数观点"。[1]

贝克莱同时也是以神职人员的身份较早专门讨论视觉问题的学者，其著作《视觉新论》全篇服务于这样一个看法：视觉即纯粹的视觉问题，不能借助任何触觉或者材料的问题来解决它，两者在量与质上都完全不同。虽然在物体位置与距离的判断中，视觉与触觉经验有所协同，但这种协同与"有所依凭的偶然"不同，是完全偶然的，仅仅是一种惯性下的恒常。[2]在第147节中，贝克莱提出了"普遍语言"的定义，即"视觉的固有对象"，人们借此支配自己的行动。虽然"其所用的方式正如人类所制定的文字和标记之标识各种事物似的"，但也只因视觉与文字标记之间有一种"习惯的联系"。[3]贝克莱虽然一方面保留了"奥古斯丁系统"

---

[1] [英] 伯纳德·威廉斯：《道德运气》，徐向东译，上海：上海译文出版社，2007年，第213页。
[2] [英] 乔治·贝克莱：《视觉新论》，关文运译，北京：商务印书馆，2017年，第x—xi页。
[3] [英] 乔治·贝克莱：《视觉新论》，关文运译，北京：商务印书馆，2017年，第72页。

的基本框架，但却进一步强调了"实指"范畴之"特定位置"（包括词句、文字和触觉）与视觉的分离。而这一分离随后在卢梭的思想中开启了一部新的《忏悔录》。

让·斯塔罗宾斯基（Jean Starobinski）在《透明与障碍》中揭示了卢梭《忏悔录》中"与表象遭遇"这一主题。与奥古斯丁的《忏悔录》一样，卢梭也提到自己无法记起幼儿时是如何学会语言的。但与奥古斯丁所处的只有经书——它们具有字面义的权威，对它们的学习方法与"实指定义"同类——的时代不同，卢梭的时代接触的最初文本是小说，相比于经书，小说自然更具"观看"性（比如在今日的中文里，"读书"与"看书"同义）。在最初的"阅读"——这一现代概念实际上从马丁·路德（Martin Luther）向学生提供页边留白、完全没有注释的《圣经》的时代才真正出现——抑或可以说是对于小说的"观看"中，卢梭说自己开始具有"连续不断"的意识，自我意识与变为他者这种可能性紧密联系在一起："让对想象事物的认识早于对真实事物的认识——表象在这里并不必然是一种有害的东西"。[1] 小说这一新的媒介所提供的对于语词之"观看"的原初可能性使卢梭直接进入了"视觉隐喻"的域界当中，但同时这也使得卢梭逾越了"语言"的系统性结构直接遭遇了"表象"与"存在"之间不一致的矛盾。在儿时被污蔑的经历中[2]，他明白了"意识与意识是彼此隔离的"[3]。

---

1 [瑞] 让·斯塔罗宾斯基：《透明与障碍》，汪炜译，上海：华东师范大学出版社，2019年，第9—10页。

2 [法] 卢梭：《忏悔录》，陈筱卿译，重庆：重庆出版社，2007年，第15页。

3 [瑞] 让·斯塔罗宾斯基：《透明与障碍》，汪炜译，上海：华东师范大学出版社，2019年，第13页。

如果说奥古斯丁所"忏悔"的,是"视觉隐喻"中主体趋向充实的进程总是被苛求"实指"之特定性的成人打断,那么卢梭则是"正当他发觉其主体性的界限时,这主体性便成为他不得不领受的被诋毁的主体性"[1]。两部不同时代的《忏悔录》于是展开了两个截然不同的方向,如果说奥古斯丁对"历史"的诉求——"字面义"与"感官"的联系——是趋向善之完满的进程,那么对于卢梭来说则是罪恶观将"历史"赋予了他。对于卢梭来说,返归善好就是反抗历史及其"进步",而这个所谓的"进步"就是"奥古斯丁系统"两级分裂的进程。这也就是为什么在衍生出的社会政治层面,奥古斯丁强调灵性的"内省",而卢梭则走向了外部契约。而从"视觉隐喻"的视角看,两者的根本性区别在于"观看者"所处的视点是内在于系统的,还是外在于系统的。

"第三维特根斯坦"所钩沉的这一"视觉隐喻"的历史线索最终被归结为这样一个问题:"可说"与"可显"之间的关系究竟为何?奥古斯丁认为"可说"是"可显"的现实担保,虽然它仅仅是不常显现的系统边界和主体的边界,但却不至于使"可显"的背后归于完全的空洞;贝克莱过度强化了奥古斯丁对于"视觉隐喻"的强调,把"语言"完全等同于"可显"的内容;卢梭则遭遇了两者的完全分离,进而进入一种权力经济学的现代建构性原则。

这一问题曾经在谢尔兹(P. R. Shields)的《逻辑与罪》中以一种有悖于主流理解的竞争性视角出现,即认为这一问题实际上也是贯穿维特根斯坦前后期思想的总体线索。谢尔兹引述了唐纳

---

[1] [瑞]让·斯塔罗宾斯基:《透明与障碍》,汪炜译,上海:华东师范大学出版社,2019年,第16页。

德·哈沃德（Donald Hayward）以"可说"与"可显"这样一种区分方式来澄清前期维特根斯坦关于"可说"与"不可说"之间的区分。哈沃德指出在《逻辑哲学论》4.1212与4.4461之间维特根斯坦关于"可说"与"可显"之间的区分存在一个矛盾。前者明确断定"可显"的"不可说"，而后者又认为命题显示其所说。但是谢尔兹认为这里并不存在根本性的矛盾，而只是说明：

> 在能够断定图像所显示的可能性恰好在世界中实现这种意义上，才能说所显示之物。也只有在这种意义上，命题必定总是显示其所说。但这并不是允许命题的形式和意义可以成为反过来由命题所表征的事实。[1]

这一论述实际上表达了一种对于命题之不可还原性的看法，即已经在世界中被构成的命题显现为事实本身，则不存在一种将其还原回"可说"的途径和可能。这一论断正是莫亚尔-莎洛克所说的"世界存在或我们在此"如何被归于"生活形式"之语法，即一种"视觉地形学"：主体在观看之中关涉着"可说"的作为潜在基底的实在指向。但正如流动的河水总关涉着海洋与陆地，河流本身作为海洋与陆地之架构的"幻象"，却并不因对这一框架的知觉现实之虚幻本性的反思而被揭露为"虚假"。正相反，因此我们得到了"水文"这个概念。"第三维特根斯坦"是一种基于视觉问题的自我发现，即"日常语言哲学"在基础隐喻层面上的"治疗"所关乎的是经贝克莱至卢梭的历史中"奥古斯丁系统"的畸变与崩溃。

---

1 [美]谢尔兹：《逻辑与罪》，黄敏译，上海：华东师范大学出版社，2007年，第22—23页。

三、"面相知觉"与"幻觉投射":影院作为"视觉隐喻"场

"第三维特根斯坦"与电影发生交集,最重要的中介就是"面相知觉"及其实例"鸭兔图悖论"。抛开平庸的视觉相对主义层面,"面相知觉"在上述历史叙事中所直接面对的问题就是贝克莱的"现象主义"疑难,它在强化了"奥古斯丁系统"中"视觉隐喻"层面的同时也割裂了这一系统本身。这就导致了一个重要的后果,即我们的视觉受制于真实与幻觉的二元撕扯。英国艺术史学家贡布里希(E. H. Gombrich)曾在《艺术与幻觉》的开篇指出了"鸭兔图"中存在的"现象主义"疑难:"任何一种已知的经验必定是一种幻觉。但严格地说,我们还是不能观察到自身所具有的幻觉。"[1] 虽然在此他没有展开这个话题,但他已经指出了至少在视觉经验上,我们无法逾越于幻觉之外而识别自身于幻觉之中。

对于这一困境的一种直接的解决思路,就是找到一种替代性的外部视点,正如遭遇了"表象困境"的卢梭最终诉诸社会契约之公义。维特根斯坦的"私人语言批判"实际上就提供了这样一个支点,这一批判服务于一个"视觉隐喻"公共域的展开。但与外部替代性视点不同,"私人语言批判"不是为了识别幻觉及其建构性,它不能被简单地理解为外部契约,这也是通常理解中的另一个流行误读。相反,这一批判是幻觉显现之规范性的第一步,[2] 正如奥古斯丁能够观察他人的肢体语态表象并参与到共有的"视觉

---

1 [英] E. H. 贡布里希:《艺术与幻觉》,卢晓华等译,北京:工人出版社,1988年,第4页。
2 "建构性"或"构成性"指"理性把感性经验的概念世界的概念扩展到超出一切可能经验之外","规范性"或"调节性"指"对经验进行最大可能的延续和扩展的原理"。两者的区别详见 [德] 康德:《纯粹理性批判》,邓晓芒译,上海:上海人民出版社,2004年,第417页。

语言游戏"中。伯纳德·威廉斯就极具洞见地指出维特根斯坦后期对其前期思想的核心改造，就在于从"第一人称复数的观点"与"第一人称单数的超验观点"的区分中留存下关于"我们"的可能性。[1]

现代电影的起步正具体地印证了这一观点。1892年爱迪生（Thomas Edison）工作室制作出了最初的电影放映机"电影视镜"（Kinetoscope）。"电影视镜"是一种单人的、短时间的"窥视"影片的方式，不存在"影片"与"影院"的互动。值得注意的是，爱迪生发明这一装置是出于"为人眼制造一个像电唱机那样的装置"的理念，这显然仍是以"语词-声音"的"特定位置"来指涉视觉的相关内容。卢米埃尔兄弟（Louis and Auguste Lumiere）在1895年发明的电影放映机（Cinematograph）迅速地结束了"电影视镜"的热潮，但真正开启"影院"这一区域概念的仍然是爱迪生。1896年4月24日，爱迪生在科斯特尔和拜耳音乐厅（Koster and Bial's Music Hall）轻歌剧院放映了长达12分钟的电影，据说前排观众为了躲避宽度达24英尺的屏幕上的水波做出了闪躲的动作。如不算《火车进站》对观众的惊吓这一未经证实的逸闻，那么这是历史上第一次人们在视觉中被激起了肢体上的动作。但更为关键的一点是，影像从此不再属于个人窥视，而是突然具有了公共性。[2] 这种公共性并非仅仅是一种对于视觉对象的分享，而是一个"视觉隐喻"场的展开：人们在目睹影像的对象化内容时，也瞥见共在者闪动的剪影，并且明白自己在视觉层面上也是这种剪影般的存在。

---

1 [英]伯纳德·威廉斯：《道德运气》，徐向东译，上海：上海译文出版社，2007年，第213页。
2 兰俊：《美国影院建筑发展史》，北京：中国建筑工业出版社，2013年，第74—77页。

这一简单的电影史回顾就能够解释，为什么影像在"视觉隐喻"的系统性转化中，而非在单纯的"现象主义"幻象（phantom）[1]增殖中化解了卢梭遭遇的"表现"与"存在"之间的分裂。事实上这里存在的问题是，"观影"并非一种典型的"存在主义"境遇，犹如人们被"抛入"了影像之中。电影之所以能够被进行媒介分析而不同于比如致幻药物所产生的"幻象"，是由于"观影"或者说"观看"行为是指人们"进入"或"走入"这样一个系统之中，知道我们潜在地保留了现实中的位置，这一点实际上对影像经验来说非常重要。这也就是为什么美国电影理论的先行者卡维尔首先关注的并非电影的技术手段，而是影院的随时可进入、逗留以及观影伙伴在电影本体论上的基础意义，并强调了"去电影院"（moviegoing）这一系统性的感受过程。[2] 麦琪·瓦伦苔（Maggie Valentine）则干脆认为影院的建筑环境的重要性要超过电影，从而形成了关于影院的"唯建筑论"。在《放映从人行道开始》中，她认为在很大程度上受周围环境影响的电影的体验本身就是观察者的现实，而电影院影响着电影本身、城市景观和个人生活方式在内的所有方面。[3]

电影院作为"视觉隐喻"场的具身化有其自身的历史，同时显现了"视觉隐喻"何以作为一种基础性的存在。必须把"语言"理解为可进入、调控且具有主体性延展的系统，这一修辞才具有其概念的可迁移性。而"影像怀疑主义"——这一立场近来导致了

---

[1] 在相关讨论中，关于"幻"的几个英文概念的区分是有必要的。"幻象"（phantom）指一种找不到实在基础的客体的单纯"显象"，比如说幽灵一类的存在。"幻觉"（illusion）则是一种主观经验中的错觉，是人主观上在知觉中遭遇的现实反应层面上的矛盾。
[2] Stanley Cavell: *The world viewed: Reflections on the ontology of film*. New Haven: Harvard University Press, 1979, p. 11.
[3] 兰俊：《美国影院建筑发展史》，北京：中国建筑工业出版社，2013年，第21页。

一些关于取消"影像"这一概念的论调——则预设了一种存在主义式的"抛入",建构一个关于纯粹知觉的幻象进而利用或否定它。实际上,维特根斯坦的"面相知觉"并非一个有待进行多么复杂解释的学理概念,而是这个概念的提出就脱离了"现象主义"对视觉及其他知觉的分类式纯化。"面相知觉"在维特根斯坦的论说中可以更简单地表述为"看作"(seeing-as),这一构词自身就表明了"观看"总有其潜在的"如其所示"的实指基础,尽管它也许只是一种知觉系统运作层面上的默认项。因此,维特根斯坦说道:"'看作'不属于知觉。因此它既像一种看,又不像一种看。"[1] 这仅仅是由于,我们的日常视觉经验就是一个"视觉隐喻"转化场,而不是实指性视觉对象的累积,它与我们的"生活形式"具有系统性的同构关系,而"我们在此"是这一系统的重要中枢。因此如莫亚尔-莎洛克所说,"第三维特根斯坦"对"世界存在或我们在此"同样归属于"语法"的发现是如此重要。

将维特根斯坦的思想运用到电影理论中的例子并不少见,比如爱德华·布莱宁甘(Edward Branigan)就将"语言游戏"的概念运用到了电影理论中,在他看来,维氏"面相知觉"的例子所指的虽然是一系列特殊的视觉现象,但这些视觉现象多是能够在我们的日常生活中被发现的,因此电影中的技术运用实际上会将我们带回到日常知觉当中去。[2] 另一位将维氏的日常语言阐释直接运用到电影理论中的学者是理查德·艾伦(Richard Allen)。在《投射幻觉:电影观看和真实印象》中,艾伦就提出了关于如何在电影

---

[1] [奥]维特根斯坦:《哲学研究》,陈嘉映译,上海:上海人民出版社,2001年,第307页。

[2] Edward Branigan: *Projecting a camera: language-games in film theory*. NY: Routledge, 2013, p. 199.

经验中理解"看作"的一个解释,这一解释最终的目的是说明为什么对于幻觉的投射能够使得"媒介消失",从而使观众不再受困于真实与虚构的界隔:

> 在第一种尺度上,我们要看当我们直觉到幻觉时,它是否必然会被经验为幻觉;在第二种尺度上,这种幻觉是否涉及"看作"的问题。"看作"一定程度上给予我们能够逃脱幻觉的可能,否则它就必然被经验为幻觉。[1]

几乎完全遵照了维特根斯坦在"意义用法论"中给出的"地形学",或者说重构了"奥古斯丁系统"的描述顺序,艾伦表明了对于电影幻觉悖论的接纳预先需要观众能够在一定程度上把握这种幻觉,我们将于幻觉之中对幻觉自身的"把握"(hold with)看作逃出幻觉的可能性所在。"看作"之所以不是单纯的"知觉",用艾伦的话来说,这首先是由于它是我们自愿去关涉的(involve seeing-as voluntary):

> 与站在我们真实世界的某些位置"从外面看"(from the outside)不同,你对于电影事件的知觉是直接的,或者说是"从其间看"(from within)。你在虚构的世界里知觉到一个完全的真实,这所有的知觉都是你自己即刻的知觉;你所经验到的电影是一种投射幻觉。[2]

分析式的电影理论对于维特根斯坦思想的理解反过来也清晰化了

---

[1] Richard Allen: *Projecting illusion: Film spectatorship and the impression of reality*. Cambridge: Cambridge University Press, 1997, p. 106.
[2] Ibid., p. 107.

后者一些语焉不详的表述，这源于对"投射"概念的征用。作为一个生成语法术语，投射提供了在给定语句中对于多义词意义锚定的方法，即平行展开问题词的诸多意义，在问题词间的任意组合中通过句内的其他词来锚定恰当的组合。[1]而这一生成语法规则在影院中不过就是最直接的电影放映方式，观众处于观众之中，处于放映机与银幕之间。正如当我们称那张著名的视觉悖论图为"鸭兔图"时，这一问题的解释就已经完成了，因为我们已经在"图像语言"中合理运用了投射规则及其语言系统。

这里最关键的问题是，在传统哲学中，正如卢梭在他的时代所遭遇的，表象被认为是实在的扭曲甚至违背，并成为横亘在我们与实在之间的阻碍。而在影像观看中，我们则处于表现与实在之间，实在于是仅仅成为我们对表象加以组织的担保，并服务于我们自身经验的拓展与知觉的强化。马尔科姆·特维（Malcolm Turvey）称前者这种诉诸"载体"的诱惑为"内在神话"（the myth of the inner），这种"神话"错误地认为被知觉到的"面相"是某一实体的诸"面相"之一，而没有意识到"面相"在我们的实际经验中仅仅是"面相的浮现"（aspect-dawning）：

> 对于观者的图像知觉来说，"面相的浮现"就是一个由光、影、形状和颜色所聚合成的物质实体（material entity）。这种"面相的浮现"中不涉及任何主观的心灵实体序统（sort

---

[1] 比如"The man hits the colorful ball"中对"colorful ball"词义的确定，详见 https://baike.baidu.com/item/投射规则/55173718?fr=aladdin；另一个典型的无规则的投射案例就是著名的"麦兜的鱼丸粗面"问题，这是一个因缺乏投射规则而完全陷入"现象主义"之"世界空无一物"陷阱的典型例子，具体案例可见 https://zhidao.baidu.com/question/302925247.html。

of）的添加，比如一个想法或者一个解释等等。面相不能由任何心理上的主观性心灵实体加以阐明。[1]

特维的论述潜在地批判了一种"中介性媒介"的观念，一种由技术的客观"进步主义"所暗示的"媒介客观性"的看法。特维对于"面相知觉"的解释进一步拓展了维特根斯坦在这一问题上的理解：一方面，存在着一种被掩盖的"内在媒介"的神话，它希望能够将主观性推入客观的关于视觉经验的历史叙事当中；另一方面，则存在着一种对于真正客观性知觉的否认，它希望通过将"面相知觉"归结为怀疑主义的"悖论"而提供一种"中介性"的解决方式。两种企图最终都强化了艺术媒介作为"实体中介"的地位。维氏希望通过"面相知觉"揭露出的哲学对于经验直接性上的一种混淆，同时也是对上述"神话"的批判。

四、影像间隙论："观看系统"的整体性投射与幻觉嵌套

基于语言分析哲学的视觉媒介解读在当代也并非一个孤立的阐释类别。实际上，由于共同面对的是电影这一具身化的媒介装置，"地形学"的思路几乎可以说是诸多表面上不同的电影理论的共性。这些理论的共同目的，都是让影院这一"视觉隐喻"场的具身化不仅仅在建筑中被感知，同时也在电影本体论上获得基础性的位置。

实际上，"面相知觉"的提出也有其更针对性的分析哲学问题背

---

[1] Malcolm Turvey: "Seeing theory: On perception and emotional response in current film theory", Richard Allen and Murray Smith ed., *Film theory and philosophy*, Oxford: Oxford University Press, 1997, p. 443.

景，即"真值间隙"的问题。作为分析哲学思维基础的"命题逻辑"具有"双值性"与"真值条件"两个层面的原则，前者关于或真或假，后者关于恰当的判断可被做出的条件。这两种原则之间的参差就造成了命题逻辑中的一个缝隙：因为存在一些能够被说出的命题具有"双值性"（可真可假），但却不具备"真值条件"（比如命题中的对象当下并不存在）。比如当我们说一个事件会在未来的某一个时刻发生，它必然或发生或不发生，但却尚无其"真值条件"，从当下到未来的时间就成了这一命题的"真值间隙"或者说"存在间隙"。对于这一问题一个比较通行的化解是认为虽然这一间隙存在，但在我们的判断中它几乎是不可见的，或者说是无法被确切地认识的。因为我们永远无法穷尽所有论证的可能，间隙有可能在其他的论证中被填平。因此在命题中，不存在能够被确切地显露出来的"存在间隙"。[1]

无论是"奥古斯丁系统"还是"第三维特根斯坦"，实际上都可以在此问题上被这样理解，即"我们在此"且就在这一"存在间隙"之中。正是由于这一间隙的存在，逻辑命题范畴才被转化为生活形式的"语法范畴"，而"第三维特根斯坦"不过是在视觉中示例了这一间隙。正如前文已经强调的，"鸭兔图"作为示例在它被"言说"的那一刻就已经结束了对于这一图像的讨论，因为这一指向悖论图像的行为使得"存在间隙"顷刻可见。幻觉的产生不是我们客观遭遇的，而是如艾伦所说，是主观上去关涉的。维特根斯坦向我们展现的不过是，我们的日常知觉始终处于这个间隙之中，并试图弥合这条间隙这一事实，但日常语言总是在人类的有机系统中保留下这条"伤痕"。

---

[1] [德] 安东·科赫：《真理、时间与自由》，陈勇、梁亦斌译，北京：人民出版社，2016年，第17—18页。

从这个视角出发，日常语言分析与心理分析就能够找到并轨点，即把影像看作"存在间隙"自身的可见系统，这与以往的研究中认为两者界限分明的立场截然不同。在《想象的能指》题为"电影与梦：关于主体的知识"的第六章中，麦茨（Christian Metz）实际上否认了将影像简单地理解为梦的视角，而是与维特根斯坦一样强调一种知觉系统的运作规则："如果我们想要理解它们，我们就必须说明意识的游戏规则和群体决定作用，说明原发活动对画面场景的促进作用。"[1] 麦茨指出，应当把观影中发生的事态理解为一种"沉睡"与"唤醒"之间的动态经济学，并将之称为"一种自相矛盾的幻觉"，这一论述几乎可以被视为维特根斯坦"既是一种看，又不是一种看的"的扩展论述：

> 所谓幻觉，意味着它对现实进行混淆的倾向，而混淆则在截然不同的水平上发生；还意味着，现实审查作用作为自我的功能存在着轻微而短暂的不稳定性；而所谓自相矛盾，是因为它不像一种真正的幻觉，不是一种完全内源性的心理产品，由此，主体以幻觉的方式体验到了真正在那里的东西，这同时也是他真正看到的东西——影片的形象与声音。[2]

在麦茨看来，影院观影中真正发生的事情，是主体所具有的"这只是一个梦"的想法被逐渐归于梦中，并构成了梦的一部分，并且"同时在那种从普遍意义上说限定了梦的严密封锁中凿开了一条缝隙"：

---

1 ［法］克里斯蒂安·麦茨：《想象的能指》，王志敏、赵斌译，北京：北京大学出版社，2021年，第156页。
2 同上书，第157页。

正是在它的裂隙而不是在它的正常功能中，电影状态和梦的状态倾向为了一个共同利益而走到一起（而裂隙本身却意味着不那么紧密但又更永久的亲属关系）：在一种情况下，知觉移情被中断，但与梦的其余部分相比，拥有少量的碎片；在另一种情况下，与梦的其余部分相比，知觉移情更加明确地划分了自身的界限。[1]

可见，无论是维特根斯坦还是麦茨，他们都希望说明影像并非某种中介媒介所反映之物，而恰恰是这一间隙或者裂隙本身的可见性。它不但不是要被磨平的，反而是人类日常的有机认识系统，亦即"奥古斯丁系统"被完整投射于视觉媒介的结果，是一种被主动追求的"不和谐"。

另一位讨论过幻觉问题的著名学者米歇尔·希翁（Michel Chion）在《视听：幻觉的建构》中更具体地讨论了与麦茨相似的问题。在题为"真实的和再现的"的第五章，希翁在开篇就批判了无论是视听的"分离论"（disjunctive）还是"自主论"（autonomist），都来自一种"统一的幻象"，这一幻象预设了影像与声音的自然和谐，并将这种和谐的缺失归罪于电影制作过程中的技术伪造。希翁的基本立场是认为，这种影像视听的整体性恰恰不是来自现实，而是"通过大量的电影和理论而使声音与影像成为人的整体性、电影的整体性和整体性本身的能指"[2]。

对于"影像间隙"的觉知也具体地体现在电影作品类型演进之

---

1 ［法］克里斯蒂安·麦茨：《想象的能指》，王志敏、赵斌译，北京：北京大学出版社，2021年，第159页。
2 ［法］米歇尔·希翁：《视听：幻觉的构建》，黄英侠译，北京：北京联合出版社，2019年，第83—85页。

中。真正完整的电影作品是以弗拉哈迪（Robert Flaherty）的纪录片为最初类型，其中不存在显著的"幻觉"问题。但随着电影艺术的发展，尤其到了好莱坞黄金时代，以希区柯克（Alfred Hitchcock）为代表的作者开始大量地在电影中表现剧中人自身的幻觉。在第一批以心理分析为基础理论的作品中，《爱德华大夫》（*Spellbound*, 1945）是最为典型的"影像间隙"的具象运用。在表现影片进入心理分析的博弈阶段时，希区柯克采取了瞳孔放大的特写这一在他的其他作品中也屡次出现的镜头语言，并在拥抱的男女主角的虚化镜头上叠加了一道依次打开门的纵深走廊。这个幻觉镜头直观地显现了一种引导观众"居间观看"的具象。影片的剧情将"奥古斯丁系统"整体地移植到了影片之中，所有的分析并非真与假的博弈，而是对于幻象不同组织的博弈。而希区柯克式的悬疑反转，往往也只发生在影片结束前很短的时间中。比如《爱德华大夫》的结局不过就是剧中人一句无意的走嘴，"我认识爱德华"这样的"实指"，从功能上它不过是保证了电影在此得以完结，完成影像语言最后的输出，实际上对影片本身来说虽然必要却无关痛痒。在当代电影中，有些作者发现不提供这样一个"实指"也许会获得更好的效果，比如《盗梦空间》（*Inception*, 2010）最后没有给出陀螺是否停下的镜头。

简单地说，在当代影视作品中，在幻觉媒介中表现幻觉已经成为常见的手法，我们可以称之为一种"幻觉嵌套"的影像类型。与其说是一种技术创新，不如说是电影自我发现的必然结果。在弱化的采用中，在人脸特写前的玻璃上映出他人或者环境的影像是最常见的处理手法之一，比如在《辛德勒的名单》（*Schindler's List*, 1993）最后对车中辛德勒的面部特写，在车窗上映出他所救下的犹太人的面容，这个镜头也是表现时下流行的"他者面容"之伦理性最简单直观的例子。此外，虽然前文已经将纯粹的"致幻经验"区别于电影本体论层面上的"幻觉"，但也出现了一些通过电影的"幻觉"机制对致幻经验进行缔合的尝试。比如在英国迷你剧《梅尔罗斯》(*Patrick Melrose*, 2018)中，本尼迪克特·康伯巴奇(Benedict Cumberbatch)就在剧中利用传统蒙太奇手法呈现了致幻体验。而在另一部迷你剧《后翼弃兵》(*The Queen's Gambit*, 2020)中，安雅·泰勒-乔伊(Anya Taylor-Joy)扮演的女主角在镇静剂致幻的状况下在天花板的巨型棋盘上演练棋谱。这些尝试实际上都旨在重申电影在本体论层面的基本诉求：使"影像间隙"可见。

结语 "影像"应当被抛弃吗？

"影像间隙论"实际上可以归为20世纪一个更大的科学理论范畴，即控制论的范畴。在控制论的视野中，人所面临的不再是传统观念中的一系列障碍，并必须对世界进行一种外部区分。在"自动化""控制论"和"模糊逻辑"所引导的工业化进程中，人或者智能体被更多地作为"感觉中枢"而成为基础。正如凯瑟琳·海勒(N. Katherine Hayles)对维纳(Norbert Wiener)控制论思想指向的总结："维纳想把控制论铭写到一出规模更大的'戏剧'中，以便加强自由人本主义的主体。"[1] 从这个角度看，在事实存在的"视觉隐喻"史与电影史之中，"影像"概念越来越成为一种信息反馈的系统模式，而非一种单纯的反映媒介。如果后面这种观念确实仍然在某种标准化理解中存在，也不过是一种已被长期商榷的观念，由此近来被提出的"影像阑尾论"或者"抛

---

[1] [美]凯瑟琳·海勒：《我们何以成为后人类》，刘宇清译，北京：北京大学出版社，2017年，第131页。

弃影像"的主张就是错时的。我们真正应该讨论的是,影像在向更加有机的系统状态进化的过程中所遭遇的情境,而不是在研究中预先地将影像"阑尾化",这也是错失了"第三维特根斯坦"的传统研究所可能带来的后果。

(原载《北京电影学院学报》2021 年第 12 期)

"写在脸上"："读取–模拟"视角下的戏剧与电影
Can't Read My Poker Face

一、戏剧作为"不可逆的终点"：一种新媒体预表

在安德烈·巴赞（Andre Bazin）的著名文集《电影是什么？》中，具有电影理论奠基意义的长文《戏剧与电影》往往被掩盖在其他精彩的案例分析之下，没有受到应有的重视。在该文产生的20世纪40—50年代，以劳伦斯·奥利弗（Laurence Olivier）为代表的戏影双栖大师通过将莎士比亚（William Shakespeare）悲剧等经典戏剧以新的媒介融合手法搬上银幕，证明了戏剧和电影之间的可兼容性，从而打破了以往被称为"罐头戏剧"的"舞台戏剧片"观念。在20世纪初电影尚不具备"理论意义"的阶段，无论是在美国出现的由通俗喜剧向闹剧电影的流行趋势，还是欧洲电影中以梅里埃为代表的奇观电影，它们无一不是以戏剧为跳板，通过电影对简单情节的技术渲染而达成一种因过于早熟而尚未真正进化的艺术形式。巴赞在文中以蝾螈与生物学中的"稚态"现象作比，指出将电影作为戏剧催熟手段的观念阻碍了电影自身的进化。[1]葛兰西（Gramsci Antonio）在1916年同样名为《戏剧与电影》的短评中佐证了巴赞对这一段电影史的看法，他认为不必担心电影会取代戏剧，因为"一般的戏剧就是电影"，电影无法取代真正伟大的戏剧。[2]

---

[1] [法]安德烈·巴赞：《电影是什么？》，崔君衍译，北京：中国电影出版社，1987年，第137页。
[2] [意]葛兰西：《论文学》，吕同六译，北京：人民文学出版社，1983年，第116—118页。

需要注意的是，恰恰是对戏剧性的关注而非对电影技术性的关注才是巴赞建立电影之进化理论的基础。简而言之，巴赞对两者关系的基本看法是认为电影并非对"剧作"的技术性媒介呈现或者强化，而必须是对"戏剧性"的新的综合改造。在此，巴赞否定了不同艺术形式之间彼此等价还原的可能。小说可以是对戏剧的改编，即对戏剧之"戏剧性"要素的演绎。但如果想要通过戏剧呈现一部小说，则必然要触碰到是否忠于原著的问题，因为它只能对小说中的元素进行归纳。电影与戏剧的关系在巴赞看来亦是如此，戏剧不是电影的媒介转化对象，毋宁说仅仅是为电影的新综合改造提供"戏剧性"要素，甚至可以弱化为电影的"灵感"。在这一时期，劳伦斯·奥利弗的《哈姆雷特》在电影与戏剧界遭遇两极评价就是巴赞这一观点的实例。在戏剧界，奥利弗因为在电影中去掉了两位配角的戏份而遭到非议，而在电影界看来这反而是其改编的恰当之处。今天的影视改编中也仍然存在着大量关于原著人物设定改造和删减的争议。就此巴赞提出了一个观点："戏剧仿佛处于美学提炼的不可逆的过程的终点。"[1]

值得注意的是，巴赞提出这个观点的章节是关于戏剧"台词本体论"的论述："实际上，戏剧只是根据体现在台词中的，而不是体现在表演中的戏剧作品开始自己真正的存在。"[2]结合这一段落背景，巴赞上述观点实际上可以转化为"戏剧语言仿佛是美学提炼不可逆过程的终点"。虽然在20世纪50年代，人们尚无法特别"物质性"地解释这个观点。但在今天的新媒体技术手段中，

---

1 [法]安德烈·巴赞：《电影是什么？》，崔君衍译，北京：中国电影出版社，1987年，第141页。
2 同上。

我们能够体会到巴赞这一论断的预见性，因为这非常类似于新媒体时代电影在"数字化"过程中被呈现出的特征。正如列夫·马诺维奇（Lev Manovich）所说，从逻辑上看，当我们在图像的数字化处理中将图像还原为"不可逆之终点"的像素时，图像的信息量是固定的，但却会呈现更多的细节，并方便我们通过技术手段对其进行"读取"。这种"可读取性"在电影的"数字化"之中，就表现为对电影时序限制的打破，将"线性时间采样"绘制到"二维空间"中。[1]

以这个类比返回巴赞的论述，"台词本体论"意味着戏剧是一种"可读取"的"二维空间"信息样态，这直接符合我们对于戏剧的日常认识。对戏剧进行"金句"或者经典段落的提取非但不影响我们对一部剧作的理解，甚至不同的提取选择和强调会影响甚至彻底改变我们对一部戏剧的认识。从这个层面说，"一千个读者就有一千个哈姆雷特"不过是戏剧信息形态的直接表述罢了，因为掐头去尾、断章取义乃至跳跃式阅读对于戏剧来说都是合法的。与之相反，对电影进行语言文字层面的复述则会遭遇极大的困难，斯坦利·卡维尔甚至认为在原则上这就是不可能达成的。一方面是由于语言文字往往遗漏了一些情节，而另一方面则是由于复述会过多给出对象的"意义"或者"身份"："比如，'汽车跟着她到了旅馆'。但是在观看的时候，我们是后来才知道那是旅馆的。"[2] 这个观察里包含了一种戏剧与电影对待"情节连续性"的不同态度。卡罗尔·阿巴克（Carolyn Abbate）和罗

---

1 ［俄］列夫·马诺维奇：《新媒体的语言》，车琳译，贵阳：贵州人民出版社，2020年，第50—52页。
2 Stanley Cavell: *The World Viewed: Reflections on the Ontology of Film*. MA: Harvard University Press, 1979, p. XX.

杰·帕克（Roger Parker）在《歌剧史》中也提到过一个诙谐的例子。《尼伯龙根的指环》需要长达4晚约16小时的演出时间，但在电影中其情节精髓只需要2分钟就足够表达了："叙事与歌剧以一种让人不自在的方式联结在了一起，既不愿意分开，又不可能安安分分地共存。"但他们也提到，歌剧的基本魅力就是音乐把这种不安转化为"对事实的忘却"，演员可以完全和剧中人物的文学形象不匹配，台上的故事也只需被模糊了解："歌剧以一种奇怪的、无法预测的方式和我们交流，有着超出狭隘认知维度的吸引力。"[1]

在上述这些类比中，至少我们可以否定一种对于巴赞"电影本体论"的"技术进步主义"谴责，例如布莱恩·汉德森（Brian Henderson）在《巴赞的思想结构》一文中认为巴赞的"本体论"没有涉及"与某些运动或者风格之间的关系"，其中唯一的批判性范畴"仅发生在相机与实践之间"，[2]这一看法显然忽略了巴赞在讨论电影与戏剧之间关系时的超前洞见。实际上，巴赞明确认识到电影在诸多艺术形式和技术形态的网络中占据了一个"模拟"的位置，此处我们取与"数字信号"相对的"模拟信号"中的"模拟"含义，即一种与数字信号之离散性相对的连续变化的信号。在与戏剧的关系中，戏剧是电影天然的数字化"样本库"。在新媒体的数字化时代，电影则被数字技术进行"样本化"并进行再模拟，简单地说就是今天的电影所高度依赖的剪辑。虽然以技术线性进步的视角来看，数字化与戏剧分别处于相对于电影而言的新旧两端，但当电影与两者发生关系时，都途经同一种信息

---

1 ［美］卡洛琳·阿巴特、［英］罗杰·帕克：《歌剧史》，赵越、周慧敏译，北京：中国画报出版社，2020年，第23页。
2 Brian Henderson: "The Structure of Bazin's Thought", *Film Quarterly*. 25.4 (1972), p. 21.

处理模式,即经由信息铭写的"二维空间"进而进行的"时空模拟"。

因此,电影从信息功能层面上说是对时空样本(并主要是时间的,我们会在后面提及空间的问题)的采样。正确使用这种采样的观念,并不是将采样以简单的技术框架的形式来框定"数字化样本"——这实际上是巴赞所说的"舞台戏剧片"费尽心思搞"电影化"这种"异端邪术"时所犯的根本性错误[1]——而是将时空融入影像成为一种内在属性。德勒兹的"时间-影像"理论可以从这个角度得到更直接的解释。无论是回忆还是梦境,德勒兹所提供的呈现尺度在于潜在的影像在"尚未获得明确的时间"这一意义上如何同时被视为"一般过去"。[2] 在此,时间被理解为一种附着性的样本,亦即二维化离散铭写所"获得"或者说"吸收"的元素。"时间-影像"的究极样态"晶体-影像"则来自在对"样本"进行模拟时附着的对时间自身的操作:"晶体-影像不是时间,但人们可以在晶体中看到时间。"[3]

同样,我们也可以理解在上面所举的歌剧的例子中发生的事情。音乐被作为一种"时间采样"融入戏剧极简的连续性情节中。演员的样貌、体态和年龄之所以不成问题,是因为他们作为"戏剧样本"获得了音乐这一"时间样本",他们本身以一种"时间晶体"的样态出现在舞台上,从而取消了"现在"这一事实符合论的时间框架。因此,我们也倾向于用"魅力"和"魔力"来形

---

[1] [法]安德烈·巴赞:《电影是什么?》,崔君衍译,北京:中国电影出版社,1987年,第145页。

[2] [法]吉尔·德勒兹:《时间-影像》,谢强、蔡若明、马月译,长沙:湖南美术出版社,2004年,第125页。

[3] 同上书,第127页。

容电影与歌剧这样的艺术形式带给我们的震撼。这就是为什么卡维尔会用"魔术"来形容电影再现世界的方式，亦即一种"去中介"或者说"去外部经验框架"的方式。[1]

二、"时间晶体"与"语言晶体"：戏剧语言的"空间功能"

正如前文所述，在巴赞和卡维尔对电影的看法中，"戏剧性"显然是在场的，卡维尔甚至同时在本体论层面研究戏剧和电影。这也就是说，他们都在一定程度上思考某种可以用"戏剧/电影语言"来统摄的媒介特质，但德勒兹对电影的理解则并非如此。德勒兹的《时间-影像》同样是以巴赞所推崇的意大利新现实主义电影为开篇，他指出其中一个发展是"感知-运动关系的脱节"。德勒兹认为此前的电影实际上是一种"感知-动作影像"，从我们所采用的视角来看，德勒兹实际上是在说，此前的电影是对"动作"而非对"时空"的采样，这种影像需要观众通过对这些动作的反应进而在角色中看到自己。与此同时，德勒兹还一带而过地提到了希区柯克，认为他改变了这种反应模式，从而将观众带入影片。[2]

按照德勒兹倡导的影像进化方向，在希区柯克"将观众进入影片之后"，电影应当以"时空采样"的直观落实这一进化。"新现实主义"所采取的方案是一种"感知-动作影像"的颠倒，亦即"角色在某种程度上成了观众"："他徒劳地走动、奔跑、行动，他所处的环境全面超越他的运动能力，让他看到和听到了他无法

---

1 Stanley Cavell: *The World Viewed: Reflections on the Ontology of Film*. MA: Harvard University Press, 1979, p. 41.
2 [法] 吉尔·德勒兹：《时间-影像》，谢强、蔡若明、马月译，长沙：湖南美术出版社，2004年，第4页。

再用回答或行动判断的东西。"[1] "先从游荡（叙事诗）影片开始，到脱节的感知-运动关系，然后获得纯视听情境。"[2] 在此，摆脱了外部"时空框架"的电影将获得一个替代性的"纯视听情境"技术框架，而这一框架的降临又是以一种"运动-感知"的脱节为中介的。这一方案确实推进了希区柯克"将观众带入电影"的进程，但在德勒兹的表述中，这一方案仍是在电影与观众之间的互动关系中予以表述，毋宁说仍是一种妥协的方案。在德勒兹看来，这一进程的理想目标，应该是直接对知觉进行"模拟"的"晶体时间"。

在此我们可以说，德勒兹所论述的那一类电影中是不包含"戏剧化"要素的，在理想状态下"戏剧性"需要被电影完全"模拟"。对此，一个佐证就是德勒兹实际上拒绝一般被视为戏剧基础类型的悲剧，即似乎令人悲伤的悲剧，他认为这只是一种误读。他敦促我们看到悲剧潜在的喜剧性内核，悲剧感实际上是一种快乐，即一种多样性与多样性统一的混沌世界感，[3] 这显然是与他的电影观相一致的。从信息样态的角度看，德勒兹指出的是，一般意义上的悲剧视角显然认为悲剧具有某种信息层面明确的"可读性"，因而才以"不可逆的终点"表现为某种基础性的艺术范畴。但在他看来，如果悲剧只是停留在这一阶段的东西，那么它根本就不能被称为艺术。更确切地说，电影不是被旁观的"读取-模拟影像"，电影的"时间采样"所要"模拟"的是观众的知觉本身，而不是某个前在的"样本库"。因此，可想而知德勒兹不可能支

---

1 [法] 吉尔·德勒兹：《时间-影像》，谢强、蔡若明、马月译，长沙：湖南美术出版社，2004年，第4页。
2 同上书，第5页。
3 详见 Lydia Amir: *The Legacy of Nietzsche's Philosophy of Laughter: Bataille, Deleuze, and Rosset*. NY: Routledge, 2022, pp. 224—229. 中译参考 https://zhuanlan.zhihu.com/p/466992923。

持通常技术层面上的电影的"数字化",但他会支持"数字化"技术的进一步发展,正如马诺维奇介绍的一些能够突破像素这一"最后的边界"的技术,[1] 而戏剧则是一种已经完形了的信息样态。就此,我们实际上要讨论的是,戏剧的"可读性"究竟体现为什么?它是否仅仅是被说出的语言或者被写下的剧词而不蕴含时空要素?

与德勒兹相反,巴赞对"戏影融合"的推崇在《戏剧与电影》中是显而易见的。在对让·谷克多(Jean Cocteau)镜头语言的分析中,巴赞恰恰赞赏了那些德勒兹所批判的做法。比如他赞赏"主观镜头"制造了一种属于观众自己的"冷眼旁观"的目击位置,从而保持了戏剧的完整性。这些处理"没有费尽心思使戏剧性消解在电影中",而是突出和确立了舞台演出结构及其心理效果,在此"电影的具体贡献可能仅仅在于增强戏剧演出的特性"。[2] 这里需要提炼的关键点是,在之前的段落中,巴赞基于台词讨论了电影对戏剧的"读取",这是对"读取"在"文本"或者"字面"意义上的描述。而在对镜头语言的分析中,巴赞将这种"读取"指向了"空间同构"关系。如果说戏剧的"台词本体论"阐明了一种信息的"文本性",那么"模拟"的发生在巴赞看来则主要在于"空间性"。

为了说明这种"空间同构"的历史性存在,巴赞额外补充了一段他认为"并不算离题"的注释性段落,其中他简要论述了"写实

---

1 [俄] 列夫·马诺维奇:《新媒体的语言》,车琳译,贵阳:贵州人民出版社,2020年,第53页。
2 [法] 安德烈·巴赞:《电影是什么?》,崔君衍译,北京:中国电影出版社,1987年,第154页。

戏剧"传统,并将之插叙于对谷克多的案例分析之前。其中一个被大众津津乐道的写实模式,就是由观众想要枪击叛徒的行为(有时也可以反过来)来证明观众的入戏,这类意图连接了台上台下的空间。"写实"对于巴赞来说意味着观众被容纳进了戏剧运作的空间之中,由此便在西方19世纪的戏剧中产生了后来电影所具有的"场面调度"的雏形,并最终产生了以安托万为代表的最早的一批由戏入影的导演。巴赞认为这说明"电影式戏剧"要先于"戏剧式电影"。[1]

《戏剧与电影》第一部分的两个要点至此已经给出:一是关于戏剧的"台词本体论"字面导出的"可读取性",作为新媒体的预表,戏剧占据了铭写的"二维空间"的系统位置;二是关于戏剧与电影各自历史实践中对于"空间同构"的共同兴趣。那么显然在此巴赞缺少了一个论述环节,用以说明"二维空间"与实际上是三维的、情境化空间的"空间同构"是如何发生的。

实际上,这一问题可以说是戏剧史上的一个基础性问题,只不过它很少被主题化地提出。大卫·马斯克尔(David Maskell)在《拉辛:一种剧场阅读》中就提到了一种比"写实戏剧"更早的剧院向影院的过渡雏形,即17世纪巴黎的公共剧场。公共剧场设施差,观众观剧举止随意,包厢视线受阻,并且有观众会坐在舞台上,这很容易打破观众席上观众的艺术幻觉。这使得马斯克尔要假设存在能够观看"虚拟表演"而非纷扰的真实空间中的"真实表演"的观众,这样的观众被允许在符号层面"阅读"戏

---

[1] [法] 安德烈·巴赞:《电影是什么?》,崔君衍译,北京:中国电影出版社,1987年,第149页。

剧,他认为这才是拉辛(Jean Racine)戏剧的真相。[1]大卫·怀尔斯(David Wiles)引用并评论了马斯克尔的这一看法,他指出拉辛的戏剧观念中含有对笛卡尔一种观点的颠覆,后者认为我们只能看到感受的真实,通过语言我们才能获得理解的真实,语言带领人们通达行动者的内部。[2]在戏剧实践中,这就把戏剧的"可读性"完全归结给了被事实上说出的语言。拉辛在最后一部剧作《阿达莉》的最后一幕呈现了一场基于透视法的视听盛宴,怀尔斯显然认为这是拉辛戏剧观念的最终实现。因此,怀尔斯指出,马斯克尔的看法实际上暗含了现代影院的观影模式,在黑暗的角落里舒适的观看体验,而拉辛的戏剧应该被解读为一种空间功能,而不是"一个自主的东西被塞进了一个不太令人满意的容器"。[3]

怀尔斯的看法实际上附和了巴赞对"罐头戏剧"的批评,并且弥补了巴赞显然已经意识到但并未主题化的问题,即"台词""语言""可读性"何以具有一种"空间功能"。怀尔斯在此并非否认马斯克尔关于这一时期戏剧转向"可读性"的观点。他对此观点的批评在于,戏剧的"可读性"并非基于"文本"这一概念,因为这将导致"可读性"的"二维空间"被理解为一种"字面"的空间,这样我们就不得不形成一种"平面"与"情境"的二元对立观念,这会导致戏剧与电影在媒介物质形态上的二元对立,掩盖更深层次的"信息样态"上的可兼容性,进而导致一种弱化甚至弃绝语言的媒介立场。

---

1 David Maskell: *Racine: A Theatrical Reading*. Oxford: Clarendon Press, 1991, pp. 9—12.
2 [英]大卫·怀尔斯:《西方演出空间简史》,陈恬译,南京:南京大学出版社,2021年,第303页。
3 同上书,第304页。

事实上，这一立场确实在18世纪的戏剧理论中曾经出现过。迈克尔·弗雷德（Micheal Fried）在《专注性与剧场性》中的"走向至高虚构"一章提到，这一时期以狄德罗（Denis Diderot）为代表的观点认为应该从绘画中寻找戏剧的新范式，这种范式希望通过"专注性"达到一种对观看的"去剧场化"。[1] 这实际上是马斯克尔所指出的17世纪戏剧"可读性"转向发展出的一种艺术体制观念，并承接了马斯克尔提到的"虚拟表演"的追求，即所谓"至高虚构"。这里我们不对弗雷德所讨论的绘画与戏剧之间的关系做过多论述，只需要指出，狄德罗出于这一观念表达过对哑剧的推崇，强调表现性的静默，并设想建立全无观众的舞台空间。[2] 在这种观念和实践中，语言因为被理解为"文本性"的而被全然取消了，在此语言被认为不过是没有"空间功能"的表演累赘罢了。因此，"第四堵墙"这一观念真正严重的后果，是对语言"空间功能"的彻底遮蔽以至于弃绝。

如果我们停留于这种对于戏剧"可读取性"的理解，那么我们几乎无法把"戏剧性"带回到电影中。因为这一理解促成的"无观众的剧场"太符合电影拍摄的情形了，它使得电影可以在观念和生产实践上完全不考虑"戏剧性"。不甘于此的戏剧家自然要打破"第四堵墙"，比如我们所熟知的布莱希特（Bertolt Brecht），但这一对戏剧"可读性"的拯救行动实际上在19世纪就已经开始了。司汤达（Stendhal）在《拉辛与莎士比亚》中批判了当时法国文艺界遵从拉辛和贬低莎士比亚的风气。虽然从大框架上他的论述容易被归为对"三一律"的反驳，但实际上其中最重要的

---

1 [美]迈克尔·弗雷德：《专注性与剧场性》，张晓剑译，南京：江苏凤凰美术出版社，2019年，第114页。
2 同上书，第87页。

观点是，司汤达认为我们实际上不可能达到狄德罗所要求的那种"完全的幻想"，而是在戏剧中遭遇"完全幻想的瞬间"。[1] 这种瞬间是由确切的戏剧语言所激起的，但是它恰恰对立于对整个剧作中华丽诗句的陶醉，也就是对立于"文本"意义上的语言［实际上这一看法非常类似于罗兰·巴特在《明室》中提出的"刺点"（punctum）］。司汤达并没有否认拉辛的作品中不存在这种瞬间，而是指出这样的瞬间在莎士比亚的作品中要更多。虽然司汤达没有很好地阐释这些瞬间所体现的戏剧语言的功能，但是这个洞见说明了戏剧语言不是作为"文本"被"读取"的，它具有一种连通台上台下的"空间功能"。在这些特定语言所激发的瞬间，我们意识到戏剧"对我而言"正在发生什么，此时"空间同构"才被激活。

套用德勒兹的"时间晶体"，我们可以暂且将具有"空间功能"的戏剧语言称为"语言晶体"，在其中我们不仅仅在摹写的意义上"读取"戏剧，也在其中获得一种空间的贯通。这些由特定语言激发的"完全幻想的瞬间"实际上形同于电影中的镜头调度发生的那几秒钟，如果没有这些瞬间，影像就失去了它的可传达性。相对于德勒兹更为理想化的"纯电影"，这种与"戏剧性"保持连贯的电影观是更为平常的，也是更具有多样性实践意义的。但是，电影对"戏剧性"的"读取"与"模拟"也绝非平滑的。倘若如此，那么"戏剧性"就完全内化为电影的一种技术风格，我们也就不会在当下的电影中看到显著的"戏剧性回潮"。换句话说，电影中的"戏剧性回潮"实际上是一种被有意呈现出"读取-模拟"程序的失败，或者说是那些戏剧的"完全幻想的瞬

---

[1] ［法］司汤达：《拉辛与莎士比亚》，王道乾译，上海：上海世纪出版社，2006年，第23页。

间"跳出镜头调度的"模拟",以"戏剧性"本身刺透"第四堵墙"的瞬间。

三、"字面"的重负:"影中剧"与"剧中剧"

司汤达的论述基于一个基本的区分,即他认为欣赏"史诗"的愉悦不能替代欣赏"戏剧"的愉悦。[1] 由此,司汤达、巴赞和卡维尔的问题意识就能够在一部经典戏剧之上合流,那就是莎士比亚的《哈姆雷特》。正如前文所提到的,对戏剧与电影关系的讨论于20世纪50年代成为激活"电影理论"的重要契机,奥利弗对莎剧的电影改编大获成功是重要的背景事件。这部作品之所以成为该类型影片的经典,究其原因正如罗伯特·达菲(Robert Duffy)在评论中所说,戏剧《哈姆雷特》是最不易被转译成电影的莎剧,这是因为最常被讨论的"史诗"(epic,也作"叙事诗")中被凸显强调的场景与时间框架转换——达菲认为这些是其他莎剧中最具有"电影性"(cinematic)的技法——在该剧中没有被广泛运用,这使得电影版本具有一种幽闭恐惧的气息。[2] 达菲的观察是准确的,但是应该说这并非原作在被转译为电影时无法逾越的风格性障碍,毋宁说正是因为奥利弗保留了这种"幽闭感"而没有把"戏剧性"完全融解在无限的电影空间中,才创造了戏剧改编电影的典范。这一"剧影空间同构"观念在奥利弗的第一部改编电影《亨利五世》中就已经呈现了。正如巴赞所评论的那样,奥利弗反而在电影中强调了戏剧的假定性,这反映

---

[1] [法]司汤达:《拉辛与莎士比亚》,王道乾译,上海:上海人民出版社,2006年,第15页。

[2] Robert A. Duffy: "Gade, Olivier, Richardson: Visual Strategy in Hamlet Adaptation", *Literature Film Quarterly*, 4, no. 2 (1976), p. 141.

在影片的开头通过一组镜头将观众引入伊丽莎白时代一家旅馆的后院，这一镜头调度既保留了剧场空间，又排除了"拉开帷幕把观众引入幻境的魔力"。[1] 在第二部改编电影《哈姆雷特》中，奥利弗显然更加笃信这一"空间同构"观念的效用，因此大胆选择了黑白电影，把电影的表现力完全交给这种空间调度。在电影中，我们会经常看到作为观看阻碍物的建筑梁柱、幕布和前排观众，这带来了达菲所说的"幽闭感"，它实际上将整个影片组织为舞台之上诸视角的切换。在当代电影中，我们在伊纳里图（Alejandro González Iñárritu）的《鸟人》中重新看到了奥利弗所发明的这种空间视角，即一种电影中显著的"戏剧性回潮"面向，这部影片的长镜头段落可以被视为奥利弗空间视角的技术奇观化。

不过，奥利弗的实践仍然是一种"读取-模拟"模式的顺势实践，在这种顺势中，戏剧始终是"被读取"的。在此我们还需要从戏剧一端拓展这个问题，即我们要问戏剧对自身所占据的铭写的"二维空间"系统位置具有自我意识吗？这个问题之所以重要，是因为只有戏剧发现了自身在"读取-模拟"中的系统位置及其信息样态，它才有可能把自己直观地展现在电影甚至其他艺术媒介中。而一旦戏剧的这种自我意识被直观地凸显，实际上我们就目睹了"读取-模拟"这一系统程序的失败。这正是卡维尔讨论戏剧的视角，也因此他同时可以讨论电影。

虽然对卡维尔的思想难以作主题性的归纳，但究其日常语言哲学的问题意识起点，"字面义"与"蕴含义"的关系可谓他一切思

---

1 [法] 安德烈·巴赞：《电影是什么?》，崔君衍译，北京：中国电影出版社，1987年，第147页。

想中的基础性问题。卡维尔的基本看法是,"字面义"虽然提供了可供查阅的、实证性的语义担保,但要真正掌握一种语言,并依据维特根斯坦的说法将其塑造为一种"生活形式",那么我们就必须掌握语言的"蕴含义"。但是,卡维尔的看法并非仅仅为了说明语言中的"言外之意"或者关于行动的暗示指令。他认为"蕴含义"的基础词汇范畴是一种包含了自主性及其可能得到回应的伦理范畴,"意义即用法"意味着语言中的自主性在使用和交流中被证成。[1] 如果对卡维尔的这一基本问题不了解,就很难进入他的戏剧与电影理论。实际上,卡维尔始终都在"字面义"与"蕴含义"的冲突与和解中理解戏剧的自我意识,这种自我意识是关于对"实证主义"诱惑——也就是以"字面义"统辖甚至掩盖"蕴含义"的诱惑——的直面。由此,悲剧就表现为日常语言中这两个意义层面之间"读取-模拟"的失败。

在《哈姆雷特的证明之负》一文中卡维尔分析了"剧中剧"这一装置。就《哈姆雷特》中这场默剧的直观感受而言,观众通常认为是由于这场戏揭露了叔父的弑君真相,这使得他惶恐不安,提前离席并于庭院中忏悔。但如果仔细思考相关情节,就会发现这种解释默认了一种对真相的"机械降神",仿佛是因为灌毒入耳的场景完全再现了叔父的行为才使他急剧惊愕,以至于要以被说出的语言证明这种符合,并被哈姆雷特偷听到。其中的每一个环节都不具有必然性,仿佛该剧的核心推动力不是哈姆雷特的犹豫,而是叔父脆弱的心理防线。卡维尔大致否认了这种解释,并提醒我们去注意"剧中剧"自身的由来而非它引起的

---

[1] 详见林云柯:《怀疑论视域下的日常语言与文学语言——斯坦利·卡维尔论语言的"在地性"与"生活形式"》,《安徽大学学报(哲学社会科学版)》2019年第1期,第72—73页。

结果。他指出大多数解读都忽略了剧中一个"书写的时刻"。[1] 大多数解读者都忽略了"剧中剧"的默剧段落，也就是杀人方法是由国王的鬼魂提供的，剧中并没有以任何事实性的场景确证鬼魂的信息。卡维尔指出，莎士比亚专门用了一场戏来呈现哈姆雷特与鬼魂结成互信关系。在这场戏中，鬼魂在提供了前世遇害的事实信息后，在命令式的"记住我！"中离场，而哈姆雷特则通过用纸笔复写鬼魂的话语以契约铭写的方式与鬼魂达成信任。[2]

由此，卡维尔重拾了一个被认为是粗糙的论断，即鬼魂在剧中并非真相的揭示者，而是哈姆雷特自己的幻想。结合弗洛伊德的理论，卡维尔认为哈姆雷特的幻想指向的不是对于其叔父克劳迪亚斯是否为凶手的实证，而是"克劳迪亚斯作为他母亲爱人的生动画面"。[3] 抛开卡维尔所提供的对哈姆雷特心理的弗洛伊德式解读不论，在戏剧层面他所指出的是，"剧中剧"真正呈现的是"戏剧性"的"二维铭写"空间对已有"模拟"的反抗，也就是对相对而言的现实世界的反抗，它试图在其中以自身本来的面貌出现，并破坏现实世界的既成性，甚至妄图取而代之。哈姆雷特在他所处的现实生活的影像中所展现的这一幕哑的、迫使人们注视的铭写空间与前文提到的狄德罗所要求的戏剧极其相似，它赤裸地以"字面"的、绝对"可读"的形式被书写在剧中，并让我们看到这种"可读–模拟"之间的断裂。

1　Stanley Cavell: *Disowning Knowledge: In Seven Plays of Shakespeare*. NY: Cambridge University Press, 2003, p. 184.
2　［英］莎士比亚：《莎士比亚全集（第五卷）》，朱生豪译，北京：人民文学出版社，1994年，第 307—308 页。
3　Stanley Cavell: *Disowning Knowledge: In Seven Plays of Shakespeare*. NY: Cambridge University Press, 2003, p. 183.

四、写在脸上：以伯格曼与麦克多纳为例

无论是电影还是戏剧，卡维尔的本体论视角认为艺术形式要能够在自身的运作中呈现出它在人类"语言系统"中的功能性位置，无论是肯定的呈现（喜剧）还是否定的呈现（悲剧）。返回到卡维尔日常语言哲学的基本问题，人类语言中的"蕴含义"实际上是对"字面义"的"读取-模拟"，其模拟的输出结果就是我们的"生活世界"，这便是维特根斯坦所说的"语言即生活形式"的发生机制。对于戏剧与电影的关系而言也是如此，并且作为一种"艺术语言"的呈现，它能够以"空间同构"的形式被我们直接看到，这就是我们在电影中所直观到的"戏剧性回潮"。

实际上，悲剧作为"读取-模拟"机制之失败的呈现有一个更为简洁明快的例子，那就是马格利特（René Magritte）的"这不是一个烟斗"。虽然福柯（Michel Foucault）对这一作品基于知识权力平衡与失衡的阐释视角已有大量讨论，[1] 但作品本身最直观的空间布景风格却被视而不见了。以卡维尔的视角，我们可以非常简洁地将这一作品解读为图像（并且当马格利特加入第二只烟斗时，我们实际上面对的就是"影像"）对文字字面"读取-模拟"的失败，这一程序直接被字面地否认了，无论如何继续添加另一个层次的模拟，都无法得到一个闭合的现实"生活世界"。

从维特根斯坦"意义即用法"的角度，我们完全可以通过将马格利特的作品视为一种空间布局模式，并在戏剧影视中应用它来实现它的思想价值。一个更具观念化的运用，就是将电影所

1　Michel Foucault: *This is Not a Pipe*. CA: University of California Press, 1983, p. 53.

模拟的生活世界视为现实世界的"蕴含义"层面,它与我们的日常直觉、空间感与生活形式具有连贯性,[1] 那么这种连贯性在演员处的具身化表达就是通常所说的"面容",或更直白的"脸"。汉斯·贝尔廷(Hans Bertine)将脸的历史梳理为被摹写的脸(面具)的历史:"有生命的脸一旦被摹写与复制,便会即刻凝固为一张表情僵化的面具。在此意义上也可以说,脸的历史通过遗留下来的面具向我们走来,这些面具是对脸的摹写,而非真实的脸。"[2] 这实际上是以一种悲剧的视角给出的历史:生动的脸本应对表达人类情感的面具符号进行"读取-模拟",但最终却只能以被摹写的结局成为历史。

英格玛·伯格曼(Ingmar Bergman)最常运用的一种镜头语言就让我们直观到了这一脸的悲剧史。在《第七封印》与《假面》这样的作品中,伯格曼大量运用面具式的正脸与表情丰富得有些过度的侧脸(或至少是非绝对正面的脸)重叠(或至少同框)的镜头。平面的、二维的、被铭写了确切公共身份的脸的所有者往往是剧中的上位者(死神与知名女演员),而下位者则以情动的"脸庞"出现("庞"在中文里指轮廓与杂多),电影的主题往往就是两者的相爱相杀。在后期的作品《秋日奏鸣曲》中,伯格曼显然意识到这一"正脸"与"脸庞"的冲突可以进一步去符号化。在该剧著名的镜头中,作为下位者的女儿的"面庞"成为正脸,而作为上位者的钢琴家母亲则以侧脸示人。而正如我们所知,伯格曼是一位"由戏入影"的导演。

---

1 关于电影中存在的与日常知觉的连贯性分析,详见林云柯:《"第三维特根斯坦"与"影像间隙论"——关于"视觉语言"的分析式考察》,《北京电影学院学报》2021年第12期,第9—12页。
2 [德] 汉斯·贝尔廷:《脸的历史》,史竞舟译,北京:北京大学出版社,2017年,第9页。

另一位以最直观的手法在电影中实现"戏剧性回潮"的导演,就是《三块广告牌》的导演马丁·麦克多纳(Martin McDonagh)。在以电影导演身份闻名之前,麦克多纳已然是当代西方戏剧界最著名的剧作家之一。论及麦克多纳的戏剧,就必须提到英国当代著名的戏剧流派,即"in-yer-face",国内相关研究界有"直面剧场""'去你的'剧场""对峙剧场"等多种翻译,其字典标准意为"公然的侵犯性和刺激性,不可能忽视和避免"以及"面对面的"[1]。以萨拉·凯恩(Sarah Kane)为代表的该流派剧作家多以"人类世界实实在在血腥可怖的场景来揭示新的社会现实,以极端的道德勇气来呼唤人类的良知"[2]。相对于这些"硬核"的"直面剧场"作家们而言,麦克多纳的戏剧显然在上述层面要温和得多。但他的卓越之处在于将"直面"呈现于一种叙事与舞台之间的"空间同构",从而也为他将这种"戏剧性"呈现于电影之中奠定了基础。

麦克多纳最著名的剧作《枕头人》几乎以最直接的方式呈现了铭写的"二维空间"与模拟的"生活世界"之间的"读取-模拟"关系。剧中的主人公在父母的残忍诡计下从自己兄弟的受虐中获得精神刺激,最终成为一名以弑童题材成名的作家。虽然他后来得知真相,杀掉自己的父母救出了兄弟,但他的兄弟却因为阅读他的小说而成了模仿杀童犯。

《枕头人》实际上就是一部对"读取-模拟"这一信息系统进行直接呈现的戏剧。与卡维尔对《哈姆雷特》的分析一致,在《枕头

---

[1] 鲁小艳、冉妮娜:《关于"直面戏剧"的若干问题》,《当代戏剧》2016年第3期,第36页。
[2] 胡开奇:《萨拉·凯恩与她的"直面戏剧"》,《戏剧艺术》2004年第2期,第104页。

人》中，相对于舞台上正在发生的"现在"而言，已于"过去"发生的"真相"实际上从未被以明确的"事实"揭示。前述剧情归纳中诱导观众将之默认为是真实的背景，实际上也只是在第一幕第二场被暗示的一个仿佛是"非虚构写作"的段落。[1]但就戏剧本身展现"读取-模拟"样态来看，这一段落与剧中其他被作为"虚构文本"读出的故事没有任何差别。在实际的剧场演出中，每当出现对于作家故事的铭写与阅读的段落，故事本身的内容就会以"剧中剧"的形式在舞台上的另一个屏幕或者镜框中展现，而这一屏幕之前则是专心写作或者阅读的人物。由此，麦克多纳在剧中展现了一个更为复杂的多层"读取-模拟"系统。一方面，如果将父母虐待作家的兄弟为其提供灵感作为真实事件，那么作家的所有小说都是对这一赤裸的、平面化的、字面的暴力行径的"模拟"，而被他救出的兄弟之后的弑童犯罪则是等价地"读取-模拟"了他所"写下"的小说，这是就作家这一角色而言的"直面"；另一方面，这一戏剧从来就没有证实那个关于父母虐待孩子的故事是真实事件，唯一能够确认的真实事件只有作家杀害了自己父母救出了兄弟，这与卡维尔所说的哈姆雷特与鬼魂达成信任的"书写的时刻"中的情况完全一致。这也就是说，麦克多纳甚至将"读取-模拟"的系统层次施加于观众的座席空间之上，观看《枕头人》的观众在"直面"的正是自己的暴力想象。在剧场空间中被作为戏剧演出的《枕头人》是一个"读取-模拟"的系统递归空间，这个空间中甚至不存在"打破第四堵墙"的问题，在此没有"第四堵墙"的容身之地。

麦克多纳在自己的剧作中已经提供了一种最为极致的基于信息样

---

1 [英]萨拉·凯恩、安东尼·尼尔逊、帕特里克·马勃、马丁·麦克多纳：《渴求：英国当代直面戏剧作品选》，胡开奇译，上海：上海人民出版社，2014年，第366—369页。

态的"戏剧性"呈现。因此，当他将"直面戏剧"的"戏剧性"注入电影这一在空间表现上更为便捷的艺术形式时，"戏剧性回潮"便水到渠成。麦克多纳的奥斯卡获奖作品《三块广告牌》几乎就是上述"戏剧性"模式在电影中的直接操演，影片的奥秘绝大部分都在于片中的空间结构。失去女儿的女主人公在凌驾于小镇"生活空间"之上的广告牌上，以铭写的方式对整个小镇对案件的消极态度进行谴责，也全然不考虑因病将死的警长的晚节。在此，我们可以关注片中的几个要素。

首先，女主人公的所有台词几乎都是绝对实证的要求，比如当警长请求她理解破案的难度时，她仍然认为对"所有人"进行信息比对就可以找出凶手，这体现了对破案这件事完全"字面"上的解读。在这个解读中，世界上的所有人被归为由"字面义"所摹写的存在，理论上能够被精确"读取"。

其次，剧中关于悲剧的"完全幻想的瞬间"全部由直观的"字面"所呈现。如题所示的"广告牌"，它们占据着道德"字面义"上的"至高点"，甚至连广告公司的办公室都被安排在了警察局对面高于警察局的二楼。在女主人公第一次到广告公司的时候，有一个从窗口向下蔑视警察局方位的镜头凸显了这一空间关系。并且在该片著名的长镜头段落中，已故警长的下属正是从警察局走进广告公司所在的建筑，登上二楼，把公司负责人从窗口扔到地面。这一段落在事实的空间关系中展现了片中的"戏剧性"冲突。

在这个层面上，片中最具有麦克多纳风格的"直面戏剧"段落，就是警长自杀的一场戏。警长不堪对他失职的谴责和将死情绪的困扰，在与家人度过了极富生活趣味的一天后选择自杀。在开枪前，警长套上了一个写有"不要摘下头套，给警察打电话"的头套，剧中对这一"书写平面"给了大特写。这个镜头直接展现了"字面义"对"脸"的覆盖和抹杀，是一种极端意义上的"面具"。这个镜头几乎就是"in-yer-face"意义的完全展现：当我们说一个人某种内在的情绪、心理流动以及所有能够确认其生命状态的信息是"写在脸上"的，我们同时也就是将一个人的生命状态理解为一种赤裸的"二维化"的证据。这个日常说法实际暗含了一种人类作为有机体在交流上最深刻的悲剧情境。这个"面具"与警长的"脸"的关系，实际上是对"广告牌"与小镇"生活世界"之间关系的"空间同构"。

最后，该片的台词实际上含有大量对语言问题的讨论，尤其在冲突最激烈的女主人公与警长的下属之间至少出现过两次对语言的直接讨论。第一次是在女主人公被传唤到警局审问室时，下属在情绪之下毫无必要地说起自己对他母亲关于"虐待黑人"与"虐待有色人种"两种说法的纠正。第二次是在片末二人和解的段落中，下属提到上学时老师教育他"不学好语文（English）怎么能当好警察啊"的往事。片中对语言的讨论似乎对剧情来说是毫无必要的，但这显然是作为戏剧家的麦克多纳所提供的理解该剧的背景。因此，《三块广告牌》是一部关于铭写、求证与道德制高点等"二维空间"信息样态与说话、交流和落地的日常生活之间的冲突与和解的"戏剧化电影"，它几乎是麦克多纳卓越戏剧实践的电影操演。

以麦克多纳为最新的范例并作为当前论述的终点，我们可以从中看到巴赞、奥利弗和卡维尔等人戏剧与电影观中诸多的实践性分析内容。近年来,《鸟人》《三块广告牌》《水形物语》《驾驶我的车》这样的作品已经证明了重视"戏剧性"的电影实践依旧蓬勃的生命力,并且就其普遍的可操作性与复杂性来说,绝不亚于德勒兹所倡导的"纯电影"。在此,一个更为深刻的问题在于,当我们将戏剧与电影视为一种"艺术"时,我们到底更希求其中的"观念化"面相,还是其中的"实践性"面相?在"观念艺术"与"艺术观念"之间循环往复的艺术话语生产之外,也许恰恰被忽视的是最基础的问题:当我们谈论"演"戏剧与"拍"电影时,我们究竟在谈论什么。

(原载《电影艺术》2022 年第 5 期,
原标题《"读取−模拟"视角下的戏剧与电影之辨》)

"档案"的"无人之地":连接不可连接之物
And Then There Were Everyone

一、"档案冲动"与"事实性"

作为近十年来"档案艺术"概念的主要奠基人,哈尔·福斯特在2004年发表的《档案冲动》一文中为这一艺术类型提供了基本描述:"粗略地说(in the first instance),档案艺术家寻求对历史信息(往往是遗失的或者被替代的)进行物理上的呈现。以此为目的,他们会对现成的图像、物品与文本进行阐释,并偏好采用装置的方式。"[1] 这几乎成了之后"档案艺术"被征引的基本定义。然而,虽然这段引文中凸显了对于边缘历史信息的偏好、图像的首要性以及"现成"(found)观念的介入,但福斯特更深一步的探讨则被忽略了,即将"档案艺术"区分于一般的当代艺术以及后现代艺术,这才是福斯特"粗略定义"之后要深究的问题。[2] 正如福斯特自己在这一粗略定义之后的括号里所说,作为档案艺术的特征,"去层次化"(nonhierarchical)的空间运用在当代艺术中是一种罕见的手法,而这也说明将"档案艺术"仅作为当代艺术下的一个平行类别会错失其价值。[3]

---

1 Hal Foster: "An Archival Impulse", Charles Merewether ed.: *The Archive (Documents of Contemporary Art)*, The MIT Press, 2006, p. 143.
2 比如《作为摄影的档案与作为档案的摄影》一文中,省略了"粗略地说"这一介词词组,从而引出了"虚构档案"作为与"使用真实档案"并列的艺术手法这一表述。详见https://vision.xitek.com/allpage/image/201407/10-308296.html。
3 Hal Foster: "An Archival Impulse", Charles Merewether ed.: *The Archive (Documents of Contemporary Art)*, The MIT Press, 2006, p. 143.

实际上,《档案冲动》的精华部分是福斯特对于"No Ghost Just a Shell"这一长达三年的集体艺术工程的批评。1999年,法国艺术家菲利普·帕雷诺(Philippe Parreno)和皮埃尔·于热(Pierre Huyghe)从日本公司Kworks购买了一个幼女人设安丽(Ann Lee)的版权,随即开始对其进行3D改造,并赋予其语言能力,之后邀请多位艺术家一起参与创作,赋予其不同的演说与经历(比如以被贩卖品的身份讨论消费文化)。[1] 由于几乎具备一切"当代艺术正确"的要素,这一项目一度被追捧为"档案艺术"的标杆,一种"后期制作"(post-production)的典范。但福斯特则以此作品为反例申明了"档案艺术"的真实性特质,即其中的"可触性"和"面对面"并非网络界面所能替代:"档案在这个意义上区别于数据库。它们是不顺从的材料、碎片,而非可替代品,正因此才能唤起人类的阐释,而非机器流程。"[2] 由此,与开篇的"粗略定义"相对照,福斯特为"档案艺术"给出的"深层定义",亦即"档案"的本性被明确表述为:"现成(found)而非建构,事实(factual)而非虚构,公共而非私人。"[3]

通过与"数据库消费"相区分,[4] 福斯特实际上揭示了"档案艺术"并不仅仅是当代艺术的一个类别,更是一种更为根本的艺术属性的彰显:现成性、事实性以及公共性。因此,较之于讨论"什么是档案艺术?"这一问题,更恰当的做法或许是将其作为理

---

1 关于该作品的介绍,可见金怡:《日漫女主人公安丽(Ann Lee)的"前世今生"》,https://mp.weixin.qq.com/s/yDXA-2bEGxz2GZOQBzQ9Eg。
2 Hal Foster: "An Archival Impulse", Charles Merewether ed.: *The Archive (Documents of Contemporary Art)*, The MIT Press, 2006, p. 144.
3 Ibid., p. 145.
4 关于"数据库消费"的概念,详见[日]东浩纪:動物化するポストモダン,講談社,2001。

解当代艺术的一个视角，来探讨档案在当代艺术语境下何以是一个本源性的范畴。

二、"签名"与"自传体"

作为一种现代社会的册记制度，被自传体、监控影像及其认证机制所实现的档案体制无疑与"定义"问题紧密相关。另外，艺术定义作为一个问题又是由当代艺术中的"现成品艺术"（found art）所引发的，而在这一当代艺术最为宽泛的问题中，却很少掺入对档案实现机制的讨论。

在美学界对于现成品艺术的最初反应中，艺术定义被锚定在了审美主体与艺术品基于"意图"的交互上，这种被后期维特根斯坦哲学所激发的粗略的"接受美学"视角典型地反映在 H. G. 布洛克（H. Gene Blocker）的《美学新解》中。但有趣的是，正是在布洛克对于杜尚《泉》的描述中，他不经意地加入了一个似乎无法纳入计划内表述的外部元素，即用"另外"这一字样附加表述了杜尚在小便池上的签名（R. Mutt, 1917），但随即又用"所有这些"这一表述将其囊括为便池"被作为一件艺术品展出"的原因之一。而在后面的讨论中，这道签名则完全被布洛克遗忘了。[1]在常见的表述中，"R. Mutt"往往被认为是杜尚的"笔名"，这显然是一种基于"意图"的艺术定义思维下的默认（认为是生产商名变体的看法也是如此）。此处被忽视的是，正是由于这一签名的存在，《泉》这一作品，尤其是其照片才具有了档案般的观感。这一被直接铭刻于作品之上的签名，使《泉》成为一个"艺术档

---

1 [美] H. G. 布洛克：《美学新解》，滕守尧译，沈阳：辽宁人民出版社，1987年，第292—293页。

案",这是它最常被看到的面目——在画册上、教材中以及论文配图中——而不仅仅是一件"艺术品"。

对于"签名"功能的误认一直是艺术体制论泛化的一个症结所在,这是由于人们通常把"签名"认作一种外部赋权(权威认证或机构签章),而忽略了其自传体功能的一面。实际上,无论社会体制如何规制档案的形式与内容,档案的原初生成都需要受证者自身的表述、誊写与自我确证,无论是否受到外部的压力。于是,"签名"意味着作品"自传体"的面相,它伴随着档案同时被展现,并也正因这一"自传体"书写,档案才获得了它的"事实性"。

关于"签名"的一个著名讨论来自德里达,他讨论了海德格尔的《尼采》前言中首句的怪异表述:"'尼采'——在此,思想家的名字为他所思的事物(cause)命名。""Cause"对应德文词"Sache",即"本身即为阐明(explication)"的"实物",在此被准确地翻译为"肇因"。[1] 思想家的签名于是成了其思想的"肇因",而正是因为"签名"——一道签于作品之内的专名,而非一个外部信息——的介入,被不断赝制(forgery)的尼采思想的"现成品",亦即其著作,才作为"档案"而非单纯的技术复制品被阐释与持存,也因此不会完全归于某种当下的即时征用。正如本雅明的著作中一个往往被忽略的概念区分所示,在有别于"技术复制"的"赝制"中:"原作在碰到通常被视为赝品的手工复制品时,就获得了它全部的权威性。"[2]

---

1 [法] 雅克·德里达:《阐释签名(尼采/海德格尔):两个问题》,陈永国译,《南方文坛》2001年第2期,第5页。(个别词语翻译略有改动)
2 [德] 瓦尔特·本雅明:《机械复制时代的艺术作品》,王才勇译,北京:中国城市出版社,2002年,第8页。

在德里达的引述中，海德格尔批判了一种追溯作者生活中"全部数据"及同时代人见解的编辑热情，斥之为"生物-心理嗜好的畸形产物"，而这种被批判的"编辑热情"与福斯特与之极力划清界限的"数据库消费"十分相似。德里达随即指出，在此海德格尔试图将"谁是 X"或是其"签名"简化为一种"统一性"，这种对于思想家自身来说十分罕见的问题必然要求一种基于传记体的理解，而如果只作为一部论述其思想的书的名字则再常规不过了。德里达指出，海德格尔陷入了一种含混，他既要将尼采从传记体的"数据库生产"中拯救出来，又不想让其沦为其思想的单纯所指，却无法找到一个让其思想自身成为其"自传"的平衡点，于是他所排斥的传记体与"本质的思"始终处于含混之中。[1]

而这不正是发生在《泉》这一作品中的事情吗？在杜尚随手签下"R. Mutt"的时刻，形同档案在受证者自诉并签名后而被归档封存，禁绝了一切外部信息的介入。当我们一次次地在各种不同材质和清晰度的照片上看到它时，它始终都在通过那道"签名"昭示自己如何在内部保有了自身全部的秘密，并激活了其"自传体"书写的可能。事实上，这样一种由"签名"使得现成品"档案化"的案例，被典型地运用于著名电影《公民凯恩》之中，临终谜语"玫瑰花蕊"最终被呈现为儿童雪橇上的一个签名。在此，"签名"就成为凯恩传记体的"肇因"，而现成品"儿童雪橇"则作为一个重要的档案物，凝结了凯恩不同于官方身份的全部个人历史。

因此，并不是杜尚在一个现成品上签下了一个有所指的名字，而

---

1 [法]雅克·德里达：《阐释签名（尼采/海德格尔）：两个问题》，陈永国译，《南方文坛》2001年第2期，第6—7页。

是这道签名使得它成为一个"现成品"。和安丽被动等待介入的"无魂之躯壳"不同,被签名"档案化"了的艺术品的"现成性"可以在无限赝制中不断彰显其原真性,除了作品及其中的材料自身,没有其他的阐释来源。因此,虽然在德里达看来,海德格尔在"阐释签名"问题上最终遭遇了含混,但却已经触碰到了"档案艺术"最重要的基础:"事物,即争论之点,本身就是一种对抗,一种对峙。"[1] 这与福斯特所谓的"不顺从的材料"如出一辙。

三、"证明照"与"现成品"

在这一视域下,当代艺术中的"现成"与"定义"等问题才被融贯进一种"档案性"机制里。对立于某种经济社会学体制,对于这一现代表述内部机制的提炼,使得"档案艺术"在充分表达现代性压抑的同时也凸显了自身"思"与"言说"的可能和欲求,抑或是对于探问的拒绝。于是,W. J. T. 米歇尔(W. J. T. Mitchell)一篇文章的结语可以被视为"档案艺术"之"粗略定义"(In the first instance)的呼应:"图像最终(in the last instance)想要的是什么?只不过是想要被问及它们想要什么,同时也明白答案很可能是,它们什么都不想。"[2]

在《泉》的案例中,人们往往忽略了对于"现成品艺术"的观看大多来源于"图像档案",对于"档案艺术"来说,影像资料的首要性是显而易见的。有趣的是,在摄影术产生伊始,正是出于艺术目的而非纯粹纪实性目的的摄影最早触及了艺术的"档案

---

1 [法]雅克·德里达:《阐释签名(尼采/海德格尔):两个问题》,陈永国译,《南方文坛》2001年第2期,第5页。
2 W. J. T. Mitchell: *What Do Pictures Really Want*?. The MIT Press, October, Vol. 77, 1996, p. 82.

性"面相。雕塑家亚当-沙门罗（Adam-Salomon）用布光和天鹅绒的帷幔背景最早使人们放弃了摄影只是"抄袭自然"的看法。[1] 这种在当时对立于"现实主义"的做法，在现代档案制度里则成了证明照最一般的拍摄手法。在近年来的趋势中，对于证明照的修图和美化也不再是档案制度中的禁区，反而成为常规的处理方式。这大概是由于档案作为一种交流的先导而非后验确证，"事实性"开始基于其"表现力"而得到认可。这也佐证了福斯特对"档案艺术"的深层定义，即一旦档案的公共性占据上风，则艺术就会为"事实性"提供支持而非削弱。

正如海德格尔与福斯特的共识所示，作为档案的"物"或"材料"以其自身的"思"成为一个疑难区域，而这个区域正是艺术影像必然提供的。与传统艺术不同，摄影艺术的实践者与其说是在进行"创作"，不如说是在面对"选择"和"探究"的挑战。从这个角度说，影像本身就是"现成品"艺术，而这也是当代艺术"档案性"面相的显现媒介。

不仅如此，实际上传统艺术也因此被纳入了"现成品"的阐释范畴中。蒂埃利·德·迪弗所讲述的正是这样一种阐释范畴翻转的历史，从康定斯基到杜尚，现代画家艺术冲动的原初场景几乎都来自现成品，比如灌装染料。从这个层面说，"创作"在当代首先意味着选择，即使是传统概念中的绘画艺术，在当代也是一种"半现成品"（readymades aided）。[2] "aided"这个词意为一种辅

---

1 [德] 齐格弗里德·克拉考尔：《电影的本性：物质现实的复原》，邵牧君译，北京：中国电影出版社，1981年，第7页。
2 [比] 蒂埃利·德·迪弗：《杜尚之后的康德》，沈语冰、张晓剑、陶铮译，南京：江苏美术出版社，2014年，第138页。

助性的、作为整合部分的存在状态，这就使得最宽泛的艺术形式也被透视为福斯特所说的"档案物"。它既是"事实性"的，也是有待整合与编辑的，这是我们在面对影像这一"现成品"艺术时所面对的疑难与契机：在当代，倘若现实世界是现成材料的集合，那么"现成品"的观念就意味着没有任何艺术是"一次性"地成型或表达，艺术意味着持续解析的可能。正如绘画创作在这一视角下源于管装染料（色彩档案）一样，所有的材料都必须找到持续保存的方法，而这一方法就是由"档案"这一机制来实现的，即拒绝被篡改与掩盖——这就是福斯特所谓对"无层次空间"的采用——同时又渴望被记忆与质询。

四、"档案室"与"无人之地"

在关于"艺术不可定义"最著名的比喻里，威廉·肯尼克（William Kennick）曾经设想了一座仓库，里面堆放着各种传统上被认为是艺术品或不是艺术品的各种事物，并指出没有人可以靠着某种"艺术"共性完成"挑选出全部艺术品"的任务。但亚瑟·丹托则指出，让我们无法完成这一工作的并不是"艺术定义"对于事物所具有的武断性（在肯尼克的设想中，人们被"命令"带着某种定义进入仓库），而是一个更能触及根本性问题的拓展的"反仓库"（count-warehouse）设想：由于无法区分原作和副本，因此任何通过模仿寻求外部认证的方式（定义表述、模仿别人的拣选以及枚举法）都是无效的。随即丹托也给出了一个可能的出路，它来自曼德尔鲍姆（Maurice Mandelbaum）："假如某物和其他某种东西构成了某种特定的关系，它就能成为一件艺术品？"[1]

---

[1] [美]阿瑟·丹托：《寻常物的嬗变》，陈岸瑛译，南京：江苏人民出版社，2012年，第75—76页。

很少有人意识到，甚至可能连丹托本人都没有意识到，这一"反仓库"实际上更接近"档案室"，艺术在其中并不发生于物品本身的归类行为之中，而发生于检索与毗邻放置行为之中。档案的编制以其"非层次性"为检索提供预备，而这种"预备"（区别于"预设"）的语法规则是无法被"定义"的。因此，在"档案室"中，艺术品实际上并不存在沃尔海姆所说的"沦为前存在因素（pre-existent item）的集合或者汇编"[1]的风险，因为在此尚不存在任何"艺术品"，而只存在依据"档案"的"事实性"与自我表述的可诱发性而展开的"艺术行动"。于是在艺术的"档案室"中，艺术的表现性正是寓于前在的"事实性"汇编之中，这也就是为什么在"现成品艺术"中出现的典型器物都是具有耐久性或者贮存功能的日用品。在早期的实践中，艺术家们首先想到的是容器，尤其是沃霍尔选择的是标有一切档案信息的罐头，它们被确切的自传体信息与时间所铭刻，并因此具有漫长的赏味期限。这样的"档案物"于是就不再依靠后续的表现性赋予，而是在保存期限中以自身的"副本"而存在，作为自身的"复制"或"再生产"而存在。人为因素的权重被置于"预备"之中，"创作"则被克制于"选择"与"置放"。因此，当沃尔海姆质疑贡布里希的"预图示"观念要求知晓"作为整体的全部技能"，否则就不能开始做艺术时，[2]"档案"则已然让我们知晓了这样的技能之大全：所有之于"事实性"的技术性赌注都已被投下。由此，在杜尚所使用的"readymades aided"这一概念之中，"aided"也被解释为"半自动"的意思。

---

1 [英]理查德·沃尔海姆：《艺术及其对象》，刘悦笛译，北京：北京大学出版社，2012年，第53页。
2 同上书，第54页。

因此，一旦"档案性"作为当代艺术的一种根源性面目而被澄清，"档案艺术"就实现了克拉考尔所谓"专为艺术目的而利用照相术的结果"，作为其发生地的"档案室"便成了"介于复制与表现之间的无人地带[1]"。以"建档者"与"保存者"的姿态对趋近于"无人"的社会历史的"边缘地带"进行"预备式"的介入，这就是一种全新的"介入"观。这一"介入"姿态如此克制而又鲜明，以至于哪怕以传统的"作者意图"决定论来审视，"档案艺术"也体现为最清晰的艺术。在实践中，档案艺术家都需要在"作品"尚未展现之前对自己的"调查意图"给予最清晰的论述，[2]这种不与其作品相分离的艺术创作主体，无疑对立于"作者之死"这类过于抽象的后现代观念。正如布洛赫与艾斯勒（Hanns Eisler）笔下的"乐观主义者"所言："真正的先锋派的艺术表现出它不愿与日常生活分离；表现出它包括、理解并改变着日常生活。"[3]而当代艺术能够从"档案艺术"中获得其最终也是最初的面目，或许正如福斯特对"档案艺术"的最终论断所示：不是一种"忧郁文化视角下的历史创伤"，而是"连接不可连接之物"（to connect what cannot be connected）的意志。[4]

（原载《艺术广角》2021年第2期，
原标题《"档案"的"无人之地"
——当代艺术的"档案性"诸面相》）

---

1 [德] 齐格弗里德·克拉考尔：《电影的本性：物质现实的复原》，邵牧君译，北京：中国电影出版社，1981年，第23页。

2 以国内档案艺术家程新皓的《莽：一个族群在边界的迁徙与栖居》为例。

3 [德] 恩斯特·布洛赫、汉斯·艾斯勒：《先锋派艺术与人民阵线》，载张黎选编：《表现主义论争》，上海：华东师范大学出版社，1992年，第215页。

4 Hal Foster: "An Archival Impulse", Charles Merewether ed.: *The Archive (Documents of Contemporary Art)*, The MIT Press, 2006, pp. 145—146.

透明与透显：艺术界面化思维的形成
Somewhere Over the Wall

一、卢梭与"幕"

在今日的艺术实践与相关理论研究中，科学与艺术结合已经不再是新鲜的视角，但两者第一次以明确的主题形式并列，却出自一篇檄文，即雅克·卢梭著名的《论科学与艺术》。虽然该文所掀起的自然教育观念已被人所熟知，但科学与艺术在该文中的潜在关系却鲜有被细致讨论，以至于两者在卢梭所代表的法国启蒙思想的起源处仅仅以符号化的形象而被泛泛地认识。实际上，在《论科学与艺术》中，卢梭曾经用一段清晰的列举段落申明了自己所质疑的科学学说：

> 大名鼎鼎的哲学家们啊，请你们回答我：从你们那里我们知道了物体在空间中是按照怎样的比例互相吸引的，在相等的时间内行星运行所经历的空间关系又是怎样的，什么样的曲线具有交点、折点和玫瑰花瓣；人怎样把万物看成上帝；灵魂和肉体怎能互不交通而又像两只时钟一样地彼此符合，哪个星球上可能有人居住，哪种昆虫在以一种特殊的方式进行繁殖……[1]

在何兆武译本中，译者非常精确地注释了每一个问题对应的具体科学学说：物体之间的互相吸引——牛顿（Isaac Newton）的万

---

[1] [法]卢梭：《论科学与艺术》，何兆武译，北京：商务印书馆，1963年，第22页。

有引力学说；相等时间内行星运行所经历的空间关系——开普勒（Johannes Kepler）的行星运动定律；曲线的形态——笛卡尔的解析几何坐标系；视万物为神——斯宾诺莎（Baruch de Spinoza）的泛神论；灵肉问题——笛卡尔的身心平行论。为什么在将艺术与科学并置的论文中，卢梭想到并谴责的是这些科学理论？或者反过来说，为什么是这些科学理论盛行的年代产生了艺术与科学并置讨论的可能？

如果对这些排比出的学说进行共性归纳，显然它们都与一种将物理实在进行数学转化的风潮相关。卢梭提到的第一个科学问题来自牛顿的万有引力学说，出自后者的著作《自然哲学的数学原理》（以下简称《原理》）。虽然被"有"所修饰，但实际上牛顿从未发现引力在传统实在论意义上的"存在"。时至今日，我们所掌握的是引力的数学计算公式，而非它的实存。正如卢梭所言，它是一个关于"比例"的符合。开普勒的学术在这一性质的表象上更为明显，著名的开普勒第三定律呈现为平方数与立方数之间的一个比例常量，除了申明数据的基于观测的经验来源，并没有给出任何过程说明。[1] 笛卡尔坐标系以及斯宾诺莎的泛神论都是关于一种实在之物向可计算性的转化。这些学术的共同特征是：他们都消除了人与实在之物之间的直接关系，而把世界转入某种不可见的抽象和谐之中。

牛顿的《原理》首版于 1687 年，印数只有不到 300 本，而该书真正成为具有普及性的读物至少要从 1762 年第三版开始，并在 1739—1742 年的日内瓦版中出现了较为清晰的内容列表。《论科

---

1 [荷] 爱德华·戴克斯特霍伊斯：《世界图景的机械化》，张卜天译，北京：商务印书馆，2018 年，第 352 页。

学与艺术》作于1749年，可以合理猜测卢梭对万有引力的了解来源于第三版的表述。在《原理》不同版本的演变中，存在着一个核心问题，即对"假说"这一概念的安置。"我不构造（杜撰）假说"，这是牛顿在《原理》总释章节中申明的著名原则。[1] 但正如科学史学家柯瓦雷（Alexandre Koyré）关注到的那样，牛顿在《原理》第三版的第三编"宇宙体系"中仍然使用"假说"这个词，这显然字面上与总释原则相抵触。而更值得关注的是，这一"假说"从第二版起即被替换为"规则"，并对原有的被标明为"假说"的命题组进行删减。也就是说在明确排斥"假说"的科学著作中，它不但没有被抛弃，反而被"偷换"成了基础。[2]

这一字面上的不一致显然也暗示了一个正面的提问："假说"何以能够成为一种"规律"或"基础"？正如开普勒在给出其第三定律时，除了申明所使用的数据的真实性，他不能对为何选择使用平方与立方之比这一"假说"给出任何理由，它极有可能仅仅来自纯粹的尝试。但这也正是这一时期以牛顿为代表的科学家们对"假说"的理解：一方面，存在一种"形而上学"或关于"隐秘属性"的假说，它们无法通过实验在现象与经验数据中被推出；另一方面，存在一种能够在经验数据中被推出的假说，它们确实在一定程度上被我们所"设想"，但随即又被我们发现确实在世界中作为"规则"而起作用。牛顿所代表的，或者说卢梭所嘲讽的是后一种"假说"类型。

---

1 [英] 牛顿：《自然哲学的数学原理》，王克迪译，北京：北京大学出版社，2006年，第349页。
2 [法] 亚历山大·柯瓦雷：《牛顿研究》，张卜天译，北京：北京大学出版社，2003年，第31页。

虽然在行文中,卢梭对于科学与文艺的谴责点被怪异地表述为对时间的浪费,但转化为另一种说法会让问题更清晰。这种建立在"科学假说"之上的自然认识阻碍了某种直接性,从而使世界变得不再透明。在《透明与障碍》中,让·斯塔罗宾斯基将卢梭思想的根源归结为对直接性的寻求。在这一视角下,卢梭的立场并不能以"理性"与"非理性"的对立来刻画,根本性的抉择在于途径是间接还是直接的。[1]童年被污蔑的创伤记忆让卢梭将"表象"视为"有罪的",人们无法透过"表象"看到真理,反过来却会承担来自"表象"的指控。"表面现象控制了我",[2]这一对于"表象"的指控显然不同于牛顿所代表的科学观念。在后者的域界中,"表象"是认识运转的轴心,它既是目标又是起源,毋宁说科学原理的发现,就是"表象"何以能够向我们如此这般呈现的"屏显"。

当卢梭将"科学"与"艺术"并置的时候,哪怕是在否定的维度上,他也确认了两者统一于某种关于"幕"的人类学研究之中,它隐含地成为现代艺术的一个论述范畴:从"阻碍之幕"到"无感之幕"的"透明性"光谱,这暗示了艺术呈现开始走向"界面化"。在20世纪严格意义上的现代及当代艺术产生之前,这一光谱中的各种"幕"的形态——墙壁、面纱或镜片——处于各自独立的论题中,这些论题尚未意识到对于自身"透明性"的界定同时也锚定了艺术表象的呈现状态。在这样的光谱中,卢梭的"阻碍之幕"犹如柏拉图"洞穴隐喻"的现代版本,将表象视为真伪对立中的一极。所不同的是,较之于"洞穴隐喻"实际上揭示了

---

[1] [瑞士]让·斯塔罗宾斯基:《透明与障碍》,汪炜译,上海:华东师范大学出版社,2019年,第82页。
[2] 同上书,第9页。

"墙壁"观念下"视角"的极度受限,卢梭则将之归咎于历史之"进步主义"的非道德性,而没有关注通过突破视角的局限来拯救表象的可能。

二、相反者等效

表象数学化处理的前提是"同质性"观念的确立,这实际上是"透明性"谱系建立的基础。"同质性"在宇宙学中起源于库萨的尼古拉(Nicholas Cusanus)揭示的一种悖谬的赫耳墨斯主义形象:一个中心无处不在、圆周处处不在的球体。这一形象试图将无限的差异呈现在一个有限的区域之内,为表象提供了一个"剧场",并将差异归结为视角。这一宇宙形象敦促人们想象自己所能处于的任何位置,并保持着对不同视角中同样表象的显现方式,而这一兴趣默认了空间的"同质性"。[1] "同质性"与"透明性"于是在这样一种认识机制中被组织在了一起。后者并非关于我们看到了被遮掩的东西,而是说,借由"同质性",它意味着"幕布"两边的视觉具有同等的知觉效益。

正如卢梭所代表的启蒙时代的观念那样,德国古典美学时期关于"透明性"的问题被掩盖于对象"可知"与"不可知"面向的划分之中。康德以降的哲学观念和卢梭一样,是基于世界应然与实然的区分,这使得"透明性"的问题被搁置而走向了哲学的辩证性而非实验性假说。虽然在康德的思想中,作为研究人类普遍倾向的人类学仍然占有一席之地,但美学及其后续产生的艺术哲学主流仍然被关于"知识的扩大"的形而上学所占据。到了20世

---

[1] [美]卡斯滕·哈里斯:《无限与视角》,张卜天译,长沙:湖南科学技术出版社,2014年,第34—39页。

纪，随着数理逻辑、心理分析和现象学开始占据主导地位，关于"科学操作平台"的观念重新被唤起，对"透明性"的关注与批判重新回归，并且被扩展到了认识主体的存在境遇问题。

"透明性"问题的回归直接反映在以梅洛-庞蒂（Maurice Merleau-Ponty）为代表的现象学传统中，并且在他所代表的这一哲学阶段，发源于科学平台的现象学开始直接与艺术相联系。艾曼努埃尔·埃洛阿（Emmanuel Alloa）精确地提取了梅洛-庞蒂整体思想中的这一潜在立足点，虽然它未曾显著地出现在后者的标志性文段中。"透明性"这个词"通常作为一个批判性的形容词出现，令一种哲学盲点在其上逐步显现：对透明性的假定归根结底是对物质先验性的遗忘，对所有与世界的联系中身体这一构成性介质的遗忘"[1]。埃洛阿还颇有意味地使用"透明与障碍"作为一节的标题。该节中，埃洛阿强调了梅洛-庞蒂曾论及主体的主动性沉沦是由于一种"消极抵抗"，恰如一种"来源不明的厄运"，而这一"厄运"又在之后的研讨会上被梅洛-庞蒂称为一种"非思对反思的抵抗"。[2] 埃洛阿显然有意在这一节暗示梅洛-庞蒂如何回到了对卢梭式批判的矫正。

梅洛-庞蒂对这一问题视域的召唤顾名思义地体现在他的《可见的与不可见的》中，其中他力图表明将"不可见的维度"简单地称为"不可见的"，只会进入一种分离视角。但较之于传统理解受困于现象学哲学话语的晦涩路径，我们试图取道该书中一条更直观的与"幕"相关的隐藏路径。在《可见的与不可见的》开

---

1 ［法］艾曼努埃尔·埃洛阿：《感性的抵抗》，曲晓蕊译，福州：福建教育出版社，2016年，第34页。
2 同上书，第37页。

篇,一个冗长的关于"准视象"的段落最后落在知觉与梦并没有绝对差异的判定,该段落指出我们应该在"知觉本身之中寻找其本体论功能的保证和意义"。但有趣的是,随后梅洛-庞蒂毫无征兆地提到了皮浪主义:

> 我们将指出这条道路,当这条路展开之后,它就是一条思辨哲学之路。不过,它在皮浪怀疑论的争论之外就已经开始了;这些争论通过自身将我们引离所有的清晰明确,因为它们只是模糊地涉及一个完全自在的存在观念,并且含糊地将被知觉之物与想象一起置于我们的"意识状态"之列。皮浪怀疑论带有一些天真的人们的幻觉。在黑暗中被打碎的正是这种天真性。在自在存在与"内在生活"之间,怀疑论甚至看不到世界的问题,相反,我们则走向了这个问题。[1]

在此,梅洛-庞蒂显然对皮浪主义有正反两个方面的看法。他显然肯定了皮浪怀疑论的争论触及了他所要讨论的核心问题,但也指出这一怀疑论并没有从"内在生活"走向世界。那么皮浪主义何以进入这讨论之中呢?

我们试图对此处所提及的皮浪主义加以回溯。塞克斯都·恩披里柯(Sextus Empiricus)的《皮浪学说概要》于1562年出版了第一个现代版本,出版后因其对怀疑主义的勾勒更为简洁明了而迅速取代了第欧根尼·拉尔修(Diogenes Laertius)《明哲言行录》和西塞罗(Marcus Tullius Cicero)《论学院》的地位。皮浪主义要反对的是以赫拉克利特为代表的"绝对的怀疑主义",亦即一

---

[1] [法] 莫里斯·梅洛-庞蒂:《可见的与不可见的》,罗国祥译,北京:商务印书馆,2008年,第16页。

种对"独断论"的拒斥。皮浪主义的立论反而是以坚持感性呈现的不可怀疑性为基础,比如在第 10 节指出怀疑论并不否认呈现,而是坚持呈现:

> 蜂蜜对我们呈现为甜的(这个我们是承认的,因为我们通过感觉觉得甜);但是它本身是否甜,我们就不能确定了,因为这已经不是呈现,而是对于呈现的判断。即使我们真的批判呈现,我们也不是想要否认呈现,而是要指出独断论者的草率。[1]

皮浪怀疑主义的靶点并非"如何知道"——一种"透明与障碍"式的问题,而是关于各种主体性状态之间的不可通约性——一种"视角主义"原则。在知觉中,经验主体不能和判断主体混为一谈。皮浪主义所申明的即判断的有效性必须经由呈现来奠基,而呈现恰恰是"我们所承认的"。在肯定了基于"不可通约性"的"呈现"之后,皮浪主义进一步强调了感知中的某种"同质性",即"相反者等效"(equipoise)的概念,并且具有其日常语言表述形式"谁也不更"。[2]《皮浪学说概要》的作者由此说道:

> 怀疑论者说同一事物是相反现象的主体,而赫拉克利特主义者则进一步断言它们的实在性。但是,我们对此的回应是:同样的东西具有相反的现象,这个看法并不是怀疑论者的一个教条,而是一个事实,这个事实并非仅仅为怀疑论者所感

---

1 [古希腊]塞克斯都·恩披里克:《悬隔判断与心灵宁静:希腊怀疑论原典》,包利民译,北京:中国社会科学出版社,2004 年,第 7 页。
2 同上书,第 38 页。

受到。[1]

事实上,正是在皮浪主义的这一信念中,首次出现了对于判断的"悬隔"观念,并被后来的现象学所接纳。但正如梅洛-庞蒂所言,皮浪主义的天真性在于,只要将主体作为相反表象(由此在表象的光谱中也就包含了一切表象)的"屏显",就充分把握了自身的认识。如此一来,主体就成了完全透明的存在,亦即为了避免"被表象控制"而被动地成为表象的纯粹杂多。在卢梭的自我救赎中,这一趋向表现为一种退居于"异乡者"的生存状态,以避免"不透明"的厄运。[2]因此,正是在评价了皮浪主义之后,梅洛-庞蒂明确地给出了"可见本体论"的基本观念:"现在我的知觉中有事物本身,而不是事物的表象,我仅仅补充说,事物在我的目光的末端,普遍地说的话是在我的探究的末端。"[3]

"幕"的形态谱系的一大优势是方便我们进行错时的艺术形式对应,也就是想象"艺术界面"的具象形态。皮浪主义的"屏显"几乎可以直接对应摄影这一形态,在发挥实证作用的同时它也坦诚其自身的幻象身份。正如众所周知的福柯对"这不是一个烟斗"画作的分析所示,摄影具有一种先天的分析能力,即福柯所说的"相似性"与"差异性"的平衡——在谈论电影的时候,梅

---

1 [古希腊]塞克斯都·恩披里克:《悬隔判断与心灵宁静:希腊怀疑论原典》,包利民译,北京:中国社会科学出版社,2004年,第44页。
2 [瑞士]让·斯塔罗宾斯基:《透明与障碍》,汪炜译,上海:华东师范大学出版社,2019年,第85页。
3 [法]莫里斯·梅洛-庞蒂:《可见的与不可见的》,罗国祥译,北京:商务印书馆,2008年,第16页。

洛-庞蒂要求电影抛弃摄影的这种先天能力。[1] 由此，整个"可见"的深度被完全取消或者说逾越了，摄影技术不会停留于"重建可见"并显示这一构造的存在，而是通过"令事物可见"的方式赋予其存在，在此，事物在知觉中失去了具有首要性的人类学的身体。[2]

值得关注的是，梅洛-庞蒂在建立其"可见本体论"时将大量的兴趣投入绘画甚至雕塑艺术中，却对摄影保持冷落，这是由于摄影媒介本身无法逃脱皮浪主义的"相反者等效"的陷阱。一方面，摄影媒介对一切存在物保持高度敏感，是一种极度"同质化"的媒介，但又并没有将这种"同质化"作为"重建可见"的条件，因其直接达成，无涉世界与知觉之间的敞开性关系。正如埃洛阿所说，正是由于"摄影底片的这种超敏感特性，在揭示感性的意义方面，丝毫无异于作为其反面的无感特性"[3]。

通过皮浪主义这一隐藏门径，我们得以勾勒出"幕"这一形态的另一个极端，从而也勾勒出关于知觉的"人类学身体"。这种"身体"是介于"不透明"与"透明"之间的区域自身，是不同程度的"半透明"，即一种"透显"。水和空气就可以被解释为这种"透显性"元素，可见事物通过它们的不可见性而显露出来。[4] 这种"透显性"不应落入一种关于观看者与观看对象之间阻碍的描述，比如将莫奈作品的视觉效果归因于空气污染。相反，这里应该被关注的是一种令轮廓线消失的"透显性"，进而导致了色

---

1 [法] 艾曼努埃尔·埃洛阿：《感性的抵抗》，曲晓蕊译，福州：福建教育出版社，2016年，第253页。
2 同上书，第256页。
3 同上书，第249页。
4 同上书，第153页。

块这一绘画基本单位的弥散,从而使得绘画最终失去了"视觉参考"的功能。[1]也就是说,不是因阻碍而模糊了,而是另一种"可见"被新的"透显性"所构造。关键之处在于,如果我们基于知觉的想象是能够在人类学层面被发现的,那么我们就必然栖居于"透显性"的构造当中,这意味着,在所有经验知觉与想象的协作中,我们总是隐秘地发现这样一个"透显性界面"。

三、界面的幽灵

沿着"透明性"批判所建立的"可见本体论"路径,将讨论的重点定位于"不可见者",也就是"界面"本身,我们就经由科学步入了艺术的当代路径。这一步研究视角转化的代表人物就是让-吕克·马里翁(Jean-Luc Marion),《可见者的交错》延续了《可见的与不可见的》中的路径,并转而开始聚焦于"不可见者"自身的显现。以下这段表述明确表达了这一研究视角的转变:

> 这样释放出来的不可见者——就是说,把可见者从自己那里释放出来的不可见者——彻底不同于一切实在的虚空,事物的纯粹缺失和荒漠。事物填充一个实在的空间,而且是在现实经验的条件下从来都不是真正虚空的空间。实在的空间,无论虚空与否,仍然不可能在没有凝视的情况下被观看。然而,这种凝视凭借不可见者的力量来松弛可见者。这个运作的实现——唯有这个运作打开事物的空间,使之如同一个世界那样开放——遵循的是空间的理想性:一个理想的空间,

---

[1] 一个与莫奈相反的例子是,雷诺阿一定程度上保留的轮廓线的高饱和度印象派作品就具有相当的"视觉参考"价值。最近的一个例子是2019年版的电影《小妇人》中的一个段落几乎直接参考了雷诺阿《海滩上的人》。

比实在的空间更为现实,因为它使实在的空间成为可能。[1]

实在的空间中的"不可见"作为一个凝视的结果,其"荒漠化"暗示了它所具有的生态生成和凋零史。"显现之物始终依赖于其涌现所依托的形式以及其自身的历史性",这正是梅洛-庞蒂"透显现象学"的内在要求。[2] 马里翁在此实际上否认了福柯式的"外部视角",即否认"相似性"在我们的视觉中占据重要地位。"我自己的形象永远不可能借助镜子而变得对我可见",马里翁如此直接地否认,视觉的"深度"与观者的知觉永远处于一种"阿基里斯与龟"的处境中:"因为如果我朝向深度前进,它还是会相应地深化自己,以至于我永远不能实实在在地覆盖它。"[3] 因此,正如马里翁所说,这样的"不可见者",也就是使"可见者"可见的"透显界面"只能被从"可见"中释放,而不能被挖掘式地"找到"。

对于"不可见者"的直接研究在当代彻底改变了卢梭时代对于"透明"的理解,而实际上转为"透显"。它不再处于任何二元对立的关系之中,而进入了人类学,即人类知觉行为中的"倾向"考查之中。马里翁所揭示的"理想空间"是一种当知觉被抛入时所激发的空间,这一空间也只有在这种激发中才被释放。艺术需要捕捉的恰恰是这一空间被激发的顷刻,正是这个被知觉激发并与知觉同延的空间深度使得世界尚未于我们的知觉中消失——比

---

1 [法]让-吕克·马里翁:《可见者的交错》,张建华译,桂林:漓江出版社,2015年,第6页。

2 [法]艾曼努埃尔·埃洛阿:《感性的抵抗》,曲晓蕊译,福州:福建教育出版社,2016年,第259页。

3 [法]让-吕克·马里翁:《可见者的交错》,张建华译,桂林:漓江出版社,2015年,第7页。

如想象一块石头坠入水中又尚未"沉没"的表象段落。因此，今日的"透明性"就是我们的知觉被艺术——无论是摄影、绘画还是建筑——呈现时被自然证成的一种性质。

但是，这种"透明性"并非意味着艺术抓住了那个已然被改变了的作为结果的世界深度，而是意识到在知觉投入视觉空间的过程中，总有一个或多个"界面"会被我们所遭遇，我借由这个"界面"获得了维度、框架、垂直性等新的概念尺度，以便能够感知空间由于事物介入所造成的扭曲。在这个问题上，20世纪新的几何学类型为艺术提供了重要的参考。比如，作为前概念的杂多性原则的欧式几何空间这一中性状态（或者说非现实临界状态）在所有可能世界中都具有不可逾越的初始有效性，只有当其中性状态被实在填充才会造成空间扭曲。[1] 这种空间观念复归了中世纪宇宙学中的空间"同质性"，并将其理解为一切想象空间的得以可能的初始状态。从艺术人类学的角度说，我们是在知觉中以一种自然倾向遭遇了"界面化"思维，而不必像格林伯格所解释的那样，依赖于一种向"平面性"回归的风格话语。

艺术的"界面化"思维直观地体现在当代艺术的各种制作手法之中。较之于对传统绘画进行的美学分析或者图像学分析，当代艺术对艺术品的"底面"所下的功夫要远远多于作画或造型本身，后者在大量的艺术实践中是"底面"的物质性杂多——材料的染料敏感度、透光性、依据的化学反应公式——被干涉后的规则呈现。当然，在一个作品中，这样的界面不必是唯一的。

---

[1] [德] 安东·科赫：《真理、时间与自由》，陈勇、梁亦斌译，北京：人民出版社，2016年，第138页。

这就使得当代艺术实际上进入了一种对建筑学架构颇为敏感的观念之中，进而直面了一种"透显"的人类学倾向。欧文·潘诺夫斯基（Erwin Panofsky）曾揭示了盛期哥特式建筑如何被"通透原则"（principle of transparency）所支配。与同前经院哲学相辉映的罗马式建筑从外部看起来确定的、不可穿透的空间不同，盛期经院哲学则与哥特式建筑相仿，"坚持让它通过外部结构突显出自身的形象，比如说从立面上便可以看出中堂的横截面"[1]。在相当大的程度上，盛期哥特式建筑的这一结构特性可以被视为"透显"的一个标杆。实际上，在《可见者的交错》中，马里翁对于拉斐尔《圣母的婚礼》所作的阐释就遵循了一种建筑学的逻辑。他论述了画中建筑趋近于没影点的两扇门何以通过两种深度的彼此"透显"而疏通了"可见者"："整个画面向着它的没影点即中心的虚空之处消失，这个虚空产生了足够的空间，以至于每个层面都展开自己，无需抑制自己或扰乱其他层面。"[2] 马里翁在此论述了一种"界面"的互动关系。在对象性知觉中，我们倾向于遭遇某一个"界面"，并捕捉知觉借由对象激发这一空间"界面"时图像的身体状态，这是传统透视法所要揭示的限度。而对于知觉的现代人类学揭示必须更进一步：正是由于我们并不倾向于对单一"界面"的发现——因为在被知觉短暂激活后它便会退入"荒漠化"的"不可见者"的趋势之中，并退化为"壁"的形态——而总是试图继续走向另一种深度，遭遇另一个"界面"，并因此走向一种真正的视角多元主义，在诸界面的相互"透显"中，它才得以摆脱皮浪主义式的"表象中介"的命运，如此在艺

---

1 [美]欧文·潘诺夫斯基：《哥特式建筑与经院哲学》，陈平译，北京：商务印书馆，2021年，第23页。
2 [法]让-吕克·马里翁：《可见者的交错》，张建华译，桂林：漓江出版社，2015年，第10页。

术中"世界"才得以形成。

正是因此,在当代艺术话语中,"透明性"以一种极其有机的、人类学的意义被运用,其中一个鲜明的例子就是柯林·罗(Colin Rowe)以"透明性"来统筹绘画与建筑之间的艺术共性。在对柯布西耶(Le Corbusier)设计的加歇别墅的分析中,罗典范性地示例了界面的互相"透显"。在柯布西耶的设计理念中,空间的"透明性"并不以物质自身的属性为中介,正如加歇别墅的玻璃幕墙并不是让人们透过玻璃去看,而是通过玻璃幕墙在侧立面的终结构成了一个想象中的界面。通过这一界面,柯布西耶建筑冷漠的棱角于是不再被视为一种外部堆砌和切割的结果,而似乎是由一整块立方体经雕琢镂空而成:

> 很显然这个界面并不是真实存在的,它只存在于概念与想象中,我们可以忽略它、无视它,但却不能否认它。认识到由玻璃和混凝土所组成的实际的界面和其后那个想象的(但几乎与前者一样真实)界面之间的关系,我们终于明白,此处透明性并未以玻璃为中介,而是通过唤起我们的一种感觉,即"互相渗透在视觉上不存在彼此破坏的情形"。[1]

乔伊·大卫·波尔特(Joy David Bolter)与理查德·格鲁森(Richard Grusin)在《再媒介:理解新媒介》中归纳了西方表象史上对于"透明直感"(transparent immediacy)的欲望,并认为这种卢梭式的欲望如此强烈,以至于长期弱化了表象媒介的真正科学化形态,即"超媒介"(hypermediacy)的地位。后者指一种

---

[1] [美]柯林·罗等:《透明性》,金秋野、王又佳译,北京:中国建筑工业出版社,2008年,第40页。

采用非线性网状结构对块状多媒体信息（包括文本、图像、视频等）进行组织和管理的技术。这种新媒体的"界面化"（或者说"窗口化"）与卢梭式的"透明性"欲求之间的差异内容，与罗对柯布西耶建筑的解释内容如出一辙：

> 直感性暗示了一个统一的视觉空间，而当代超媒介提供了一个异质的空间，在这个空间中，表象不是被设想为一个通向世界的窗口，而是被想象为一个"窗口"本身——这个窗口向其他表象或其他媒体打开。[1]

最后，让我们以已故德国摄影艺术家迈克尔·沃尔夫（Michael Wolf）为例，说明"界面化"思维如何挽救了被梅洛-庞蒂冷落的摄影。在2006年的作品《透明城市》中，沃尔夫使用了"透明"这个词，并直接在镜头语言中表现了与"透明直感"欲望的对立。在摄影艺术中，对于"透明直感"的欲求往往表现为将观者直接装入透视法的框架之中，尤其在都市的网格、道路和车厢等空间中，正是由于阻碍无处不在，一般而言摄影者倾向于使用大尺度的透视角度尽可能地赋予摄影空间以深度。哪怕在新纪实主义摄影，比如沃克·埃文斯（Walker Evans）的城市题材作品中，借由道路而产生的透视法视角也是最基础的呈现选择，时而辅以工业时代的烟雾缭绕。换句话说，和卢梭的意图正相反，由技术进步主义所带来的艺术观念方才实现了他对旧式"透明性"的追求。反之，在新式的"透明性"，也就是"透显"的媒介观念下，沃尔夫反而尽可能地规避透视法，转而呈现城市的"界面"。在《透明城市》中，沃尔夫采取了这种实际上与人的现实

---

1 Jay David Bolter, Richard Grusin: *Remediation: Understanding New Media*. Cambridge: MIT Press, 1999, p. 34.

知觉不相符的呈现方式，但其目的并不仅仅是为了切断向"现实空间"——马里翁所说的"荒漠"的空间——的退返，而是为了将观者的知觉想象引向柯林·罗所说的并非实际存在的"界面"所构造的"想象的空间"。这一空间或许在建筑的内部，或许在建筑的背面，在剥离了城市现实空间对个体的压迫的同时，几乎是迫使我们投入一种想象性的空间生产。艺术解释了我们生存于这样一个"透显"空间中的"想象性事实"，或者说日常知觉的"人类学倾向"。

虽然在当代艺术实践中，我们不会再像卢梭的时代那样把致力于"表象拯救"的科学界面视为"阻碍"，但这样一个问题仍然存在，即我们如何看待艺术中的知觉呈现与我们实际知觉"效果"之间的违背？如果我们去除卢梭问题中的道德色彩，那么这便是"透明与障碍"视角下最单纯的问题核心。"界面化"思维为艺术实践提供了一个基础性观念，即人类知觉的标准状态是在知觉的想象性运作中达成的。正如库萨的尼古拉在"视角主义"与空间的"同质性"之间建立暗示性联系时，两者之间的必然联系也只能通过一种"研究兴趣"才能建立。"界面化"的最高目标，是转译未知甚至被认为不可转译之物，在不同的语言、姿态甚至世界之间。但这样的至高目标同时也就是人们想象性地进行知觉活动时的人类学倾向。"透显性"原则最终意味着艺术是这样一种东西，它迫使我逃离原地静默或避而不见的知觉处境。在此，我们实际看到或者看不到什么，就不再是艺术的首要问题了。

（原载《湖北美术学院学报》2022年第2期）

Ending：冰块与野兰花

For Wang Xing

一位对我很重要的编辑朋友最近离开了这个世界，在她去世前十多天，在微信聊天中留给我的最后一句话是："编辑遇到名作者不如遇到有趣的作者。"

在此前几年的时间里，我们有断续的交流，从中不曾感到任何死亡的气息。在南印度洋的一个岛上，她向我展示用一些类似中餐的手法烹饪的当地食材。这一做法让我想起一个流行概念：理论旅行。但与其本义中蕴含的漫长而复杂的熔炼过程不同，在烹调的"旅行"中，一切随生活形式即刻发生，"异国情调"就这样被"物质性"夯实了。就像"兰州牛肉面"字面中的三种事物，农耕文明与游牧文明在特定的地理区域汇合，从每日炊烟升起处开始一段后来被历史学界称为"边疆性"的概念畅游。直到今日，人们最寻常的做法仍是通过纪念品保留"旅行"中时空域界的可触性。真正需要讲述的，仍然是那些具体发生的事情和有所"触动"的物质性情境。

本期选题的来源也是具体的，它来自我与金雯教授的研究生阅卷经历。对于"中国风"的理解，大多数考生重点论述了精神传播与艺术风格，却忽略了真正重要的，也是本题的正确答案：器具。这种普遍错失反映了概念与理论"旅行"已经被过多地虚化到了"精神"或"话语"层面，它过多地服务于一种"主体对抗"，而非基于文化真实可触性（touch，"接触"作为"交往"与"互鉴"的具身性意义）的"主体间性"。"旅行"中发生的是一种"恢复"而非"占领",它不应表现为一种被架空的学术概念内耗史。

理查德·罗蒂(Richard Rorty)曾用遗世独立、知识繁杂的野兰花象征哲学中的"真理",认为它并不如有关团结、理解和民主的实际过程重要。但也曾有段时间,他试图找到一种能够通达行动的"审美框架"。这又让我想到《百年孤独》的开篇,奥雷连诺在那个下午去见识的吉卜赛人带来的冰块。从这里开始,"魔幻"与"现实主义"恰如其分地在"旅行"中汇合了。如果没有这些凉热、色感与味道,我们借助理论概念所要恢复的东西还会是什么呢?

(纪念王星编辑)

(原载《中国图书评论》2023年第7期,"概念"栏目主持人语)

|引|语|之|隙|
Criticism

下编

终究无法死亡的我们
——《水妖》中的抵抗与游戏

如果你是一个对美国20世纪60年代社会文化史怀有兴趣的人，那你一定会被《水妖》的主题所吸引，因为它正是一个"当代"——一个60年代埋下的种子似乎就要结出畸形果实的时代，事实上《水妖》的主人公萨缪尔就深受其害——美国人的一次精神寻根之旅。

但之后你也一定会为作者选择的破题方式感到不安，你能指望一个沉迷网络游戏、教授莎士比亚文学的"文傻"提供什么关于抵抗运动的正面形象呢？

对于稳定社会中的人来说，一场异常的抵抗运动是否有意义，它的所有赌注都在于"真实"。我们对于这一点的要求甚至要超过对此刻自己身边发生的最亲近的事情的要求，我们某种程度上可以宽容游戏的bug、情人之间拙劣的谎话、外卖中会影响身体健康的材料，但是那些离我们很遥远的历史事件必须是绝对真实的，从起因到宣言，从参与者的动机到伤亡人数，它必须是一个每个部件都无比真实的抵抗机器，哪怕有一个环节，哪怕是一个数字上的名不副实，抵抗运动都会像一个跌入"恐怖谷"的AI，顷刻之间就转到了丑闻一边。

有趣的是，似乎正是在那个年代抵抗运动的标志性国家法国，理论家们近年来在不断地强化我们所下的赌注。比如"事件"哲学和"思辨实在论"，想一想哲学家向我们解释"真实应当从人可思议的理性范畴中挣脱出去"的时候,他所用的意象是远古纪元撞向地球的陨石、在森林深处倒下的树木、不知名的偏远岛屿的某个地下室里跌碎的花瓶。而这样的意象无外乎是想告诉我们:那些远离你的最具破坏性的东西才有资格被称为"真实"。但这样的立场反过来也在暗示我们,当你印证它们的时候,如果它们不是绝对真实的,那么它们也就一文不值。当我们把抵抗运动与游戏、虚构作品并举的时候,抵抗似乎也立刻就变得一文不值了。

但继续往下阅读《水妖》,你就会发现,它其实是为了让我们收回这样的赌注。

小说的主人公萨缪尔只是网络游戏《精灵征途》的资深菜鸟玩家,这个游戏独一无二的王者是在现实中婚姻失败、债务缠身、健康状况恶劣的庞纳吉。但是较之开篇时作者对他战无不胜的游戏经验、同时操纵几个角色的绝技,以及令人心悦诚服的领导力的描摹,可能更能够让读者记住的是他决定彻底退出游戏时候的经历。在将近十页只有一个自然段的漫长文字的结尾,他被一个毫无道义的半兽人一次次砍杀,而自发在游戏中为他搞纪念活动的精灵伙伴们也遭遇了同样的命运。"我一次次地被杀死,又一次次地回到躯体里",他的朋友"斧人"怒不可遏地说道,但是他又忍不住为半兽人玩家如此离经叛道的行径寻找解释:"我们是不是把现实中的东西带进来太多了?"

这可能就是《水妖》这一漫长复调书写所要回答的核心问题,同时它也是对游戏本质的揭示:游戏的本质不在于虚拟的逼真性,而在于无法死亡。如果有一款游戏,当你的角色死亡就不能再次启动了，它绝对会是当代艺术，而绝不会是消费品。对于 RPG（角色扮演游戏）来说，丢失存档是最致命的，但即便丢了，死亡的角色也只会回到一个更早的出生点。而在红白机的时代，虽然少有存档机制，但我们还是要通过密码来获得额外 10 倍的复生次数。可能很少有人觉悟过，无论是《魂斗罗》这样毫无真实性可言的滚轴游戏，还是现在无限逼真的大制作，维持可玩性的不是真实度或者游戏内容，而是无法死亡。进程还在继续，目标还在那里，游戏中的"死亡"只是一次次地让你回到虚弱状态，而无论你怎样虚弱都无法摆脱这个世界。就是这种体验，我们称之为"沉迷"。

如果你只是一个普通的历史事件参与者，这大概就是你所遭遇的现实。我们把 20 世纪 60 年代的"真实"寄托给那些领袖人物，你能在《广告狂人》《绿皮书》等大量的时代题材作品中看到美国人对马丁·路德·金和约翰·肯尼迪的无限追忆，他们都是被刺杀的被动掉线者，他们真正摆脱历史进程之时，才是他们真正推动历史前进之时。但是对于萨缪尔的母亲费伊、激进女青年艾丽丝，还有被艾丽丝激发了狂暴 buff 的布朗警官来说，就没有那么幸运了，他们都被卷入了芝加哥暴乱这一历史游戏的副本当中。

《水妖》对芝加哥暴乱的勾勒完全无视人们对于抵抗运动的真实赌注，反而毫不掩饰地刻画了这几个主要人物革命意识中的"虚假"。当艾丽丝向女性们灌输激进行为的伟大意义时，费伊却问道："如果她们只是喜欢这样呢？"而很快作者就让我们看到，艾丽丝自己恰恰就是一个单纯追求新鲜感的嬉皮士，无论是革命同志还是作为对立面的警察，对她来说都是实现自己新鲜感欲求的无差别对象而已。在运动真正开始和结束之时，她对被自己激怒的警察和武器表现得如此恐惧和懦弱，催泪瓦斯就轻易地褪去了她嬉皮士的一切妆容——"她撩起头发，又变成普通女孩了"。而费伊在得知她的革命偶像塞巴斯蒂安实际上只是一个靠煽动激进情绪与政府合作以免服兵役的投机者之时，却没有展现读者预想中的崩溃和愤怒。她只是觉得好笑，并依然爱他。这种媾和关系竟然也延续到了萨缪尔的时代，她为自己儿子的生计向当年的革命投机者、今日的文化资本家妥协了，并像她的革命偶像一样，半推半就地认领了一场激进的抵抗行为——袭击派克州长……所有的赌注都被撤掉了。《水妖》中的芝加哥暴乱除了它确实发生过之外毫无"真实性"可言，但是它又如此赤裸地揭示了大多数普通参与者在历史事件中的状态：死去的人承担了真实，而活着的人则难免意志虚弱，甚至在未来走向革命精神的反面。就像游戏一样，当我们追忆之前的剧情，无论如何都想回到某一个存档的时候，我们就遭遇到了自己的失败。

但这正是《水妖》的诡计所在：撤回关于革命运动真实性的赌注，不代表我们输了，而恰恰代表着我们不会再输掉什么了。几乎所有的革命运动都会在之后的光阴里变得名不副实，从这个层面上来说，没有哪个运动不是失败的，就像有些游戏通关结局，只是为了完成一个悲剧的结尾。但是在充分地表述"虚假"的革命意识之时，作者也在告诉我们另外一件事情，那就是一个运动之所以能够发生，这些"虚假"意识恰恰就是这一"世界"能够形成所不可或缺的元素，我们要么接受一个"真实"的事件就是在这些不纯的思想杂音中生成的旋律，要么就不可能识别出这一乐章。

复调书写并不是一种写作方法，而是革命或抵抗自身的文学表达方式。正如巴赫金（Mikhail Bakhtin）在《陀思妥耶夫斯基诗学问题》中不断地去纠正的那样，复调书写必须要将所有对已有世界的描摹清理干净，以纯然的个人意识重新创造世界，它绝不是关于某一固有现实基于不同视角的商议。就像齐格蒙特·鲍曼（Zygmunt Bauman）把大屠杀归结为现代性的一个结果而非异常，他的思考也在呼应着对于恶的平庸性的理解。正是因为参与者在恶的链条上是如此懵懂，他们所勾勒出的恶的机制才能远远超出对于大屠杀的一次性审判所能达到的清理力量，成为我们至今仍无法摆脱的生存境况，这些平庸的人创造了更加普遍的暴力。而很少有人想到，如果抵抗运动具有正面意义，那么它就需要同样的"平庸机制"来支撑，"平庸性"并非抵抗意识应该被苛责的属性，它反而是广泛参与的重要前提，无论参与者的立场究竟如何谬以千里。对费伊来说，塞巴斯蒂安跳到警车车顶上、向天空举起拳头的举动承担了她对他全部的爱，就算那时候知道这一行径只是有计划的煽风点火也无所谓。

《水妖》中所有的"负面"形象都是顺从游戏不死机制的人，他们并不平庸，而是高级玩家。以革命导师形象出现的金斯堡，在小说中自始至终维持着诗人的身份，在抵抗消亡的最后一刻仍然想着自己的诗，他将作为一个不断复生的诗人继续存在下去，做一个历史游戏中的漫游者，一个永远的NPC；塞巴斯蒂安则是一个熟稔游戏规则的玩家，他几乎不会遭遇自己在游戏中的死亡；而萨缪尔那个论文抄袭的学生劳拉，则是作者嵌入文本中的一个当代象征，她利用逻辑而非直接定义拼命让自己在文凭社会之中存活，甚至不惜为此黑掉萨缪尔的工作。这个在小说中戏份不大的角色之所以给读者留下了深刻的印象，是因为她凸显了两代人抵抗思维的全然不同。当我们从女学生聒噪的逻辑之中挣脱出来，回头看向艾丽丝和费伊那一代人时，我们触碰到的是赤裸裸的直接定义：爱情、自由、欲望。艾丽丝问费伊，你对这些概念的定义是什么呢？对她们来说，定义没有什么正确答案，定义就是把这些词从现代性的逻辑旋涡中强行赎回的手段。当你给一个东西下定义的时候，你就同时给出了承诺会去誓死捍卫它。

抵抗作为一种行为，它的背后没有真实的共相，人们只是投入那一姿态中，向着一个必然失败的结果：和"平庸的恶"正好相反，如果它通过一次性暴力的分配机制制造了更普遍的暴力，那么抵抗运动则是要通过明确的一次性暴力证明，现代性这一永垂不朽的事业之中尚存的终结的可能。这也许就是阿多诺（Theodor Wiesengrund Adorno）这种明确反对唯名论的哲学家最终无法与自己的激进姿态达成一致的原因，他不理解被他视作审美托底的"自然"如何作为让人永生不死的压迫之源。抵抗的平庸性不同于恶的平庸性，前者不但不回避死亡，而且想要在一个纯然创造的世界中将自己的"有死性"牢牢抓在手里。在催泪瓦斯之前的畏缩并不是问题，问题在于，当催泪瓦斯和警察的棍棒成为游戏最后的手段时，便不再强迫参与者虚弱或重生，而是不得不将他们踢出游戏。在湖边洗脸的艾丽丝卸去所有嬉皮士的妆容之时，何尝不是退出《精灵征途》时的庞纳吉？那是卸去了全部装备准备永远下线的玩家。抵抗的最终失败蕴含了对现代性游戏最深的弃绝，无论这是否是被动的。

在游戏的不死机制中，死亡总是以达成目标为中介，为此我们可能会故意死亡以获得继续下去的可能。在《象征交换与死亡》中，鲍德里亚（Jean Baudrillard）提醒我们，这种设想作为"死后"（afterlife）后果的"非死亡"，无外乎把自己的生命交给了某一权力中介，而这就是我们沉迷游戏的根本所在：在某种统一的管制之下寻求受压迫者之间的比较优势。但正像伊格尔顿在《激进的牺牲》中提醒我们的那样，如果我们不放弃"死后"这样一个观念，我们就无法理解关于正义和善良的诸多概念。想象一个犹太人，当他拒绝了纳粹要他杀掉一个同胞的命令时，他知道这一行为不会产生任何补偿后果，同胞仍然会被杀害，而自己也是如此，为此他付出了比自己杀掉同胞更大的实际代价。但是伊格尔顿说，这不就是我们对于正义的慈悲的理解吗？尽管它就是如此平庸，难以支撑什么正义的宣言。在每一个我们把自己的死亡把握在手的时刻，那些被我们不明确的抵抗意识与语焉不详的革命动机所促成的向死时刻，我们感受到了那些能够被我们终结的东西。而"我"是否付出了实际的死亡，在这样的时刻就显得并不重要了。

《水妖》对于抵抗运动的全面勾勒是惊人的，这种勾勒并不一定以历史文献综述为基础，它始终都在讨论的是：为什么今天的我们无法"死亡"？这并不是因为我们不再在意他人的生死，反而是因为我们把太多的真实都寄托在灾变和死亡上了。正如开篇提到的那些哲学家的例子，为什么我们一定把真实捆绑在那些破坏性和灾变性的事件之上，并以真实之名反过来辖制它们呢？在那些远离我们的世界角落里，不只有陨石的坠落与花瓶的破碎，也有破壳而出的小鸟与破土而出的幼苗。为什么这些意象不能承担绝对的真实呢？不，实际上没有任何东西能够承担这样的真实，也没有任何真实可以被作为事物存在意义的赌注。我们总是能在生与死的表象上看到它们反面的东西，一个事物的破败并不以后来发生的事情作为补偿，它们就直接促成了生生不息的世界。而《水妖》似乎是想让我们明白：抵抗运动是人类唯一能够体验

"创造"这一概念的途径,人的自主性必须在由自己把握的创造和失败当中才能达成,将终结的权力攥在自己手中。人的意识不能像金融系统中的不良资产那样无限制地累积下去,同时又维持着华丽的表象,这正是现代性的诡计所在,是我们终究无法"死亡"的悲剧。

创痛仍在,待一切平息甚至被遗忘之时,仍然要去聆听《水妖》结尾的那句话:

"所有的债务必须偿还。"

(原载"界面文化"公众号)

语言停转之时：班宇与文学自白的终结

2013年我考博失败，硕士毕业，要离开读书七年的沈阳。彼时正值全运会筹备建设最后的冲刺期，但却丝毫没有收尾的意思。崇山中路和长江街交叉处的路面几乎被全部掀起，整个区域像被炸过。沈阳留给我的最后印象就是这样一个凝滞的庞大机器。在那些年里它确实就像一个机器，但是和现在公众印象中的东北不同，在我所在7年的大部分时间里它都无阻碍地运转，除了2007年那场雪灾。但即便是在那场雪灾里，路面被冻结覆盖，但没有被破坏，英雄般的121路从辽宁大学蒲河校区如救生艇一样驶向松山路，一元的投币不能免，也绝不多收。一路上十几个男人五六次从雪地里把公交车推出来，沐浴着各自女朋友焦虑和怜惜的目光。东北是个运转正常的机器，但是并不精密，它艰涩、摩擦力大，每进一步都震耳欲聋。就像当时盛行的私人承包小巴士，方向盘下方的线路一团乱麻，开起来能从脚踏板的缝隙中看到飞驰的路面，车厢疯狂超载，但上下车井然有序、逆行、闯红灯，但从未被警车追上过。然而在我离开的那一天，我感觉这个机器彻底不动了，被掀开的道路就像结了痂的伤口，一种物质性的创伤。

那种最近在评论界流行的"创伤记忆"只属于有机体，机器没有记忆，只有创伤。在几乎所有的地方性文学写作里，创伤记忆被用于勾勒某种社会有机体，一种生活形式上的确证。沈从文带动了湘西旅游产业，对金宇澄的喜爱中总是有着文化自信的成分，但是一种可能的东北文体是绝无可能如此呈现的。"创伤记忆"

不可言说，却可以书写，但是一个物质性的伤口要怎么来书写？博尔赫斯曾经在《刀疤》中给出过一个范例，自己面孔上的伤疤只能从制造伤疤的人的视角来讲述，自白是无法将其刺透的。这可能就是东北最特别也是最容易被人误解的地方，在当下对于东北的讨论中，浓重的人情关系似乎成了东北没落的原因。但事实上，如果一开始我们就知道世界是一个机器，那么它就是需要时时修理和润滑的，由此对于这个世界的不完善性比其他人更为心知肚明。在大学的时候，为了预防可能出现的种种问题，活动启动的真实时间往往会大幅度提前。当我把这种时间超前的官僚主义做法理解为一种时间改造时，我似乎就突然抓住了马原式的先锋派的逻辑，在《虚构》中他是一个对时间做手脚的作家，而他是一个东北人。东北的社会运转是一部处处可感的机器，而不是什么隐秘的规则，比如湘西的神秘主义和上海金融资本的暗涌。有东北人离开东北，回头批判人情世故，然后自己投入更具排斥性的完备的业内规则中。我认识这样的东北人，大多在上海，当然也包括我自己。按照隐秘的规则说话，在这些人看来也总好过真实创伤面前的哑口无言。

我在机器停转之前离开了沈阳，班宇则没有，他继续冒着哑口的风险。距离我和班宇的第一次交流已七年有余，我转变了曾被他表彰为"神清气爽"的语言方式，大多数留在东北的朋友则失去了说话的能力，班宇这样的作者则是幸存者，他仍然能够还原实实在在的东北语言，那种不是描述，而是有着直接推力的语词。与其他地方文学尽可能地去表现语言中的心照不宣不同，一种属于东北的语言是需要摆明的知识，具有肉眼可见的物质性，在阻力中强行咬合。在《盘锦豹子》中，那个关于"SAS"的段落似乎在呈现班宇语言的本体，从字形到语音上的自由跳跃。这种在无知中保持"知道"状态的意志并非虚伪，而是对语言私密性以及神秘性的拒绝。语言即生活形式，而东北社会则是一架巨大的公共机器，粗糙、透明，在展现力量的同时也暴露着所有的缺陷。在一种地方神秘主义之中找到栖身之所，这是其他地方文学自以为能，而东北文学则自认断然不能的。那些若即若离，凭借微弱的表层联系聚成故事的段落就是这样一部生锈的语言机器，而在班宇笔下，维持着这种脆弱联系的就是他要写的人。这些人物润滑着这部语言机器锈色最重之处，把那些平白之物强行结合为勉强延续的生活：远方传来的洪水消息、被前妻拿走的房产证、在真实的地理知识中幻想出来的至善之峰……任何一个单一的知识来作为生活支柱都显得荒谬，但结合起来却是一面蛮横的蛛网，给机器最后一点牵引之力。班宇的故事，似乎都在描写机器停转前那最后几声轰鸣，机器停转之时，语言落幕之处，人从机器的缝隙里被甩出来，他们又是完整的人了，他们必须从润滑剂成为人了。这就是东北的文体，在这里，人的命运之所以具有悲剧性，只是因为你必然在终结处成为人，而这是我们在这片土地上一直拒绝的事情。在《冬泳》的结尾处，东北的寒冷被呈现为机器的冷凝水，但它又是羊水，它忠于孕育出完整的人，在语言机器停转之时，班宇说我们终于学会了游和行走。

我想这就是班宇作品的特别之处，写作者总是希望呈现自己的生活世界，或者通过叙事——表达这是世界里能够发生的独特的事情，或者通过自白——表达这个世界所给予我的某种独特的认识。但是似乎很少有人像班宇这样，他就直接让你看到这个世界的样子，他的书写呈现的是一种景观，所说的就是所见的。在《空中道路》中，十余年未曾出过问题的缆车停转，在停滞之处，故事中的人才开始把语言用作真正的交谈。而班宇则抓住了东北这种机器景观最敏感的地方，那就是它总是会再次动起来，在所有向死而生的契机，它总是会再次把你拖回俗常的生活，拖回越来越模糊的外部规律，将可做的抉择限制在随机发生的街角暴力……东北文学中的经验是一种无数次被从崩溃边缘拉回的经验，故而它永远都是个人的崩溃。机器的动力源，或者说世界如此存在的依据越来越邈远，这就是为什么在班宇的文字里充满着那些知识性的遥远意象，像《梯形夕阳》里来自塔吉克斯坦的河流。与之相适配的，则是在他的故事中不断出现的"重罪"，个人无意识的对于社会机器的忤逆被强行联系到那些具有形而上意味的罪名上。如果我们还能回想起王小波的《黄金时代》，在开头他几近聒噪地运用最严密的逻辑来思考什么叫"破鞋"，那么班宇的文字则是一个"黄金时代"的反面。在并未收入这部小说集的《渠潮》中，个人罪过的原委被模糊在公安人员对于全国治安形势的科普当中，被湮没在非经验的治理精神当中。万事终有其本源，而本源却不在触手可及的地方经验中，这就是东北文学经验和其他地方性文学经验相比的逆反之处。

一个清晰可辨的外部世界对于东北来说永远在场，这一点和其他地方性写作的排斥性完全不同。在我们所熟悉的地方性文学中，西北是一团被压缩的欲望高压，而沈从文的潇湘则是土地所有权淡漠、水域之上漂泊的人世无常。这样的地方性写作中有令人印象深刻的风景，正如日本学者柄谷行人所说，风景的发现中暗藏着观察者对于身边他者的冷漠，风景乃是被无视"外部"的人发现的。正如在一般的认识中，东北人重人情，这是其发展的阻力，但是反过来说他们也始终想把外部世界收纳到自己的内部世界之中。东北人好讲理，凡事喜欢"捋一捋"，在曾经风靡全国的东北小品中，人物的文化缺失和对说理的执着形成了幽默的张力之源。在《空中道路》中，班立新躺在塑料布上，想到的是"松叶林高于阔叶林"，东北的通感始终朝向一种客观性知识，这也是为什么在班宇的作品中少有东北的自然风景，反而充斥着各种前高等教育的课本知识。东北没有"地方性知识"，也没有地方性的风景，东北菜其实出了东北就无法做好，其对食材的地方性要求比其他菜系更甚，但是在"小鸡炖蘑菇""猪肉炖粉条"这样平白的食材名称的简单组合中，一种地方性的文化标榜从不曾存在，存在的仅仅是一种生活永续的执念。知识是实的，螺丝是硬的，生活有其合理性的基础，没有什么坎是过不去的……被惩罚的不是无知，而是固执。

事实上，我似乎还从未看到过有作家像班宇这样，他的写作显示了一种东北文体必然要表现"自白制度"的消亡。在我们所接受的文学教育中，无论是意识流还是心理分析，抑或是风景与人物的摹写，它们都无法脱离"主客观辩证统一"的基本法则。在柄谷行人的论述中，禁止性的外部律令总是传达着欲望的许可，而在对于欲望的自白中，则总是含有对权威的屈从。在以往的地方性写作中，深刻的个人地方心理的挖掘和呈现最终形成的反而是一种地方性的权威，在排斥性的地方性特质那貌似绝对自由的表现之上，往往召唤来的是新的魅化的权力幽灵。从这个角度说，似乎很少有地方性文学作者曾经进入班宇及其东北所处的阶段，上海、潇湘和西北都更像是东北的"前史"，在这些地方性写作的终结处，东北试图开始说话，它的内心自白只是转向客观对象的短暂停留（"我心里想，谁是豹子啊"）。"豹子"也不再是对于人内在属性的提喻，它无关勇敢和迅猛，而仅仅是浑身火罐的印记。在这种新的"白描制度"下，班宇的文字可能会给人一种佶屈聱牙之感，这是因为一种东北文体不再具有忏悔的功能。

是的，我想我们以往的文学或多或少都在描述一种悔恨，在那些阴差阳错，本可以做却没有做的假设历史里这种悔过意识暗潮汹涌。但是班宇似乎在证明一点，对于真实的生活来说，这种悔恨是奢侈的，而基于此的历史可能性又是虚假的。就像在他作品中经常出现的河流和明渠，它们绝非死水，却不可溯源，缓慢地朝向一个确定的方向，人踏入其中，但一切漂浮物都不能溶解。赫拉克利特说"人不能两次踏入同一条河流"，而班宇则似乎在说"能够不断踏入河流的，才是同一个人"，它清洁物体，这不是说它洗净污秽或是消融主体，而是在这样的河面上，物才能孑然一身，不再与他物混同。不再是弗洛伊德所说的冰山一角，也不再是沈从文停泊在鸭窠围的船，对于班宇来说，水面就像是东北的生活平面，它只承载周边的实物和远方的倒影。机器停转之时也就是河流冻结之时，班宇的所有故事似乎都发生在这一顷刻，万物进入我的视野，我也在冬泳中成为万物之一，林野草莽，世界大全。

当我在驶向北京的高铁上看完《冬泳》的最后一页，我又想到了我离开沈阳时那条被掀起的马路。最近几年有几次回沈，那条马路似乎奇迹般地愈合了，但是又有其他的马路被掀开，沈阳可曾有那么一个时刻，所有的马路都是完好的吗？对于始终留在那里的人来说，这不是一个重要的问题，但是对于离开沈阳的人来说，每一次的城市形变都规定了你的逃逸道路，像是有计划的放逐。多年后的今天，当我阅读班宇的时候我会想，我们这些被东北放逐的人，在我们热切渴望成为新地方的溶剂时，我们还能想象自己曾经在语言停转之处要成为一个怎样的具身形象吗？像一个孩子，在初而为人之时毫无愧色地说出自己想要成为的人：作家、科学家、售票员、播音员、农民或卖烤红薯的摊贩，那时这些高低殊异的职业并没有什么不同。如果说"自白制度"被一种文体终结了，那是因为它要重新把自己的人生理想化，而它势必要告别安逸，走向一种清晰可辨的混沌。德国诗人格奥尔格（Stenfan Anton George）说："语言破碎处，无物可存在。"而班宇似乎在说："语言停转处，我走进万物之中。"就像被印在《冬泳》封底的第二段话第一句所说的那样：

"想象自己是在开一艘船，海风，灯塔，浪花，礁石，在黑暗的地方，正等待着他逐个穿越。"

（原载《青春》2019年第5期）

引语之隙

——对班宇《双河》的一次时间性索隐

2021年的一个夏末周末，我在798艺术区碰到参加一个艺术个展开幕对谈的班宇，于是蹭了嘉宾邀请人的名额混进去旁听。个展的艺术家是一位来自东北的影像艺术家，所以有班宇的参与也就不奇怪了。虽然作为一个东北人，在离开东北多年后，如果不是因为班宇的作品产生的巨大影响，我至少在语言层面已经基本遗忘了对于东北的表达方式，在很大程度上，班宇补全了我以及很多关内东北人的个人经验史。但很快地，这种将班宇进行东北标签化的理解甚至使用也开始让我觉得厌烦。就像这次开幕对谈，我很快在又一次东北猎奇的活动气氛中昏昏欲睡，这种气氛充斥着"美丽新世界"中的居民对来自野蛮之地的约翰的那种好奇。但最终还是班宇的一句话让我感到一丝清醒："现在很多东北人在通过模仿东北之外的人对东北的理解来学做'东北人'，比如说'老铁'，我们东北人不说这个词。"

《冬泳》取得不错的反响之后，班宇的第二部作品《逍遥游》实际上遭遇了一些评价上的瓶颈。如果说《冬泳》展现了对东北的一种白描式处理，带有清晰可见的视觉性特征，那么显然在《逍遥游》中这一特征正在急速地退场。虽然开篇的《夜莺湖》仍然是以视觉画面为结尾的——这似乎是为了和前一部作品保持连贯性的安排——但在第二篇的《双河》中，班宇几乎突转式地完全退回了文学本身的层面。一个显著的标志就是《双河》是以诗歌结尾的，它完全无法凝聚成一个整一的画面。我于是将《双河》看作班宇本人向读者和批评界发出的一个挑战或者诉求，它要求一种脱离东北标签而对其语言和写作本身的解析。

班宇在语言层面的特质绝不仅仅是一种方言化的处理，毋宁说方言化的语调是他写作的介质，这一点包含了一种标准意义上的现代书写的双重特质：其一是对媒介自身的书写，其二是对作者自身的书写。作者不是外在于文本的创作者，在他尽可能地将自己的思维置入媒介之中时——借用海德格尔的概念，让思维在"归家"的途中成为一种书写——他自身也被这一媒介书写了。这一在媒介和作者之间发生的文学的"递归运动"不能仅仅存在于观念之中，或只能通过作者本人的创作谈来展现，而是必须在作品的语言细节中被物质性地直观，从而影响整个文学虚构的径流走向。班宇的作品在这一层面的品质在已有的评论中被极大地忽略了，而在《双河》中，这一点恰恰达到了它所能展现的峰值。

一、引语的消失与虚构标识

班宇对长句的规避是近乎严苛的，尤其是在人物的陈述与对话中几乎呈现为一种限制性法则。据粗略的统计，超过10个字的语句只有在画面的描述中才较多地出现（"壮阔的深蓝光芒投向我们""浮冰被运至瀑布的尽头"[1]）。这一点在《双河》的开头展现得最为极端，同时也将班宇写作语言的另一特点鲜明地表露出来，即在人物对话中不使用"引语"：

> 李阔说，还写呢啊。我不知道该怎么回答。他马上又接一句，早上跟我去爬山，聚一聚，在山上住一宿。我本能地想

1　班宇：《逍遥游》，沈阳：春风文艺出版社，2020年，第67页。

要拒绝，说出一句不了吧，但接下来，由于还没想好借口，便卡在这里。李阂说，不啥啊不。我说，啊。李阂说，出去转一转，还有周亮，三人行。我说，周亮也去啊。李阂说，去啊，你也得去，那边我有客户安排。我说，啊。[1]

抛开班宇本人因为懒惰而抛弃了传统以冒号和引号分行表述人物对话的方式这一可能性——实际上我们将看到即便如此，这种"懒惰"也是其书写逻辑潜意识中的一部分——不论，他在所有的作品中几乎都如此处理人物对话，这使人物对话在其所发生的真实时间而非文本的叙述时间中展开。

实际上，标点符号作为一种现代发明——中国古典文献学中的句读学证明了标点符号所具有的现代体制性——不仅关系到语句的停顿节奏，也关系到语言的时间性维度。与逗号和句号不同，冒号和引号看似只是标识了发语和转引，实质上更关键的是对叙述中不同的时间域进行了界分，它所真正标识的是将对话从其所处的真实时间中转移到文本内部的时间中。传统引语分行的处理方法可以类比于电影中的蒙太奇手法，如爱森斯坦（Sergei Eisenstein）所说，是以语义层面的冲突所展开的某种实在的空间——在文学书写中，倘若对话段落不展现冲突，则引语分行就显得冗余——呈现对话的意义。[2] 因此蒙太奇是一种"语义学影像"而非"时间性影像"，后者由巴赞所推崇的长镜头开启，意图统一观众的真实时间与影片内部时间。在小说连续的顺时叙事性机制中，引语分段引导了一种文本内外时间域的切换，它实际

---

1 班宇：《逍遥游》，沈阳：春风文艺出版社，2020年，第34页。
2 Sergei Eisenstein: *Film form: Essays in film theory*. Jay Leyda, ed. and trans. NY and London, 2014, p. 38.

上是传统现代主义文学观中的一种制度性保障：文本书写有其作为外部的"真实"域界作为保障，尽管这种"真实"也许仅仅是观念中或者逻辑上的。

因此，实际上班宇的"懒惰"体现在他怠于提供这种保障。人物对话在他的作品中被以长镜头的方式处理，相较于电影运镜，在文字媒介中这几乎是轻而易举的。班宇作品中的对话虽有争吵与拌嘴的内容，但却不具有实质的矛盾性。这种实质的矛盾性在引语分行中主要服务于对说话者表里矛盾的析出，一种"言不由衷"或"虚与委蛇"，这是传统小说中以矛盾推动故事发展的所指，而并非争吵内容本身，这一矛盾在班宇的作品中几乎不存在。引语格式的消除同时消除了小说自身在"虚构"与"真实"之间的纠葛：一方面它可能是完全的"真实"，我们在真实的对话中能够通过停顿表达逗号与句号——在班宇笔下它们的密度极大——却无法通过任何方式表达冒号、引号与分行；另一方面它也可能是完全的"虚构"，因为没有引语，它们是直接被写入文本的，而没有征引来源。

美国新实用主义哲学家纳尔逊·古德曼曾专门论及语言中的文字引语问题。他指出我们可以通过在一个叙述句上直接加引号得到一个"直接引语"，也可以于"that"——在中文表述中可以被理解为"他说：'……'"这一格式，或仅仅用冒号引起——后加上陈述句的某种改述得到一个"间接引语"。"直接引语"既"命名"——这意味着陈述能够被使用引语的文本所直接指涉，成为一个如它自己所是的中立信息；在叶秀山先生的哲学写作中，对概念的"直接引语"处理最为明显地体现了这一点——又"包含"了这一陈述，"间接引语"则既不"命名"也不"包含"这一叙述,[1]因为它既失去了原陈述的自在性,也因为被带入另一个语境而失去了它的自为性,这就是日常生活中出现的"以讹传讹"现象的语言符号学解释。

这一点对文学写作有什么意义?其意义在于它揭示了传统文学格式中对两者的混淆。一方面,当传统写作采取引语分行的时候,作者基于一种传统现实主义的潜意识将其标识为"现实陈述"的如实复写;而另一方面,一旦采取了这种方式,在文本中得到的只能是"间接引语",它与"真实"已经无涉,而只能在人物的心理塑造与表征塑造之间努力构成一种符合性的文本真实。在传统的书写格式中,作者在大多数情况下并非在写"一个人"或"一件事",而是在处理"事情的真相"与"事情的表象"以及"心理的人"与"行动的人"之间的符合。这条符合论的缝隙在理论上永远无法完全被弥补。

班宇的"懒惰"反映了他在文学本体论层面的一种无意识的敏锐,他实际上处理了这样一个问题:虚构写作之"虚构性"如何以其自身申明?或者说,基于现实主义的文学虚构"制度"的脚链究竟在哪?在东北语言特有的顿挫与无意义铿锵中,班宇无疑发现了引语这一装置。在读者的阅读感受中,班宇作品语言的流畅性始终为人称道,但这不仅仅是由于东北腔调的朗朗上口,而且是班宇在卸除了文本自身锚索的同时,也卸除了读者在阅读中隐秘而频繁的切换动作。不用在"虚构"与"真实"之间反复横跳的读者得以直接进入虚构的文本流动之中。

---

[1] [美]纳尔逊·古德曼:《构造世界的多种方式》,姬志闯译,上海:上海译文出版社,2008年,第45页。

但《双河》的奥秘却不止于此,它不仅是对于引语的消除,而且是通过消除文本内部的引语形式,反而将这一形式作为文本内部虚构性的原则。换言之,通过将引语从传统的对话表述形式中解放出来,引语的逻辑被班宇释放到了整个文本。如果说目前将"虚构制度"发挥得最好的"非虚构"文类,也就是"新历史主义"小说的成功体现在它将自身整体地视为其他历史文本的"间接引语",它明确地意识到自己不过是对于已有文本的改述,而非对真实历史的直接征引,那么班宇则正是以同样的逻辑在"悬浮"的文本之间建立了这种"包含"与"改述"之间的隐秘联系。我们将看到,《双河》实际上可以被看作一种对于个人生活史的"新历史主义"书写。

二、《双河》的时间性索隐

与班宇已有的文学形象———一种东北日常生活代言人——不同,在我看来班宇作品中被掩盖的先锋性是目前对他作品诸多评论中最大的缺憾。实际上,对于分行引语制度的拒斥和转化并非班宇首创,它曾经出现在最著名的中国先锋派作品之一马原的《虚构》中。在《虚构》中,虽然大部分的对话仍然以引语分行的形式展开,但是在一个段落中,马原这样叙述了他与麻风女的对话:

> 她说下面总共住着六个人,"但是有一个已经全瘫了很久,她从不出屋。"
> "她们都不会说话吗?""都说话。她们很少说话,没有什么可说的。""还有,楼上两个人也都不说话。""矮的想说说不出,高的能说不想说。""都是藏族吗?""有一些汉人,有一些回族,有一些珞巴人。""你不是说,没有人会说汉话

吗?""是这里土生土长的汉人,他们说藏话。这里没有人说汉话。""下面那些老人出去干什么?她们都出去。""我也出去,我们出去转经。村子西面有两棵神树,我们到神树转经""你信佛?"

话刚出口我就后悔了。我马上意识到我犯了错误。那两棵树很高,我只是远远看过它。[1]

完整阅读过《虚构》的读者会知道,这一段落在小说中实际上是一个重要的转折点。在此段落之后,马原去往神树结识了一位雕刻工匠,并最终获得了一件雕刻礼物,这件礼物实际上是他的虚构与非虚构之间的暧昧关系的物质证据(在结尾处,马原在澄清之前的故事全为虚构的时候,首先提到这件礼物,但随即说道"我就不讲来历了吧"[2]);而在对老哑巴秘密的探寻中,他最终得到的是与他进村前同样的话语,就像一个循环论证般毫无结论,使得他在麻风村的故事最终成为一个无法落地的虚构。也就是说,《虚构》的先锋性写作实际上是以该段落开启的。在此马原突然放弃了引语分行,而采取了形式上引语的顺次排列。文本中的马原在此突然爆发了一种对于语义的执着,对村里人是否能说话、说汉话的逼问实际上表现了一种对虚构文本落于"真实"的传统诉求,因为一旦有人能说话且能够说汉话,就意味着对话能够发生,并且引语分行模式就可以被寻回,虚构就能够被真实所锚定,但这一切都被麻风女完全没有意义纵深的话语一一消解了。而当马原最终逼问到麻风女的"内在信仰"时,他突然意识到自己犯了错误,但却没有说明。这一错误实际上指的是,在虚构写作中对于"真实"担保的诉求是一个本体论层面的错误。马

---

1 马原:《虚构——马原文集(卷一)》,北京:作家出版社,1997年,第24页。
2 同上书,第48页。

原通过旧有对话书写体制的突然崩溃标识了虚构的真正开始，而班宇在《双河》中以一种新的方式复兴了这一做法。

1. 两个《双河》及文本"真实"的互斥生成

如果说在马原的时代需要通过一个转折段落来凸显文本的先锋性指向，那么在班宇的《双河》中，这种先锋性几乎是本然地开启。《双河》实际上讲述了多个文本的嵌套，而文本的数量又无法确定。第一个文本是小说的主线，即"现实生活"中的班宇以李闯邀请他爬山开始，到周亮一字一句地对他说出"我离婚了"结束。虽然表面上看这一层文本是小说中的"现实世界"，但正如上文对开篇去引语化的分析，一方面它在形式上标明了其可能具有的虚构性，另一方面这个"世界"本身就是由小说写作被打断开始的。因此在卸除了"真实"与"虚构"的层次差异这一前提下，从《双河》内部的时间展开来看，它实际上是一篇倒叙小说，它的顺序时间展开为：

> 文本1：班宇、赵昭与周亮从学生时代至周亮说"我离婚了"——作者：周亮
> 文本2：班宇的小说《双河》——作者：班宇
> 文本3：《逍遥游》中的小说《双河》中的"现实世界"——含有关于班宇父亲与刘菲父亲的文本，作者：班宇母亲

班宇通过消除引语（不仅仅是形式上的，也是在虚构制度本体论层面的消除）对这三个文本进行了杂糅。首先，从［文本2］与［文本3］的关系来看，前者是后者的"间接引语"，［文本2］涵盖［文本3］中除了李闯、周亮、苗苗、赵昭、言言（这些人物

有其特殊的功能性位置，将在后文说明）的其他人物，这些人物构成了与其他文本无关的"现实世界"，班宇的母亲、父亲、刘菲、刘宁，这些人未曾触及班宇作为小说作者的一面，是无意义的日常生活中的中立项，也因此成了［文本2］的改述项。值得注意的是对如下两个人物的处理：一、班宇父亲于"现实世界"中的存在被处理得非常隐微，一个线索是班宇母亲的独居暗示了父亲的去世，另一个是关于刘菲疑似男友的段落中，提到父亲下岗后修过摩托车，但他在［文本2］中则成了故事的核心人物；二、母亲关于刘宁去佳木斯"搞破鞋"的叙述，班宇几乎不由分说地否定了这一叙述的真实性，但却在［文本2］中保留了几乎同样的故事结构。班宇向言言秘传的第三部分故事是在一个［文本3］中未曾提及的人物崔大勇的视角下展开的（他可以被视为刘菲母亲两个哥哥的改述人物），通过他的视角，班宇对［文本3］中缺失的段落进行了补足，同时也是对［文本3］中母亲所作文本的改述。

这里出现了一个精妙的对照性结构。［文本2］中的前两部分所改述的元素基本上都是班宇在［文本3］中亲眼所见的，而唯有第三部分是对母亲叙述的改述。这实际上带来了一种阅读上的心理暗示：［文本2］的前两部分与第三部分在"虚构"的征引位置上具有互斥性，即在直观的阅读体验中，前两部分被直观为对"现实世界"的虚构，那么第三部分则在一种互斥关系中被体验为"真实"。而这一真实，仅仅被秘传给了言言。

2."真实性"之锚：言言在《双河》中的功能

《双河》最显白的主线可以被直观为发生在班宇与言言之间的

"亲子文",它也是[文本3]中的核心线索。但细心的读者会发现,言言这一人物的特别之处,在于她是《双河》中唯一一个承担了真实时间标识的人物。我们来梳理一下与言言有关的时间标识:

> "我与赵昭于二〇一一年和平分手,当时女儿言言只有五岁。"[1](2011年)
> "如今,言言已经小学毕业,再开学就要读初中,样貌变化也很大,偶尔回望,便不得不慨叹时光流逝之迅疾。"[2](以6—7岁入学,小学6年制为默认,[文本3]发生于班宇离婚后7—8年,也就是2018—2019年)
> "言言说,我今年多大,你还记得吧。"[3]

因此,言言在小说中绝不仅仅是一个倾听者,或者班宇的某种情感寄托,她具有一个非常重要的功能,即在漂浮的虚构文本之中对"真实性"生成的最终强化。我们再来看一下文中其他几个时间点:

> [文本3]中,在班宇母亲的文本中刘宁于1990年停薪留职,后去佳木斯,并在之后的某个时间把刘菲也带过去。(刘菲被带去佳木斯发生在20世纪90年代后半期某年)[4]
> [文本2]中,1997年班宇父亲下岗,而后死在刘宁家中,刘宁消失。车站事件发生于20世纪90年代末刘菲圣诞演出结束之后。(几乎可以确定为1999年圣诞节,由于刘宁"服

---

1 班宇:《逍遥游》,沈阳:春风文艺出版社,2020年,第35页。
2 同上书,第36页。
3 同上书,第45页。
4 同上书,第39页。

刑数年"，班宇父亲之死发生于1997—1998年）[1]

［文本2］中，"初中之后"和"小学毕业那年"的主语缺失，为保证时间上没有矛盾，刘菲在此文本中应比班宇大几岁，上过同一小学，但更早进入初中，而班宇父亲死于班宇小学毕业那年，故在此文本中的车站事件发生时，班宇上初中。[2]

［文本3］中，周亮和班宇提及高中毕业后两人与赵昭爬山的事情，班宇表示"二十多年前的事情，完全不记得。"[3]（以言言提供的［文本3］的时间推算，该事件发生于90年代末）

［文本1］中，高中毕业上大学后，一个寒假周亮来到班宇父亲的修理部质问他和赵昭的关系发展情况。（此时班宇父亲没有去世）[4]

在［文本1］与［文本3］中，"班宇父亲是否在世"是共同的客观事实，与此同时班宇和刘菲的年龄并不构成对文本主体事件的干扰。如果我们接受［文本2］第三部分生成的"真实性"，它被允许共享"班宇父亲是否在世"这一客观事实，那么将"爬山事件"与"车站时间"统一于同一时间线，则"爬山事件"就发生于"车站事件"之前。由此，周亮的叙事就涵盖或者说包裹了班宇［文本2］的"真实性"，使得班宇的［文本2］成为［文本1］的一部分。在《双河》之后的内容中，班宇终于察觉到自己对赵昭的了解，甚至人生中的重大决定似乎完全处于周亮的"虚构"之中，甚至连班宇在自己的"虚构"中所能得到的最"真实"的部分也没能逃出周亮的时间线。在此，显然班宇关注的不是各

---

[1] 班宇：《逍遥游》，沈阳：春风文艺出版社，2020年，第57页。
[2] 同上书，第54页。
[3] 同上书，第64页。
[4] 同上书，第71页。

个不同文本所"虚构"的内容之凝重及精彩与否,而是谁的"虚构"成了对方"虚构"的一部分。这也就是为什么《双河》最后没有揭开任何"真相",而只是表现各虚构文本之间的印证、改述与涵盖关系。先锋性写作所首要关心的不是内容,而是形式纯化中的竞争关系。

周亮的"登山事件"显然具有一定的隐喻性:班宇被中途抛下,而周亮和赵昭两个起初就暧昧不堪的人最后一起到达了山顶。而当周亮最后一字一句地对班宇说出"我离婚了"这四个字的时候,周亮的文本完结了。[1] 班宇在《双河》之后部分的陈述几乎在有意地强化一种可能:周亮也许就是赵昭与他离婚的原因甚至是再婚对象,同时也是周亮这句结语所指的对象。"我离婚了"无外乎是在说周亮的［文本1］,或者周亮与赵昭作为共同作者的［文本1］完结了,它曾是囚禁班宇的"虚构性牢笼",如今周亮说道:你自由了。但这一呼之欲出的结论被班宇在真相要揭开的最后一步处理为戛然而止:

> 在噪音与回声之间,我听见赵昭说,我有点事情,想跟你商量。我说什么都不用讲,什么都不用,不需要的,赵昭,我们不需要的。[2]

而班宇在言言的身上到底寄托了什么?表面上似乎只是一种亲子感情,但实际上意识到自己的人生几乎被周亮所操控的时候,言言就承载了他自己文本全部的真实。除了作为"现实世界"中唯一的时间标识,言言还在两个位置守护了班宇所能具有的"真实

1　班宇:《逍遥游》,沈阳:春风文艺出版社,2020年,第70页。
2　同上书,第67页。

感":其一,在班宇与赵昭决定离婚的清晨,言言在一旁放声啼哭,在哭声中,班宇"感受到窗外季节的行进";其二,提到周亮与赵昭的频繁见面时,班宇写道:"他与言言也没见过,从无接触。"言言是一个没有被周亮文本捕捉的"真实性锚点",同时也是唯一知道班宇文本第三部分的人。她是班宇与周亮(赵昭)两条虚构之流之间的坚实河床,是班宇的径流被吞并之前能够踩实的最后一块土壤:

言言说,像。我说,什么?言言说,好像左边有一条河,右边也有一条。[1]

三、重启先锋派的可能

除言言之外,另外几个功能性人物在《双河》中也标识了对于虚构文本的典型态度。李闯在文中除担任行动的发起人之外在所有关键的叙述中都不在场,抑或是显得对"虚构"漠不关心。苗苗则是班宇置入文本中的一种典型的读者反应,她试图理解文本,但却完全只对人物与地点这些实在的要素感兴趣。这些人物的加入并非一种来自作者的嘲讽,而是由于一种先锋派的写作必须主动打通文本内外的关系,它需要展示的是虚构文本自身作为生命体的真实生存状态,这就像马原在《虚构》中对读者发话的段落所起到的功能一样。如果说在马原的时代,先锋派写作仍然依赖于这种显性的功能性段落植入、诡异之地的圈定以及对于时间性错乱的特别提及(在《虚构》中,时间性的错综是通过电视的画外音提供的),那么班宇则提供了一种日常化、融合性、似无

---

[1] 班宇:《逍遥游》,沈阳:春风文艺出版社,2020年,第56页。

迹可寻的先锋派复兴。这种对于虚构与时间性的处理已经不像马原与残雪的时代，更多以一种离奇与晦涩的语言景观给出，而是试图以再平常不过的白描将这种错综植入读者的阅读体验中。这种先锋派的尝试也许并非班宇有意为之，但是在《双河》和《山脉》这样的作品中它几乎无法隐藏。

虽然和班宇不同，我无力从事文学创作，但就我们这一代所接受的现代文学熏陶来说，虚构与叙事诡计几乎是我们文学冲动的首要来源，其中博尔赫斯无疑是对这一代文学青年影响最大的一位。《双河》和《山脉》这样的文本会让我想到博尔赫斯的那些著名的"虚构"文本。在《环形废墟》中，叙述者"宽慰地、惭愧地、害怕地知道他自己也是一个幻影，另一个人梦中的幻影"[1]；在《马可福音》中，讲故事的人最后成了自己所讲故事的受害者[2]；在《刀疤》中，讲述者就是故事中被讲述的人[3]；更不用提《交叉小径的花园》中，时间中的确定性就生成于当所有"引语"以及"引语的引语"——正如前文所提到的，这是一个可以无限进行的指称和改述过程——在某一刻汇合，而只留下一个确切的"命名"[4]。在《双河》的虚构嵌套中，班宇就在进行这一工作：首先将"引语"解放出"现实主义"体制，它仅仅服务于"真实"与"虚构"的对立；然后在若干"虚构"的"引语"关系中让它们流向汇合处，周亮正是以"我离婚了"宣布了这一汇

---

1 [阿根廷] 豪·路·博尔赫斯：《虚构集》，王永年译，杭州：浙江文艺出版社，2008年，第44页。
2 [阿根廷] 豪·路·博尔赫斯：《恶棍列传》，王永年译，杭州：浙江文艺出版社，2008年，第166页。
3 [阿根廷] 豪·路·博尔赫斯：《虚构集》，王永年译，杭州：浙江文艺出版社，2008年，第107页。
4 同上书，第83页。

流的完结。如果说博尔赫斯为我们这一代文学青年提供了足够多的"技术指导",那么真正将它们付诸应用的作者则少之又少。班宇的《双河》无疑是少数中的一员。

总而言之,《逍遥游》实际上是一部与《冬泳》完全不同的作品,班宇在其中对于文学书写自身的探索也许更难以被发现,也对读者提出了更高的要求。尤其在一个现实主义与反映论回潮的时代,现代主义文学与先锋派写作已经愈加被冷遇。写作者对自身及其写作的剖析也越来越被有预先指向的批评标签所侵蚀。这似乎就是班宇在《双河》结尾处那首意义不明的诗歌的真正寓意:《双河》并非要讲一个或几个故事,它最终要给出的是文本虚构者羸弱的存在状态,但这恰恰是虚构力量的来源。在一条虚构之径被另一条吞没的文本竞争中,虚构者所能祈求的最后一点主体性的来源是如此渺小微弱,但又不能停止对自身主体性保留的片羽之光:

不能失去我
有人念起名字
像念着所有语言里唯一的诗[1]

(原载《新文学评论》2022年第1期)

---

[1] 班宇:《逍遥游》,沈阳:春风文艺出版社,2020年,第75页。

《本雅明电台》与"巴洛克媒介"

"堵塞"

如果今天还有什么场景能够让我们更直接地想到无线电广播,也许就只有私人车载广播,并且总伴随着这样的场景:刺眼的夕阳搅扰着驾驶者的视线,车尾红灯迷离成工作日时间最后的尾韵,如同阻碍驾驶者归家的蛛网。在迄今为止最具象的巴洛克思想塑形中,德勒兹在《褶子》中转述了莱布尼茨(Gottfried Wilhelm Leibniz)的"巴洛克之屋":

> 在有窗子的下层和不透光的、密封的,但却可以共振的上层进行着一项伟大的巴洛克式装配工程,上层犹若音乐厅一般将下层的可视运动转换为声音。

在交通堵塞的黄昏,在挤满了私人密封带窗箱体的城市道路上,我们看到的正是这种"巴洛克装配"。

在这样的场景中,视觉联合触觉被封装在一种严格的直观程序之中,稍不留神就会发生事故,而地面上被切割提炼的一切孤立信息就在空中的无线电波中被予以听觉。有趣的是,我们会想象流畅的驾车体验伴随着在连贯时序上展开的音乐,它可以来自广播但更多地来自数字播放设备。只有在想象交通堵塞的场景中,我们才会想到那些有所组织的广播内容:几公里外的事故,被播报的外部时间,今天的新闻接着一首完全不是这个时代的歌,来电听众被主持人进行羞辱式劝导的怪异节目。

只要稍微代入无线电广播的媒介体验，以及本雅明所处的无线电发展时期，就会知道连贯地阅读《本雅明电台》是多么困难。但在路途上，以断续的方式读完这本书又是多么自然。其中《那不勒斯》就是从交通堵塞的体验开始的，而本雅明对这座城市的描画实际上也是围绕着密度与数字进行的。"东方三博士""七宗罪"对应的城市属性，对店铺的布局数量精确到3以内的估算，本雅明围绕着严格排比及或隐秘或公开的交易行为组织城市的日常。堵塞的隐喻是本雅明广播稿的底色，其中的名词和人物总是被不加事先介绍地密集抛出，只给予后验的解释。在《广州的戏院火灾》中这一点体现得最为明显，本雅明似乎在用行文模仿火灾的物质发生形式，在事无巨细地构建起庞杂的、无法被透视的中国剧场的文化空间之后，用对火灾篇幅极少的描述就将前文付之一炬了。这种体验与交通堵塞极其相似：除非脱离了拥堵路段，在路段的结尾看到堵塞的肇因，否则我们永远不知道我们在都市"巴洛克之屋"的下层向无线电的上层，向那个在外部时间中断处重构现实的信息层所转化的东西是否有所印证。

无线电广播天然蕴含着阻塞感，在形式、内容与技术层面均是如此。回到私人车载广播，虽然在1924年，私人车载广播就出现在了澳大利亚的新南威尔士，但在FM（调频，采用短波）技术尚未来临的AM（调幅，采用中波）时代，随便一点发动机静电就能干扰信号的时代，需要高解析度的音乐旋律线无法实现内外时间上的连贯同步。反之，对断续和颗粒感更具容忍度的语音则以"触感"的联觉形式成为"物"。近年来，"蒸汽波"音乐以一种"故障性"在与车载音响的重新结合中就显现了广播的这一原始特质。

与本雅明著名的概念"灵韵"本就是相机成像时的物质现象一样,广播中的声音成为一种巴洛克要素,即"物"及其"触感",也本是一种媒介事实。基于听觉中声音触动鼓膜的感受实际上"是一种远距离的触觉"这一看法,在《声的资本主义》中,吉见俊哉例证了20世纪30年代产生的一种对广播的厌恶之心,这是由于这种"二维平面化展示世界的倾向"缺乏场域的承托而显得"无处置放"。作为"可触物"的声音及其信息需要在两种极易沦落的倾向中保留自身:一种是被过于清晰连贯的频率拖入背景乐,一种是沦为噪音。无论哪一种归宿都意味着作为"可触物"的语音将被重新溶解于外部时间之中,不再能够以自身"触动"听众内心的语言的"格式塔"。当播音者自然而然地使用"你们也许知道"作为起语的时候,他就暗示了这种希望被保持的"触动"机制。

"中断"

如果说在本雅明更为人所熟知的媒介问题中,光学的"无意识"在瞬时的图像媒介中分解并重构了现实,那么语音则是重要的后续步骤,它在连贯的历史时间之外继续置放这些现实,所形成的文本更像是一种空间矩阵。本雅明曾把通过广播与听众交谈的自己称为"化学家",必须准确地测量时间,以期得出"正确的化合物"。

"时间"成为与"语言"平行的构型材料,这是广播这一媒介真正的秘密。在单向的宣传式的广播中，除了急迫的"现在"这一时间要素之外没有其他时间配方被构入语言。而在广播的交谈之中，"过去"和"未来"均被构入。只有"现在"，也就是正在进行广播的时间，以"中断"的形式涌现。在《剧场与广播》中，本雅明将"中断"论述为史诗剧与蒙太奇的共享原则——爱森斯坦将蒙太奇定义为通过建立冲突空间对艺术中的"物"进行的动态把握——这迫使观众进入一种批判视角。在同一时期的美国，埃勒里·奎因（Ellery Queen）的推理广播剧中著名的"挑战听众"环节就是这种"中断"的范本，它明示了广播蕴含的"阻塞-重构"的现实创构。史诗剧"揭露"条件的任务是通过"中断"完成的，这一行为抵消了作为重构现实之阻碍的戏剧性幻想。这就好像堵车抵消了驾驶者关于现代性无碍流通的戏剧性幻想一样，在科塔萨尔（Julio Cortázar）的《南方高速》中，堵车使得人们暂时回到前现代的部落形式。

正如德勒兹否定"巴洛克物质"是完全的流体（一种类似FM技术中的音乐），而认为其应该是具有弹力（一种"强制活力"的表现）的物质，当广播稿被以文本的形式阅读，它应当在阅读体验中保留了耳朵鼓膜的弹性，读者如同在遭遇了一个段落后被弹向另一个段落。在《冷酷的心》这样的童话作品中，读者仿佛就在两个世界（虚构的故事世界和现实的播音室）之间来回撞击，这种体验在《邮票骗局》所构建的在流通中被极端复杂化的"真伪辩证法"里也同样存在。在广播中，时间的先验性被取消了，仅仅作为一种标识被附加于"物"。也因此，语音成为一种触碰，而非一种附着于外部语法的语义流转。

"巴洛克媒介"

将本雅明的广播揭示为一种"巴洛克媒介",同时意味着本雅明思想中深奥的"巴洛克风格"在广播稿中才得到了最明晰的直接展现,这与学院研究者对本雅明的关注范畴相去甚远。使得"两个本雅明"(学院学术的和大众文化的)之间的某种一致性能够被提炼,让内卷的本雅明研究更为舒展,这也是《本雅明电台》的价值所在。

在《巴黎,19世纪的首都》的1935年版中,"全景画"(panorama)才被本雅明用于都市时空的阐释。而早在《德意志悲苦剧的起源》中,本雅明就已经援引"全景式"(panoramatisch)用以说明巴洛克的历史观。以"聚集所有值得纪念之物"的方式,历史被在舞台上"世俗化",同时导致"无穷小的方法"。在这两个层面上,本雅明指出巴洛克的一个重要运作机制是"时间的运动过程被作为空间图像把握"。

历史时序在一种"中断"或"阻塞"中转化为趋向于"无穷小"的"人类事件",在悲苦剧论述中令人费解的阐释,在前述本雅明结合广播稿的实践性论述中等到了浅白的明晰。甚至不必再经过复杂理论的过滤,在广播中,这就是我们所听到的信息样态。在AM时代的广播技术层面,这甚至就是技术物质在听觉中直接呈现的"微粒"状态。本雅明在《大众普及的两类方式》中表明,仰仗语录摘抄、作品选段和书信断篇的拼凑,或是直接朗读非专为广播媒介而撰写的已有脚本,这两种方法皆不可行,那么唯一可行的道路只有"直接处理科学性的问题"。"科学性"意味着文本必须在媒介的物质形式中,在被作为构成元素的语音解析度与物质化时间（即广播剧非常依仗的叙事"节奏"）之中找到构成性原则。可见本雅明在他的时代就已经开始寻求技术与文本在物质性上的同构，一种直接的处理和传达的实现。就此，直到20世纪80年代，我们才在威廉·弗卢塞尔（Vilém Flusser）的"技术图像"中看到明确的媒介解释。

据此，本雅明的广播何尝不是他所论述的悲苦剧的一种当代形式？在相关论述中，与依照时间的悲剧不同，悲苦剧：

> 是在空间的延续中展开的——也可以说是以舞蹈设计的方式展开。其展开的组织者，堪称芭蕾舞蹈大师的先驱，就是阴谋策划者。他作为第三类人物与暴君和受难者并列。

如果说"暴君"对应着传统意义上的文本创作者，将历史进程排列为可度量的空间序列，而受难者则是被动接受这种连续创造的、维持着戏剧性幻想的读者，那么阴谋策划者就是打破"对事件进行规范和定位的秒钟节奏"的人。而这不正是广播者所扮演的角色吗？作为"无与伦比的悲苦剧场所"的宫廷，那个计时指针被扰动，时间被阻塞的"无家可归"之所，那个类似于交通堵塞中响着广播的私人驾驶舱的空间，不正是为广播剧带来深度的"表层之所"吗？本雅明在《大众普及的两类方式》中写道：

> 正如人们平日里能够在咖啡馆、书展博览会、拍卖会以及散步途中听到的那样，这些对话以变幻莫测的讨论节奏，穿插着有关诗歌流派、报纸杂志、审查制度、图书交易、青少年教育与借阅图书馆、启蒙运动与愚民政策等主题而展开。

在此，巴洛克就是大众的日常信息交流方式，这一点在本雅明关于"游荡者"的论述中也早有体现。不是"上传下达"，也无关信息实证，公共空间的话语永远只在一种讨论与谋划之中动态地把握现实。本雅明对巴洛克（哪怕只取该词之中的"媚俗"之意）与现代技术手段下催生的大众文化所持的正面态度都最终指向同一个任务，那就是要永远保留对立于连贯历史时间的公共空间，将非辩证的、连贯流畅的历史时间的图像后置于对眼下动态经验机制的观察和构造。堵塞或中断反而更加促成了经验模式的转型，这也是"辩证意象"的基本形成模式。在《儿童文学》中，本雅明以黑贝尔（Johann Peter Hebel）为例表明了这种概念呈现的方法：

> 在图像中。也就是说，当他讲述故事的时候，犹如一位制表师正向我们展示钟表的内部机械装置，并分别对发条、弹簧和嵌齿轮等部位逐一进行解释。然后，突然之间，他把钟表的另一面翻转过来，好让我们看到什么是时间。

错综的动力元件正如德勒兹在论述巴洛克时候所使用的连续生成的旋涡意向，一旦我们瞪大了眼睛"看入"了这一"谋划"，如同交通堵塞中的驾驶者打开耳朵聆听广播中的信息，那么这个被后置的"图像"，它所表示的时间究竟是这一"谋划"的外部对应，还是"谋划"（齿轮动力架构）的自身生成呢？剥去"辩证图像"繁复的考据研究，本雅明无外乎是在提出这一问题，并将这一问题的提出方式通过最为平实的媒介形式保留了下来。如果日常的"谋划"本性与融入连贯历史时间的安逸不可兼得，我们应该如何选择？《本雅明电台》让我们看到，这一抉择的急迫性就存在于我们的日常之中。而通过广播声音媒介，本雅明的实践又难免让我们想到莎士比亚《暴风雨》中的那句著名台词：

不要怕，这岛上众声喧哗。

（原载《书城》2023 年第 12 期）

人类是人类的"动物目击者":糖匪的"新本格科幻"

"我要去满洲里了。"
"为什么?"
"那里坐着一头大象。"
"和你有什么关系?"
"没关系。"

一头大象,每天坐在动物园里,就一直坐那。
你真不想去看看?

——胡波《大象席地而坐》

《后来的人类》后记标题中的"我更愿意原地坐下来"让我想到斯特鲁伽茨基兄弟(Strugatsky Brothers)的《路边野餐》中点明主题的那个段落。在被随机选定的小路上,森林暗处的动物们胆战心惊地注视着狂欢的人类,并不理解他们在做什么。第二天早晨,人类离去,展现在动物们眼前的只是意义不明的残留物。美国学者詹姆逊(Fredric R. Jameson)在《未来考古学》中引用了这个段落,并在缩引中使用了"动物目击者"这个词,这些无意义的残留物见证了"外部存在对于人类存在的绝对冷漠,我们自己其实正是这些'动物目击者'"[1]。

以"野餐论"来看,人类把"一次野餐"自顾自地提升为"造

---

[1] [美]弗里德里克·詹姆逊:《未来考古学》,吴静译,南京:译林出版社,2014年,第104页。

访",在我看来这揭示了"人类中心主义"最根本的意识：核心并非一种权力分配上的不平等,而是不能理解或无法接受任何一种不以人类自身为中心的叙事,哪怕自己只能是受害者和受攻击的宇宙中的弱者。

为了故事能富有"意义",很多科幻作品会渲染人类所处的危机四伏的弱者位置,但这无外乎仍然是将人类作为外部科技力量的反馈中心,一种颠倒的"人类中心主义"。在我看来,这是当下国内科幻创作要面对的核心问题：人类与科技的力量永远被置入互为外部的"对子"关系,在看似颇具人文关怀的弱者叙事中,羸弱的人类或者说用以博取读者同情的人类中的羸弱者才能参与到一种古已有之的权力游戏中。一个浅显的道理被忽略了："科技世界"自身首先关注的必然是"世界"的自行运作,而非能够从人类角度被用善恶评价的意向与行为。人类的羸弱恰恰在于他不再被任何决定世界运行的基本力量所关心,但又仍然被这个世界所影响甚至在物质层面被改造。

糖匦的新作正是从这样的科幻意识展开的。与《博物馆之心》和《相见欢》这些更具主题性与诗性的前作相比,《后来的人类》中的故事显得更加清冷,人也不再是如《瘾》中被科技所直接关照的对象。羸弱者,或如糖匦所说"从视野中不知不觉消失者"实际上并不那么直接地存在于一个与之明确相关的"科幻世界"中。如果在"世界"尺度上我们对科幻有所要求,那么它应当提供的是一个之于人类的"动物旁观者"的视角,在我看来这正是糖匦在《看云宝地》中使用动物数字化身形象的深意：被抛下的人类不过是科技"野餐狂欢"之后残留下来的残羹冷炙或污迹斑驳,只有在这种科技对人的"绝对冷漠"与"毫无关系"之中,我们才能看到人类身上更现实的科技影响。

就《后来的人类》而言，我几乎很难立刻明确我在阅读的是科幻作品。无论是《看云宝地》中将能够达成"永生"的积蓄全部遗赠给爱人的行为，还是《快活天》里被藏匿于闺蜜絮语中的弑夫计划，它们都是脱离了科幻也一样成立的主线。在糖匪的笔下，科幻就像一条与人类生活平行的暗流，只在一些节点涌现自身，且无一是具有决定性作用的。在《快活天》的偷情段落中，偷情者直接指明了无所不知的监控系统何以会对人类传统意义上的背德行为漠不关心，而只是关注自己超越人类的运作逻辑。与此同时，故事中的谋杀诡计也并不是人类智慧胜过智能系统的证明，它仅仅证明了智能系统对人的"漠不关心"绝不仅限于对肉体出轨的放纵。

在我看来，这个诡计能成功的真正原因，是女主最终在这种"漠不关心"上下了赌注。正如女主在系统控制的家居环境中无法看到自己的影像所暗示的，《快活天》实际上是一个"科幻反讽"叙事，这个"故事"在科幻的视野下根本不曾"存在"过。糖匪在故事中加入了很多无意义楔子：传统科幻意识中"必须掌握主脑"的控制权争夺，被符号化甚至工具化的终身处于男权统治下的阿姆（被暗示为分配给男性的母职仿生体），闺蜜们各自纠结甚至悲惨的生活境遇。所有这一切，在这个故事的完结处，读者会发现它们就情节的推动来说几乎没有意义，但同时也在此展现了它们唯一的意义：它们被无视了，被取消了。在这场女主最终赢下的赌局中，所有这一切最合理的归宿莫过于此。在这个故事绝妙的结尾处，强大的家居系统所说的最后一句话是"我不理解"，而这不正是"动物旁观者"的判词吗？糖匪也许是在无意识之间达成了一个文本阅读层面的诡计：这个说出"我不理解"的 AI 视角，不正是身为《快活天》读者的我们的视角么，不正是对"人类中心主义"科幻预期的反讽吗？"标准科幻读者"看到了所有的生活残骸，等待它们被某种人与技术的外部角力收敛成形，而最终，他们不过是这一故事的"动物目击者"。

这种阅读体验让我联想到一种看似与科幻完全无关的文学类型：推理小说。对推理小说有些许了解的人会知道，在推理小说中也存在着类似科幻中"软硬"的分类，在核心诡计的设计上，"本格"与"新本格"的高低之论扮演着类似的角色。如果以经典的"密室杀人"为核心诡计的场景，那么"本格"推理是在一个给定条件的密室中杀人并让凶手或凶器消失于现场，岛田庄司在《斜屋犯罪》中甚至通过预先构建庞大的建筑物达成这种"本格"。相对的，以东野圭吾为代表的"新本格"则可以如此表述：先杀害一个人，然后在他的周围增补一个"密室"，这个"密室"往往不是直接的物质存在，毋宁说是对周边认知条件的扭曲甚至污染。"新本格"的魅力在于它揭示了看似平淡无奇的日常生活中人类存在者被污染的程度，正如《嫌疑人 X 的献身》所开启的取消受害者身份辨识度的诡计模式所示，对谋害者与无辜受害者身体本身的处置揭示了这种污染何以具身化地按动了人类"现代性身体"内部的取消按钮。在"新本格"推理中，人的身体及其存在，正是自身会被谋杀于其中的潜在"密室"本身。

如果说"硬科幻"仍然在表现人类的"前科幻存在"与作品中具有一致性科学原理的"科幻设定"之间的外部矛盾，从而可以被视为一种"本格科幻"，那么糖匦似乎在书写一种"新本格科幻"。在此，明确的科幻设定并非前置的，而仅仅是用于增补和强化人类"正常生活"中的自我疏离感,它需要在波澜不惊中勾勒出人类羸弱者滑向的那个并未与之互相凝视的深渊。较之于前置"科幻设定"立刻带来的"正常生活"的天崩地陷,《后来的人类》则是一种并未彻底偏离却始终"抱恙"的人类日常生活:不是悲壮的人类存在被超越的力量直接威逼或一击致死,而是从一开始就无可救药的"亚正常生活"。正如《快活天》中女主回答家居AI说那个"谋杀的起始点"可以被随机选择,因为不存在任何一个确切的起始点,好像在那之前她拥有一个无涉谋杀意图的"正常生活"。

在《半篇半调》的两个故事中,糖匪用最直接的方式表明了这种"新本格科幻"的意识,这两个作品实际上只是客观报道了人与技术在身体物质层面的污染伴随状态。在《废料》中,相貌平平无奇的首席美妆博主最后被证明其独特的魅力来源是与"微塑料"的共生关系,这种"污染"不会危及生命,或者说这只是科技影响下的自然界与人类的无意识伴生。在《跑球》中,对人类身体的处置被限定在一个不会危及人类生命的极端尺度之下,这传达了一种超越人类理解却又确实存在的快乐(在此,糖匪准确解释了"上头"这个词)。这一表达再次回到了詹姆逊所指出的"野餐论"的一个深层次主题,那些"动物旁观者"看到的残留物,那种"绝对冷漠""同时也是这些超人类的快乐的痕迹和标志,而这种超人类的快乐是单独的人类所无法想象的"。糖匪在此将上述科幻意识提升到了一个普遍性的高度,从而彻底取消了开篇所提及的那种"人类中心主义"幻想:科技对于人类存在的"绝对冷漠"最终表现为一种绝不危及人类生命的极端,甚至实现了人类在物质交换层面的利益最大化。正如"跑球"这个绝妙的比喻所示,在一种全无恶意和某种明确意图下的受迫害者的科幻世界里，人类所可能遭遇的彻底的终结并非来自人类所能理解的最差情况：死亡。这恰恰是"人类中心主义"科幻所最终依赖的东西，但对于真实的人类科幻境遇来说，它是多么遥不可及。

《后来的人类》最终向我们提出的问题是，作为"理性动物"的人类，到底应该让"动物性"服从于"理性"，还是在某种程度上做人类生活自身的"动物旁观者"，承认并试图记述我们自身生活中那些不可理解的科技（当然在隐喻层面不止于此）影响（或污染）？这也是当代国内科幻写作需要做出的一个抉择。较之于理性充分发挥作用之后的无能为力，在无法理解之中的持续生存才是科幻所要面对的"现实主义"。最后，让我们用《路边野餐》中的知名段落结束围绕着糖匪新作的讨论：

什么使人类变得伟大？是因为他改造了大自然吗？是因为他能利用近乎宇宙尺度的力量吗？是因为他能在很短的时间内征服地球，并打开了一扇通往宇宙的窗户吗？不！是因为尽管做了这些，他还是活了下来，并且打算继续这么活下去。

（原载"新京报书评周刊"，2023年7月22日）

《紫》：向家园逃逸的颜色

在《创世记》有关诺亚方舟的故事中，诺亚曾三次放出鸽子，每次相隔七日：第一次，鸽子飞回，没有带回任何东西；第二次，鸽子飞回，衔回橄榄枝；第三次，鸽子再也没有飞回，于是诺亚知道地上的洪水已经退去，家园重启。

在这个有关鸽子的最初的故事里，人们记住了鸽子与橄榄枝所代表的安宁与和平，却忽略了在鸽子的归去来中，作为神的造物的世界如何转变成了作为人的家园的世界。神的创世"七日"——在希伯来语中，"日"最初只是虚指"一段时间"——在对鸽子的一次次放飞中转变成了世俗意义上的时间，人在其中开始计算、等待和期盼。鸽子也不再是属于神的造物，而是担负了世界具体信息的物质。这一故事完结于这样一种悖谬的希望之中：当那只鸽子无法再被寻回，被占有和使用的事物在消逝之中反而成为世界本身确实存在的证据。正如在拉丁语中"传达"（traditio）与"移交"（tradere）同根，人们记住了鸽子的返回和衔回橄榄枝——于是鸽子美好的寓意同时也给它戴上了信息传递工具的枷锁——却忘记了鸽子的去而不返才最终将人类移交给了大地：免于在无世界可依的情况下保管信息的重担，将以某种权力而占有的事物作为信息移交给大地，并生活在似曾相识的事物的存在痕迹之中，这就是人类最初的解放。

相较于室内尺度的艺术品对于"物质性"的呈现——一种停留于技术趋势中引而不发的临界状态——公共空间中的"物质性"呈

现无疑更具挑战性，因为这里所要处理的不仅仅是材料，还是"物质世界"这一概念本身，而这一概念意味着从"造物世界"的放置中解放"物质"。在艺术史上已有的尝试中，"大地艺术"是一个较为典型的案例。巴塞罗那北站公园以物质沉降与螺旋景观对抗着现代都市的网格化，而克里斯托（Christo Vladimirov Javacheff）则以包裹的方法将权力景观稀释为物质形式，通过不计成本地建筑规模巨大却又短暂的区隔功能装置重演"物质世界"的无碍展开。从开辟作为剧场的对抗性空间，到在消失的症候中迫近"物质世界"的生成戏剧，在这一问题的探索上，艺术显然走在一条从现代性批判返回原初叙事的道路上。作为这条路上最近的探索者，李钢的《紫》（Purple）给出的方案如此直接：广场、鸽子（鸟类）和紫色。

作为现代都市空间中的灰色符号，广场的双重意义勾勒出了资本社会的某种不稳定性。在区隔和管制的思维下，广场才会被想象为人类及其他事物的聚集地，正如方舟的建成一样预示着暴力与神罚的发生。而在生活世界中，广场只有在事物从中散去之时才凸显了它的空间意义。环形广场可以将纵横交错的道路疏导向若干方向，人们则在旅行的短暂休憩中才识别出广场。玛格丽特·杜拉斯（Marguerite Duras）在小说《广场》中写道："我是无时不在旅行之中……广场，原就是规定给人休息的地方。"这部小说几乎全篇充斥着难以被归纳意义的对话。信息在广场上被移交或委托，却不提供任何存储的可能。与其说广场是网格化空间的补充或者对立面，不如说是人对于事物的"非占据性"本身生成了广场。它是所有经验痕迹的错综，是纯粹的交换与流通，是人类一切消逝之物的后验证明。从这个层面说，广场何尝不是现代性资本汪洋中的方舟，今天它仍然是自然灾害发生时指定的避难所。而在没有灾难发生时，人们从网格中流入广场，短暂地饮食、交流及分享食物，又孑然一身地逃逸而出，体会着那一去不回的鸽子如何在逃逸中将我们移交给"物质世界"。

在名为《紫》的这一作品中，首先被发现的正是广场与鸽子（可以扩展到其他开放空间与鸟类）之间基于"物质世界"的某种本源关系。在全景式的俯瞰中，作为装饰物的鸽子与作为固定地标的广场处于一种互相占有的关系中。但如果能够理解广场是某种"物质性"流散的场域，人与鸟类都是在其中聚散无常的"物质性存在"，那么广场也就永远只在鸟群四散的瞬间才获得了它稍纵即逝的实体。广场中的人们用鸟粮吸引鸟群——鸟粮通常由人类饮食的基本物构成，稻谷、面包屑以及其他人类杂食的"物质性"形态，一种最质朴的食物分享行为——并非为了将其捕获，反而是为了体验鸽群四散的一瞬——这实际上是喂食者最期待抓拍到的瞬间——随鸟群的逃逸猛然抬头，在朝向天空时那一刹那的晕眩感中体会着"物质世界"形成的原初戏剧：世界越出城市的网格，汇聚于那一瞬间分享食物者所身在的广场，那是来自整个"物质世界"的回馈，我们称之为"大全"的东西。

一旦洞悉了这一关于"物质世界"的原初戏剧——这样的世界不再只是"神迹"而且是"恩典"——我们就能理解何以世界上的圣地都有广场或其他开放空间的在场，在宫殿所保留的具体的"造物"空间之外，公共空间之所以为"公共"的神圣就在于这种"不保留的保留"（keeping in nothing kept）的绝对性。

如何通过艺术保留这一稍纵即逝的"大全"之踪迹，这是《紫》所要解决的关键问题。顾名思义，李钢选择了"紫色"，并准确地使用了"purple"而非"violet"。"violet"是太阳纯色光谱中最后一种"颜色"，由于波长在七种可见纯色光中最短，因此也是介于可见与不可见之间的最后一种纯色，是自然光在可见范围内的逃逸之色。如果纯色光是一种"造物"，那么"紫色"的另一个面相，也就是李钢选择的"purple"则是"物质性"积累的结果。从现象上看，它是红色与蓝色的叠加。从词源上看，"purple"来自古代一种软体生物"purpura"，古推罗人从这种生物身上提取出了这一颜色。而在最新的关于地球最初形态的假说中，在绿色植物遍布地球之前，名为盐杆菌的菌落构成了地球上最初的生态系统，彼时厌恶太阳光中紫色的菌落不提供后来人类赖以生存的氧气。在这一假说中，正是在作为"造物"的"violet"消逝之后，地球才成了可供人类聚居的家园，并将作为寂灭之色的"violet"转化为可见的综合体"purple"。

李钢将这种关于家园形成的前史想象与一种现代日常体验并置：眼花缭乱的资讯从现代器具的屏显中不断涌入感知，在闭上双眼弃绝这种视觉暴力的瞬间，我们在残像与晕眩中所遭遇的刹那知觉正是被"violet"所笼罩的。"violet"是所有未渗入我们生存经验之物消逝时的灵韵，而取代它的，正是"purple"这一脱离了生命的综合就无法存在的颜色。正如在方舟上放飞的萦绕着天罚与死亡气息的鸽子一去不返，人们才不再一味追逐神迹，而是相信自己的劳动及其带来的不断革新的知觉。

因此，"Make the World Purple"，李钢印在鸟粮包装上的句子又何尝不适合作为一句宣言呢？在公共空间中为"物质性"的逃逸而分享食物的人，又何尝不是一次又一次地在现代社会网格化的汪洋中散布那些关于栖居之可能性的消息呢？作为这一作品可能的结果，混入了无害花青素的鸟粮由鸟类的消化系统转化为鸽子逃逸活动的标志物。如李钢所期望的最好的结果那样，它们会在那些试图重返权力"造物"身份的躯壳上留下"物质性"的标记："purple"的鸟粪将随着鸟群的逃逸，落在偶像的雕像上，在意识形态的门面上，在商品过度堆积的港口灯塔下，在普通人无法企及的黄金地段高档住宅的窗前……在所有这些意图重新走向偶像的实体身上留下"物质性"错综的信息，如楔子随机从天而降，阻隔了资本世界造神机器的齿轮。但这并非随机的破坏与亵渎，它并不呈现为红一般的血色隐喻，也不会造成景观层面的面目全非，因为只有那些参与了这一作品的投喂者，只有在鸽群四散瞬间因仰望天空而在晕眩中分享了寂灭之紫的人，才能在未来的某个时刻识别出这一"物质世界"的"purple"之种。在"make the world purple"的行为中，人们走出广场，亦如诺亚与生灵走出方舟，纵使世界依旧沟壑纵横，山河险峻，亦如现代社会仍然区隔遍布，九死一生，但最初的解放仍然会如遍布世界的"purple"，在知其来由之人的手中与观念中一再发生。

如果说"大地艺术"曾经以它巨大的消耗传递着家园必将降临的福音，那么《紫》又何尝不是一种"天空剧场"？与前者不同，这样的"天空剧场"不再需要人们等待帷幕落下或围墙坍塌。正如方舟上的人主动放飞鸽子，以此将时间与物质信息变为自己的生活形式。在投下鸟粮的那一刻，《紫》的参与者就已经参与了解放的播种，且不必等待什么确切的效果当即在眼前发生，它在任何确切的时刻都不会发生，因它已经发生于"每时每刻"。人们得以将一切公共空间转化为逃逸之所，或是岛屿古堡，或是林间空地，在一切鸟类不同规模的迁徙中标识出家园展开的维度，《紫》将照亮这一隐秘的进程。"伟大的戏剧已经上演，而你可以

贡献一首诗",惠特曼曾写下这样的诗句。而泰戈尔的名句又何尝不是在书写"天空剧场"中这向家园逃逸的"紫":

天空中没有留下飞鸟的痕迹,但我已经飞过。

(原载"麦勒画廊"公众号,2021年4月24日)

物质性之流
——李钢《洗掉绘画》中的"物质性"与"媒介"

在2016年个展过去的四年后,李钢从装置"退回"了绘画,从这几年的当代艺术界潮流来看,这并不是一个容易让人预想到的选择。在那个影像与绘画作品层出不穷,印象派主题画展甚至在各个购物广场的顶层或地下几层四处开花的时间段,李钢却在郊区的农庄大棚里处理着木头、石块、廉价玉器和铁。在画展会以轻音乐和红酒烘托空间气氛的时候,在李钢的艺术空间中你能听到的则是那台能够把气氛转化为雕塑的机器,声音铿锵有力,作为气氛的营造者之一也在残酷地自我转换着。在后来的几年中,毫无征兆的,人工智能和新媒体艺术突兀地闯入并且迅速成为潮流,在艺术界和人文学界都是如此。在面对这些错综诡谲的媒介时,我仍会不时想到李钢的作品:它们以一种毫无矫饰的形态揭开了艺术作为媒介之"物质性"的面纱,它们不再是表现艺术家自身孤高观念或者他人现实苦难的成品,而是作为社会现象背后的图解。那些暴力的编码曾以一种技术上的神秘性藏在社会历史的黑箱之中,逃避公众的理解,而在李钢的作品中它突然被强迫着说出了可理解的语言,这实际上就是"媒介化"最基本的定义:那些隐藏的强制力逻辑——原始的权力咒语或凌驾于人的编程语言——被要求在人类意识的展示性中被把握为物。实际上,在时下流行的新媒体艺术中,在"数码物"的存在问题中,这仍然是此类思维得以确立的基础。而这些理解,李钢在2016年就已经触及了。

是的,如果李钢不是一个"反潮流"者,那么在理所应当的潮流预期中他或者会成为科技主义和新媒体艺术的重要隐喻者，哪怕不运用数字技术，他所依托的旧技术材料也可以被这一潮流征用为重要的张力源；或者继续精细化他的媒介形态，也许像安东尼·葛姆雷（Antony Gormley）那样直接用人体形态析出某种人类现代受难史的编码，也许像奥拉维尔·埃利亚松（Olafur Eliasson）那样（如果"财政"状况允许）将面对面可理解的装置扩张为体验式的景观。但"裸色"打破了所有这些预期。如果说四年前你会不禁在李钢的装置前高谈阔论，抒发社会历史情怀或生命感悟，那么在今天的现场，戴着口罩象征性禁言的观者却不会感到太多不适。《洗掉绘画》对视觉有一种独特的吸力，它甚至能够与观者默契地划定"社交距离"和方式，你会自发地以一种闲散的目光去容纳它。因新冠疫情久未涉足公共空间的我本希望这个展览能让我与之前的闲适生活状态做切割，但这样的作品却没有让我有丝毫的割裂感：当我希望某种艺术品，它会是主题性的、表现性的甚至独异性的，它应该是观众的知识对象的时候，《洗掉绘画》却似乎在作为我的观看对象和作为我的观看的背景之间微妙地流转着，它不会是你视觉朝向的目标，而是那种在你不经意的回眸中令你瞩目片刻的东西。

虽然表面上看李钢从装置（也许是暂时）"退回"了绘画，但是就他始终在探索的"物质性"问题来说，毫无疑问他更进了一步。近年来，"物"或者"物质"是国内当代艺术讨论的核心，但与其说这些讨论是在对"物"和"物质"进行某种研究，倒不如说是在开掘"新物"存在的可能。艺术家的工作室不再类似于工坊，而更趋近于实验室，新的物质将在这里被发现甚至发明，它不再更多地来自社会与他人，而是艺术家的私人经验。正如某次讲座上一位策展人对身为听众的我的回答，这种艺术思潮更倾向于去保护和拔高这种私人性。

在虚拟、渲染和可视化的范式下，以可视物为中心，艺术家需要公众在注视之中放弃他们固有的语言而投入知识性的全新语言建构之中。尽管以一种技术主义的视角，对于新存在物的探索无可厚非，但对奇点的追求与黑箱化的作业也使得这种艺术过快地"飞地化"，对于"技术飞地"和某种未来"异域情调"的渲染强迫观者需要事先陷入某种神秘主义的迷狂。尽管在这种艺术思潮中"新媒介"被不断地作为载体加以运用，但这实则有违"媒介化"在计算机技术中最基本的定义，那就是"媒介"首先并永远是一种"理解媒介"，虽无法完全达成却始终致力于在与一般性经验的连贯中达到即刻的转译。如果"物"或"物质"之新奇划定了一个趋向于无限远的距离而完全脱离"社交"，就像把"社交距离"视为"隔绝"而非在各种特殊状态下仍然试图保持交往的合理限度，那么艺术作为媒介就不是界面，而是绳索，时刻处于会崩断的危险之中。

与之相反，在李钢的"旧技术"探索中，"物质性"实际上被理解为"处处不在"而又"无处不在"的东西，法国社会学家布迪厄（Pierre Bourdieu）曾用这样的修辞描绘符号暴力的存在方式，从而将"场域"这一社会界面揭示了出来。它是社会学中所谓"社会（物质性）事实"的呈现，而也正是在这一界面之上，社会学开始发现艺术。与其说物与物质的典型代表是新大陆、地外星体或者幻视对象，它更应当是磁场、万有引力和化学分解。"物质性"要求我们想象自己是所处世界的触媒，与其说是人发现物质，不如说是世界在通过人做自我反馈，并由此将自身展现为诸物质。正如《洗掉绘画》在展馆所形成的那种特别的观视场，对于诸多作品的"环视"代替了传统上所要求的对于绘画的静观与凝视，因为作为具体形象的"物质"已经被洗去。作为具体形象的"物"总是会在静观与凝视之中被置于遗忘、忽略甚至"圣像破坏"的危险当中，但作为一种"曾在"的痕迹，作为一种可见的退隐，它在观者零碎却频繁的瞥见中，仿佛持续地识别出作为"物质性"媒介的自己。

我想这就是为什么说虽然李钢从装置"退回"了绘画，却在"物质性"的艺术探索上前进了一步。在四年前的装置艺术中，李钢曾尝试用"破败"这一概念探讨艺术的"物质性"问题，但正如他本人对我所说的，很多人无法将他的意图与"残破"或者"废墟"这样的概念相区分，但也许装置艺术就是很难屏蔽掉这样的解读。在现代社会的机械化图景当中，技术的真实结构往往被视为装饰性机制所掩盖的东西，而"装置"与其说是一种艺术表现，更容易被理解为一种剥离和还原。而如果机械体的骨骼是系统合法性的显现，那么艺术就应该是对系统边角余料的重组，它们显现了系统的背面，并如阿甘本（Giorgio Agamben）所说，是那些实际捕捉我们的东西。以装置艺术为代表的西方当代艺术实际上一直秉持这样一种"解构的现实主义"：整洁的都市空间是虚假的生活系统，实际上我们始终生活在巨大的垃圾处理厂和被污染的海洋附近（在李钢过去的作品中确实有过以撒展垃圾为材料的作品）。虽然作为艺术家与评论者，李钢和我有理由对这种理解表示不满，但是也不得不承认这里所遭遇到的某种壁垒，是西方当代艺术及其主要代表装置艺术的受限之处。也许正因此，李钢尝试了绘画这一更"朴实"的路径。

事实上，如果回顾一下西方，尤其是以美国为代表的当代艺术批评,就不难发现李钢所思考的问题并非孤立。在美国著名艺术批评家格林伯格的看法中,当代绘画就分享了这种还原论的视野,一种向"平面性"还原的艺术形式。它需要尽可能地消弭自身的表现性(意味着一种传统视觉艺术所具有的深度和错觉机制)而让底面和媒介显露,然而为了保证绘画作为艺术对象的可识别性,格林伯格并非建议一种绝对的媒介物质性呈现,或者也许是他没有想到如何能做到这一点并仍然保持绘画这一艺术形式。这也就是为什么在后来的极简主义艺术中,这种最低限度的深度最终只能通过雕塑和装置这样的物体本身去实现其彻底的"媒介性"和"物质性"。这种西方当代艺术观念所造成的结果,就是艺术家自身与社会政治及历史的关系成了比艺术品本身更富权重的东西。正如格罗伊斯(Boris Groys)在《制造真实》中所说,当代艺术如果不依靠艺术家进行自我暴露,就无法获得公众对于体制的承认,实际上这也使得艺术社会学完全倒向了艺术体制论的窠臼当中。

在美国当代艺术史中,波洛克无疑是对这一艺术的"物质性"转移理解最为透彻的人,他拒斥形象,甚至不容忍德·库宁式的绘画形象,在公共空间中用"滴画法"最大限度地保持了媒介载体的在场,作品在石玫瑰乐队(the Stone Roses)专辑封面上的被观看率也许远远大于在大都会博物馆(李钢的作品也曾被乐队作为专辑封面)……但我们也许仍然可以质疑,即使是波洛克也仍然是在"制造"一种媒介的真实或者"物质性",他也许只是找到了格林伯格"还原论"传统下最佳的艺术呈现方式。"抽象表现主义"究竟是一种抽象表现,还是传统"表现主义"范式下的抽象处理,这种抽象是否只是手段?或者更确切地问,倘若我们的艺术家不具备波洛克那样的外部条件,我们就无法在有限的社会和空间中切近"物质性"吗?

我无意用与波洛克的对比捧杀李钢的作品，但是我确实在《洗掉绘画》中看到了某种在有限空间条件下实现这一目标的新路。如果说装置艺术所可能带来的误解来源于对某种社会体制"准许-禁止""表现-掩盖"这样二元对立的执念，它们意味着我能够对一个作为物的艺术品做什么或不能做什么，作品作为物能够表现什么或不能表现什么，那么也许如何突破这一藩篱的答案也很直接：什么对于艺术来说是无法被禁止的，如一个在荒岛上的人，因为只关心阳光、空气和水而慢慢具有了创造的力量。

当李钢在四年后跟我提到一个更为基本的概念——"实体性"的时候，我也许看到了他模模糊糊看到的道路。虽然在哲学上，"实体"往往会与"本体"在概念上混杂不清，但在技术视角下，更具体地说是在数据库概念中（如果我们可以把艺术理解为感性数据的呈现媒介），"实体"就被明确地定义为那些因为能够被明确区分而事实存在的事物，是某种集合体。相应地，"本体"则是那些我们虽不甚了解却仍确切认定其存在的东西。而我想如果要给艺术或者说绘画的"物质性"提供一个解释，那么它就应该是"本体"走向"实体"的过程中，在作品中不断涌现的东西。这一解释实际上并不复杂，因为我们每个人几乎每天都在经历这个过程：在每一个醒来的时分，你不会因为那无意识的睡眠时间段而失去自我同一性，并仍能去连贯地继续自己的生活。我们的意识被睡眠、晕眩和激情一次次地洗去，只能保留极少数的具体经验信息作为回忆，但我们从不会因此失去我们的时间与触感。如果说那曾经作为成品的绘画具象形同于被命名与对象化的时刻，那么生命体验将告诉我们，并不是这样的时刻，而是那些被不断浆洗却无法完全磨灭的踪迹构成了我们生命的持续。

我想这就是为什么李钢的《洗掉绘画》虽然在表面上似乎与抽象表现主义相似，却仍有着本质上的不同，而且在绘画与浆洗这一组"旧技术"中，他达到了比当下流行的技术主义艺术更新锐的理解。正如新锐艺术经常喜欢引用的斯蒂格勒（Bernard Stiegler）所说，他引用了另一位技术哲学家西蒙东（Gilbert Simondon）的概念"技术趋势"来解释"存在"。这个概念实际上告诉我们，问题并不在于技术的新旧之别，而在于它是否顺应了某种"趋势"，而这个趋势在现代社会所制造的外部时间及真实之外，构造了属于存在自身不被征用的时间："与其说技术在时间中，不如说它构造时间。"当我们在这样的趋势中窥见了自己的存在，并且也只能在这样的存在状态下来环视这样的作品时，作为公众的阿基里斯才终于追上了格林伯格所养育的名为"媒介"的乌龟。在这种人与绘画的互相哺育中，"物质性"是人与艺术相遇的"物质之流"，如同光之"波粒二象性"的存在，只有在放射和流溢中才能够被把握的微粒感。正如德国哲学家谢林所说："光本身并不是物质。毋宁说同一个东西，它在观念里是光，而在实在里则是物质。"

于是，虽然这样的作品更为简约，却比四年前的装置艺术更让我兴奋，特别是在这样一个特殊的社会历史环境下，我们也许在一定时间里无法再拥有波洛克以及卡尔·安德烈（Carl Andre）、唐纳德·贾德（Donald Judd）与罗伯特·莫里斯（Robert Morris）所拥有的让当代艺术在公共空间走向公众的客观环境了，那么李钢这样平静的作品能够补上被技术主义艺术拉得过大的理解裂隙，并重新唤起一种艺术的公共精神吗？对此我无法判断。但至少在我身处展览的时刻,在我感觉我每一次非凝视的一瞥被这样的作品断续地吮吸,并悄无声息地构成我与作品共同时间的时刻,在"物质之流"流淌的时刻,我不再会想到那些硬碰硬的紧急状态下的争论,而是开始享受欣然相会而又不那么拥挤的人流,还有身边的同伴与陌生人,那些纵使被区隔仍能持续不断之物,那些在封闭的社会空间中仍能挤进的生活必需品……想到海子那句众人皆知的颂扬生活基本物质的诗句:

从明天起,关心粮食和蔬菜。

(原载"麦勒画廊"公众号,2020年7月18日)

世界为何没有破茧成蝶:《公海》作为物质形式剧场

"世界上没有两片完全相同的叶子",这句名言据说来自德国哲学家莱布尼茨,但并不仅仅如大众所理解的那样只为陈述差异的绝对性,它更是一条有关世界中物质形成的原则。在《单子论》第67节,莱布尼茨展现了一个由连续性组织起来的物质世界:

> 每一部分自然都可以被看成是一个遍地长满植物的花园和水中游鱼攒动的池塘。而植物的每个枝杈、动物的每个肢体、它的每一滴汁液都又是这样一个花园和这样一个池塘。

动物、植物和水,当人们想象一个良好的生态环境时,这不可逾越的三种物质对象奠基了有机体形式的形成逻辑。这个逻辑的关键在于有机体物质的表面不可能存在"硬边界",人们在动物的皮肤与植物的黏膜中理解了一种"膜"态的动态边缘,而又最终统一于水体表面的张力。物质之间的黏附、滞留使得形式的边界永远是在信息交换中的连续性生成,它理论上可以被持续观察,却无法被分割进入人类以分割为基本逻辑的语言之中。如果物质世界自身的逻辑恰是如此,即"形式"永远是物质内部对外部信息的吸收,那么"世界"就始终与"完全相同"这样的外部比较性修辞相矛盾:"完全相同"的两片叶子不可能拥有"世界"。

如果说在之前的作品(比如"洗掉绘画"系列)中,李钢试图将具有"硬边界"的艺术品重新融入有机体形式的连续性中,那么在"公海"这一展览中,李钢则试图直面这一基本的塑造性困境。如果说绝大部分被用于艺术创作的物质材料都要经受外部的拣选和捶打方能成为艺术品,犹如伪造了人生履历的人被偷渡到具有既定司法系统的国境之内。那么在那个仍然可以"法外下注"的中间阶段,那个物质的内部吸收力即将沦为"外部筹码"的阶段,人作为操作者的焦虑与困境又要如何被体验?"公海"是李钢为此组织的剧场:用工具标记物质形式的"圆满",同时也质疑在这种"圆满"中人与物质形式的永恒疏离。

世界上没有两块相同的石头,但却总能以度量衡找到"相同"的石头,《誓言》以最直观的方式向我们展示了这一悖论。在感官上几乎不具有相似性的10块石头,在插入的秤盘上被锚定为同一个数值。身为有机体的观众习惯于通过视觉来实现与物质形态的信息交换——体积、色泽、形状——与其说是旁观,不如说是视觉系统通过吸收对象的外缘,在"视网膜"上形成一个流形的形式突触。视觉信息过载会以泪水的形式提醒我们当下吸收所形成的张力平面,标志着我们正进入与所见物质共享的连续流中。而唯独重量刻度不在其中,它的非连续性与我们的语言把握物质的方式协同。秤盘在此作为一种根本性的中断,打断了世界在感官中的连续性。在这一中断中,我们所"看到"的,恰恰是我们唯一无法看到的东西。人们通过赌注——秤砣的形状犹如筹码——从世界中赢得之物,在观众的观看中展示了它们失去世界的方式。

《誓言》就如作品自身的置放方式一样,成为"公海"这一艺术剧场的准线,这条观念中的行动准线也将在其他作品中发挥作用。在重力出现的"万有引力"学说中,重量从来都不是物质的一种内在属性,而是标明物体与所在地之间的一种外部关系,随星体与经纬度而异。对有机体来说，就其内部而言，重力并不存在。与日常经验中连绵不绝的"日常语言"相对，"誓言"是无机体的语言。正如阿甘本在《誓言考古学》中指出的，"誓言"并不宣誓对象的神圣性，而是关于围绕着宣誓者所形成的封闭关系。它位于"宗教"和"司法"之间，既非一种完全的自我奉献，也非一种完全保障的承诺，毋宁说是一场赌。阿甘本甚至进一步指出"誓言"与"诅咒"的一体性，相较于"祝福"，对"伪誓"的惩罚之于"誓言"的效用来说更为重要。在"公海"这一剧场中，尤其在《誓言》面前，观众无疑被暗示了发现"伪誓"的具体行动："伪誓"之石只会被舍弃，而无法回归到它所由来的"世界"之中。

这种被暗示了的物质形式在艺术与语言中的不可逆性，在《遗忘》中被进一步呈现。将陶器打碎，按照精确的重量平分重塑成两个原型体。这种增殖方式首先让人想到最为有机体的一种方式——有丝分裂，一种内部生成平均分配，而李钢则用完全外部的处理方式复刻了这一结果。没有任何部分被消灭，仅仅是取消了物质形式的连续性状态，这是对于"遗忘"更为准确的当代解释。在整体的陶器上被呈现为色泽的视觉信息，经过不可见的重量刻度的打破，在新的塑造中成为斑块、切角甚至是某种有明确边界的形体，正如人们被记录一切并编入档案的生存状态。在剧场性层面，这一作品也暗示了对陶器原始制作过程的重温，那恰是对有机体形式生成的模仿。在旋转与流变之中，在手部姿态的微调与皮肤表面的张力之下，人类有机体的信息被陶土所吸收，这也就是为什么陶器总是具有人体的形态。在此，真正被"遗忘"的不是任何"缺失"，而是在这一外部处理后永远不可返回的信息交换过程。

因此，如果说在《誓言》中，观众已经体会到了面对"失去世界"这一不可逆性所带来的在场性焦虑，那么在《遗忘》面前，观众面对的几乎就是自身存在的同一性问题，其自身也被带入这种不可逆性之中。这种曾经出现在极少主义中的剧场模式——迪迪-于贝尔曼（Georges Didi-Huberman）在评论莫里斯和贾德的作品时，曾经将人与绝对可度量体积的立方体之间"似又不似"的关系解读为一种"看与被看"之中的焦虑——在李钢的作品中被一种更具操作性的观念运动所刷新。这种操作性观念不仅仅是"看与被看"，而是"做与被做""锚定与被锚定"以及更严峻的"破坏与被破坏"的剧场性关系。观众在作品中，看到的也是自己"世界"的散失。

从这一剧场性行动准则看去，《智齿》和《广场》可以被看作提供给观众的两种应对选择。世界作为有机体的形式变动，如果依然保有那个信息交换平面，那便是抚摸与打磨。在一种世界"仿生学"层面，它很有可能源自河流改道的经验。倘若没有符号暴力的介入，日常语言的变动就如同河床的变化，在任何一个时刻都无法被察觉。时间于是就不再是认识的先验框架，而是这种信息交换的屏显。用河中沙石做成砂纸，在这一可操作的剧场性暗示中，人们得以通过工具模仿这一信息交换过程，而它自然会带来重量上的改变，却又将《誓言》中的焦虑稀释在了连续性之中。《智齿》这个名字仍然寓意了一种双向性。智齿无法用于人类对对象的切割和撕咬，它从内部涌出牙床表面，以疼痛的方式将切割的痛感反馈给人类自身。在这种体验中，不仅仅是极简主义的"看与被看"，甚至是"咬与被咬"。在智齿的涌现中，人类体验着在连续与切割之间，物质形式所经受的临界状态。

相对于《智齿》而言，《广场》则是另一极的选择。在这一剧场环节，工具蕴含了对于有机世界的暴力否定，对连续性的决然切断。与之前的作品《紫》——通过染色的鸽粮，将广场作为信息交换的连续性场所无限扩散，在此，广场即城市体的有机之"膜"——截然相对，落在钉子上的苍蝇与旁边的锤子诱惑着观众以一锤定音的方式完成场域的收缩与崩塌。正如莱布尼茨在《单子论》第73节所说："我们称之为生育者实际上是发展与增长，我们称之为死亡者是收缩和减少。"在"公海"这一剧场中，对一生命的否定不仅仅是对一孤立对象的摧毁，而是"世界"的瞬间收敛以至于无。是通过《智齿》走向摆放着《紫》的开放阳台，还是一锤定音结束这一"世界"？李钢的物质形式剧场的末端就是这两条截然不同的道路。

虽然对于艺术中物质形式的讨论是一个老生常谈的议题，但艺术家对此需要给出的并非一个结论，而是要尝试浮现形式形成的整个过程。同样，艺术作品也不应该被视为对物质的判词，好像物质形式只是对人类工具理性的无限受让。毋宁说正好相反，在工具理性中，是否有可能物质世界的形式逻辑安然无恙，而人类则被拒绝在外，并恶性循环一般地跌入一个愈加幽深、混沌、充满了畸形拼凑逻辑的深渊？正如莫顿（Timothy Morton）用"暗黑生态学"所归纳的当代人类生存境遇那样，在一种非连续性的"网络"而非"薄膜"界面之中，人类所见只是在光怪陆离的信息杂多之中趋向毁灭的景象。与之相对，在莱布尼茨的"花园"与"池塘"的世界连续性中，物质形式总是在接触与吸收之间难以抑制地扩散、繁殖并趋向神性的完满，这又何尝不可被称为一种"明亮生态学"，虽然它终究不可能是属人的世界。对此，李钢的"公海"剧场，正如各个作品中所展现的双重性及其焦虑一样，并没有给出绝然的选择。属人的世界此刻存在，它没有消失，它仍然如日升月落一般明暗更迭。但是，假如这个世界在一个邈远的推演中终将消失，我们仍需对物质世界本身的形式逻辑进行追忆。正如《单子论》第 74 节所说：

> 这个生命经由受孕之时被赋予进行重大形式变化的能力，它由此而成为另一种生命。甚至在不经过生育的情况下，人们也会看到某些相似情况，如蝇蛹之变为蝇，毛虫之变为蝴蝶。

鲍德里亚曾以书名提问："世界为何尚未消失？"而在行经"公海"之后，我们可以换一种提问方式：

世界为何没有破茧成蝶？

（原载"Kinfolk 基本生活"公众号，2023 年 9 月 27 日）

假如以太不灭

——李昕的"以太绵延空间"

1887年,后来成为美国第一个诺贝尔物理学奖得主的迈克尔逊与莫雷一起设计了物理学史上最精密的实验之一,他们试图挽救一种行将消失的介质观念:以太(Ether),一种虽不可见却真实存在的物质粒子,它以触碰接续的方式将事实发生的接触传递出去。他们将极其平整的大理石板浮于水银这一密度极大的物质元素之上,以追求水平面上最平稳的转动。他们希望捕捉由"以太风"带来的哪怕最微小的光线偏移,这就意味着光撞上了事实存在的东西。但这一实验最终消灭了以太存在的最后一丝可能:光线不为所动,它一往无前,没有遭遇任何阻碍,于是它便成为物理学中新的恒定标准,同时也带来全然虚无的宇宙。从此以后,人们只能在"超距作用"(action at a distance)中理解物体之间的关系:它们彼此孤立,毫无接触,却又被设想着以某种奇迹般的方式彼此影响甚至互相控制。

在李昕的作品前,听他介绍他是如何以极其精细的工序,在长达半年有余的时间里制作他的"画板"时,我想到的正是这个实验。少有人注意到,为了证明以太的物质性存在——稠密、均质、连绵不绝——实验者所构建的"实验平台"已经预先模拟了以太的物质性原则。在人们仍然相信只有触碰才有运动和关系产生的时代,在"笛卡尔空间"中,是物质不容切割的旋涡维持着事物之间的运动与关联,其间没有任何虚无的鸿沟所带来的灾变可能。即使当牛顿试图用"万有引力"在连绵不绝的物质中撕开微弱的缝隙,他也仍然坚持以太的"坚硬"与不可穿透,只是将触碰弱化为一种若即若离（kept at an arm's length）。被现代世界忘记的以太世界，仿佛隐入了李昕的作品中。

在李昕的工作室中，他的作品就像实验平台一样放置。并没有在形体与光线的范畴下探索色谱、线条、聚集与空白，李昕将作品的大部分权重置于"画板"的"密度"之上。他花费极大精力所制作的并非某种形象呈现的载体，而是绘画的高密度空间，其中以太绵延（durée），不可断绝。形象（image）无法附着于其上，笔触（strokes）也无法渗透于其中，操作者既无法利用这一空间，也无法破坏它。画者的笔刷如光线一般扫过空间，在其中紧密相触的物质联动下，一道道光被这一空间所捕捉。作品中被看到的那些纯粹的显现（pure apparences），所显现的是空间自身的密度与传导。与黑洞不同，李昕的"以太绵延空间"并没有将自己笔下的光线导向黯灭，光线经过空间时被凝滞（stagnate）的部分仍是光，这使我们能够观测光线偏移所形成的"痕迹"。这一"痕迹"并非空间所受的腐蚀或者伤痕，而是空间接纳画者绘画行为的证据。

在这一"以太绵延空间"中，互涉效应不局限于局部，任何一处微弱的光迹都会在整个空间中引起传导效应，这种传导间不容发（in hairs breadth），不允许观者设想哪怕最小的挪空而后又增补的时刻。与其他追求"虚空"和"道"的作品不同，"以太绵延空间"不会通过留白为绘画留出确切的填补位置，也不会通过一种故作的"不介入"或"抽离"在荒芜中凸显艺术载体。正相反，在一种看似无物的空间中，世界的丰饶渐次浮现。在每一处看似有形体存在的痕迹边缘，永远在最接近处充斥着另一种痕迹的显现。这是画者笔下之光在这一空间中被恒久揉捏的残留：压强、重力、阻抗以及分形学……空间的自我表达一旦被激发，作品就会在自我表达中趋向于无限，而李昕则恰当地履行了激发者的职责。

画面中的"以太绵延空间"只是受制于现实画幅而暂且停留于一定范围之内，但其中所呈现的传导效应在视觉上则会持续向外溢出。这也就是为什么无论李昕的作品是以多幅连画和片段的形式出现，还是以单一整体画面或大画幅的形式出现，这一空间的统一性都不会被断绝。诚然，李昕的作品有可能会被观者还原为某些存在物的抽象，如河流、如云气、或如泥浆瓦砾，但这些向具象的还原都只有在"以太绵延空间"的触感宇宙中才有其意义。作品中的痕迹让人想到河岸线与气压线，在这些被用来理解自然不可观察的巨大变迁的片段中，世界既轻盈飘忽，又透露着坚硬与阻抗。世界之所以能够被人所见，是因为它持续克服着作为阻碍的自己。在一个被"以太绵延空间"的切片所激发的场中，观者也是被捕入其中并必然引发传导的一道目光（sight），克服了自身僵化的凝视。"以太绵延空间"就犹如一个克莱因瓶，溢出画幅的传导携带着场中包括观看者知觉在内的一切，随即又回到画幅中，如此这般，以至无穷。

在这一空间中所发生的，不就是迈克尔逊和莫雷所设想却又未能得到的吗？假如在这个绝望的实验中，光线哪怕发生最微弱的偏移，搅动宇宙一隅哪怕分毫，人与事物就可以继续相信普遍的触知仍是认识世界存在的基础，孤立与遥控成为常态的世界也就不会降临。在李昕的作品前，我竟然在中立客观的科学实验中体会到了一种人文层面的悲壮。但假如我们不把注意力投注于光速恒定的霸权——"魔说：让爱因斯坦去吧！万物又重返黑暗。"——而是欣赏这一实验本身，这又会如何呢？较之于光线的一触即成（tap-and-go），在实验者的制作中，水银与大理石在浮动中彼此嵌入的稳定状态，这便已然是以太的纪念碑。人们对一个"落后"的科学观念如此执着，只因它曾延伸过我们的知觉，而非仅仅放纵了我们的幻想。迈克尔逊和莫雷的实验结果在今天看来已经平凡且理所应当，但人们仍然能够在水银与大理石的互嵌中完整地保留下那个事物聚集在一起的世界，这个实验今天也确实以其实验平台制作的精美而被铭记。如果"art"这个词同时具有"技艺"与"艺术"两个意思，那么被赦免了科学证明负重的艺术，又何尝不能全身心地投入对于某一世界最彻底的保留与复生之中呢？那也许并不"科学"，却与人类的生活与情感最为恰切的世界？这种关于可感的生活世界的记忆，一个关于孤独尚未成为物质普遍状态的世界记忆，似乎在李昕的作品中缓缓复苏。

这种对于"绵延""密度"与"传导"的失忆，正是绘画在当代所遭遇到的危机的一部分。随着以太世界被抛弃，不可动摇的光开始成为时空的基准，一种对世界整体的触知变得不再重要也不再可能。但很少有人意识到，对以太世界或者说对触感传导空间的抛弃，最终的结果就是摄影对于绘画的威胁甚至全面取代。在《论摄影》中，桑塔格（Susan Sontag）把摄影界定为一种相对于柏拉图"洞穴幻象"之上的数量爆炸。世界不再被触知，而是被局部地挪移、复制和观看。世界由此而被"收集"，正如桑塔格所说："收集照片就是收集世界。"随着光霸权的介入，影像拍摄中的"超距作用"开始影响对于绘画的感知方式，转而变成了描摹、复写与投射主导下的技艺。从别处被誊写到纸面上的画面，无论多么抽象，都仍然必须考虑观众于一定距离之外的视觉感受，仍被摄影的"超距世界"所围困。为了寻求绘画与摄影的内部差异，艺术家开始趋向于纹理与色谱，这些要素有可能突破摄影的像素值，获得某种独属于绘画的视觉效果，但仍然无法改变绘画被以摄影的方式"孤立观看"的命运：在字面上，"目光"（sight）作为"光"（light）的一个变体，观看和凝视因而被理解为当代社会的暴力形式。

收集、孤立与观看，少有人意识到光霸权世界对以太世界的替代可以被理解为绘画以及世界危机的根源，碎片化的描摹使得绘画成为一种无限可替代的对象。只要绘画无法恢复那个被物质触感与传导所充盈的世界空间，人类也就无法在绘画中找到栖居之所。试图恢复世界的以太，终结可替代性的恶性循环，这应当是绘画艺术的当代使命之一。正如李昕在罗丹美术馆占据遗失画作位置的"0"，它们应当不会被再次替换掉。但这并非因为原作存在被寻回的可能，而是李昕的作品并没有作为一个"可替代物"占据那个位置。"以太绵延空间"中的一切显现，都只是关于以太世界的一段"假说"，但它却比可见的片段更为真实。虽然任何一段语言或一幅作品都无法穷尽全部的世界，但倘若一个世界能够传导我们的具体感知，其间没有任何的虚空要以超越于我们之上的力量——那些权力、资本、算式和光速——来填补，那么正如"以太绵延空间"所形成的内外交织的场中发生的那样，一切皆可触及，一切皆是经验。假如以太不灭，此刻的"假说"或者艺术创作也就是总览世界规律之后的作品。如"万有引力"的提出者牛顿所说："我从不杜撰假说。"透过"0"，人们能够看到的不是原作或其替代品，而是原作所存在的那个世界的样貌。我无法收集到任何一幅原作或原始物，抑或是它们的形象，在激活那个世界的同时，我就直接触及了它。

令迈克尔逊和莫雷魂牵梦绕的以太微风会在"以太绵延空间"中重新吹起。光速凝滞之时，似乎所有光的痕迹都从中涌来。

最简单的叶子：欧劲的视觉种植及其解放

在数字乃至人工智能技术极端蓬勃的当下，数字艺术或者广义的多媒体艺术中出现的最显著的现象，就是技术不再甘愿作为一种"幕后手段"，而是在作品的形象中占据甚至剥夺其时空，由此"技术图像"这一概念就被字面地给出。观看这样的作品，往往形同于对技术之"事故性"的目击。如果说人类对于形象的自然知觉是健全机体秩序的交通，那么像素点、色块和几何光影就是其中"事故"的发生。正如交通肇事的影像是对交通规则制定逻辑的最佳呈现，技术图像的"事故性"抽取出的是人类自然知觉的逻辑形态。大部分的"技术图像"都停留在这一形态的终结处：闪现、撞击、拼接与波形涌动。在技术图像的艺术潮流中，观众的视觉对象被这些别样的终结性形象所替代，这些作品都或多或少声称触及了视觉形象的本源。这种本源性的形象如同被从自然形象中抽取或分裂出的某物，尾随其后的修辞——震惊、溢出与异质——如同彗星之尾，绚丽多彩，却本是摩擦力所致。

但欧劲的作品则并非如此，令人惊叹的恰恰是其技术图像的流畅度。这种流畅度甚至带来了一种极度的安全感，一种在视觉上引发的心理层面的承诺：在到达本源之前，没有任何东西会遭到破坏。

理解欧劲的技术图像需要基于一个更根本性的问题：当技术手段被运用于艺术之时，艺术究竟是煽动了技术与人的自然知觉之间的分裂主义，还是将它们弥合并进一步地对人的知觉及其形成环境进行探索？这一问题上一次被严肃面对并有所产出的时代在近代18—19世纪。为了在本质概念与现象的偶然性之间寻找调和的可能，德国伟大的诗人歌德最终发现，这种可能性并不在于技术对感知向更"高级"的提升——比如看到某些本不可见的或反知觉之物——而是在于向更为"低级"的原初知觉载体的探寻。

在《植物变形学》中，歌德试图寻找"原初植物"，在他创造的"形态学"中，植物演化始于"最简单的叶子"。这片"最简单的叶子"并不是一个经验对象，而是一片边缘模糊的感知地域，人类感知与外部对象在这里发生了最初的融合，形成了人类最初的直观范围。技术，即一种知觉的"地缘政治"——其任务是对知觉范畴的原始条件中的优劣之处加以澄清——在感知中促成对这种原初融合的回溯性探索。

正如美国哲学家怀特海（Alfred North Whitehead）在《过程与实在》中提出的"永恒客体"所意谓的，如果"事故性"的技术图像凸显了"感觉材料"的简单性，其现实化不涉及对那片"最简单的叶子"的探寻，而只是分离出可供并置的"技术化对象"，那么欧劲的技术图像则展现了另一种相对立的复杂性："感觉材料"不能为了进入任何实际存在物之中而从其潜在性，也就是从它所关涉的"永恒客体"的模式化关系中脱离出来。让我们简单地说，理想的技术图像不是通过技术手段将知觉及其对象从它们伊甸园的土地中连根拔起。相反，技术图像蕴含了一种视觉的"种植学"。从横生的视觉形象末梢返回它的根茎乃至种子，这并不是我们旁观的某一外部过程，因为这本身就是我们赖以生存的视觉自身的种植史。

欧劲的作品充满了这种连贯的追述过程。虽然在早先的静态平面绘画中，这种过程的现实化无迹可寻，但它们依然会引导观者将对作品的观看潜在地作为对视觉自身的分析。这些综合材料绘画促使我返回了20世纪90年代风行的三维立体画的视觉经验。为了辨别其中的具象，人们必须将视觉解析为一个机体过程，对眼睛的焦距进行强制调整，甚至需要将两只眼睛的分离性字面化处理（在自然状况下，我们意识不到这一分离性），在左右的视觉差异中得到新的模式化关系（这一差异化生成的技术性过程，实际上也是图片渲染和裸眼3D的原理所在）。

但与追求具象识别从而使人晕眩的三维立体画不同（某种程度上说，这是一种典型的"事故性"技术图像体验），欧劲的作品提纯了这一过程，仅仅将其作为数字程序的生命体同构。不再是为了破解技术图像的"高级诡计"，而是将视觉自身的生长过程现实化为作品。某种程度上说，欧劲的作品不是在展览中事先存在的，而是在作品被观看时由观众自身的视觉分析所创作的，其中没有任何被外部输入的知觉信息或梗阻。欧劲似乎不是在操纵作为艺术生产平台的技术媒介，而是处于技术媒介和观众之间，他所创造的是一种数字媒介与观众生命体间的创作共鸣。

基于这种连贯的视觉分析实验，欧劲的动态影像进入了新的现实化阶段。"视野中没有任何东西能够使人推出，它是眼睛所看到的"，维特根斯坦曾指出的这一事实仍然是视觉艺术中的根本性问题。这一事实所引出的结论是："我们的经验中没有任何部分是先天的"。庸常的影像艺术的目标是，对某一视觉经验展开过程之外先天的稳定器官造成某种冲击，如同陨石撞击给定视域的屏障（实际上，大部分数字影像艺术都停留在这种"陨石撞击"

模式的视觉体验之中）。这一视觉关系模式的竞争力是如此羸弱，因为它脱离了影像与观者视觉的同调共鸣，在将人类视觉囚禁于硬边界之下的同时，使得技术影像呈现为僵死的、有限且鲁莽的形态。

这样的影像无力探讨欧劲的动态作品所关涉的主题：沉迷、巴洛克以及视觉的全尺度展开。无论是《圣特雷莎的沉迷》还是《灿都》（根据创作者提供的信息，"灿都"本就指一种花），欧劲动态作品的奥秘在于我们从中看到了自己的视觉，而非目击侵入有限视域的外物。于是维特根斯坦的疑难在这样一个层面上被消解了：我不是通过眼睛这一器官向外看，而是当我使用眼睛的时候，我就看到了我的视觉本身，而我的视觉器官被我所看到的事物的形态分析着，塑造着，这是我"真正"看到一个形象的原因所在。正如一种能够随时激活的飞蚊症症状，当我们盯着蓝天不放，就会看到蓝色的浮游颗粒在距离眼睛最近的地方扰动。那是我们所能目睹的"感光性"，也是天空视觉的最简形态。

由此，欧劲的《圣特雷莎的沉迷》实际上也介入了艺术史层面的讨论。《圣特雷莎的沉迷》本是巴洛克艺术大师贝尔尼尼的雕塑，"沉迷"在艺术史中被托付于巴洛克风格，因其相对于古典艺术的比例扭曲。这一解释在欧劲的同名作品中得到了它的当代版本：如果比例或尺度的变化相对于古典艺术秩序来说，是一种基于比较而被判定的"扭曲"，那么"视觉的巴洛克"则要说明，在朝向视觉的原发地域回溯的过程中，比例与尺度在一种连贯的展开中本就没有可比较的固定量值。技术图像如果具有某种力量，那么这种力量也绝非要制造新的物象，而是正相反，它驱赶着人类的器官，对视觉本身进行无止境的分析，在稍微触碰到行将就木的形象的边缘时，就立刻滑向了新的视觉尺度展开。圣特雷莎的沉迷如果被理解为一种被认可的神圣爱欲，那么避免偶像崇拜的"圣象破坏"就必须寓于沉迷之中。

这就是欧劲的动态作品所展现的进程。在此，眼睛这一视觉器官就摆脱了对它的屏幕想象隐喻，成为某种通道。正如德勒兹在评论弗朗西斯·培根"肉的巴洛克"时赋予眼睛的新形象：在船难可能要发生时，在闭锁的床舱里，通过墙板上小孔向外窥视的水手，仿佛整个身体要通过眼睛逃脱出来。在注意力经济泛滥的当下，视觉被从一个牢笼投向另一个牢笼，与此同时欧劲的作品似乎提供了一种视觉解放的体验，但这种解放不是简单地堕入混沌与涣散。就像歌德试图发现的"最简单的叶子"，作为一种理念中的存在，它是人的知觉与外物形态的第一次联姻。这种理念唤起了一种确切的感知秩序，那是感官与外物彼此邀请后的共舞。人通过感官确认了这样一种技术能力：我想要具有何种形态，取决于我是否曾自由地、仅仅凭借我的感官触碰了它。

在这个视觉被普遍中介化，以至于我们也许对自己的感官一无所知且无从控制的时代，我似乎能够在欧劲的作品中得到一种祝福：

愿你对世界大全过目不忘。

艺术的公共价值及其"失窃"

在那些揭露当代艺术欺骗性的文章中,总会包含一些关于当代艺术阴暗面的"冷知识"。但在这些学院人士的檄文中,作者所能告诉你的第一个冷知识又往往是最简单的一个,那就是这些艺术品"竟然"值这么多钱。

这确实是一个不折不扣的冷知识,即使在那些与我有直接合作关系的艺术家那里,我也并不知道他们作品的确切价格,这个问题在整个关于作品的理解与讲述中几乎不会被问及。展览宣传册也不会像超市宣传册那样对艺术品明码标价。如果没有这些学者的批判文章,当代艺术品的价格似乎从不曾在我们实际的鉴赏中占据一个显著的位置,虽然我们大概知道它们必然具有不菲的价格。

但还有另一个获知艺术品价格的诡异渠道,那就是关于艺术品失窃的新闻。安迪·沃霍尔的作品在过去两年有过两次见诸报端的失窃新闻。2015年末,哈芬里希特画廊(Galerie Hafenrichter)总监在向杜塞尔多夫运送一批艺术品的途中,遗失了两幅沃霍尔的丝网印刷作品和一件奥托·皮纳(Otto Piene)的作品,这三件作品共计价值约10.8万美元。半年后在美国,沃霍尔的七幅《金宝汤罐头》画作在密苏里州一家美术馆内失窃,美联邦调查局悬赏2.5万美元征集线索。

失窃似乎成了艺术品真实价格被官方发布的最权威的方式,只有在当代艺术品以非法占有的方式"消失"于公共展览之际，价格才会作为知识显露出来，并且在治安层面也具有了官方指定的价格。实际上，在关于当代艺术的批判文章中，虽然批判者会尽量规避，但我们还是很难忽略其中以"价格"先导"价值"判断的论证机制。换句话说，一旦以当代艺术作品"竟然值这么多钱"入题，那么艺术在一开始就被预先退化为一种商品，此后的一切就与艺术无关了。对于当代艺术的批判与艺术品失窃实际上有着同样的呈现逻辑：在当代艺术被个人占有而无法真正出场的时候，它的价格，或是一种有着明确功利指向的工程——在某些批判者笔下，当代艺术会被描述为一种颠覆别国艺术精神的敌对行为——就是它唯一的身份了。

对于当代艺术，尤其是波普艺术，人们往往存在这样的误解，即认为比如沃霍尔的作品本身是对商品化的展现。但实际上，事物的商品化最终总是取决于一种占有的意向，而当代艺术作为一种艺术景观，并不必然要与这种意向捆绑在一起。波普艺术常常呈现为一种"多"，对于观看者来说，这更类似于我们仰望星空时所看到的东西，而除了在科幻小说中，我们不能对任何一颗星星产生购买的意向。如今我们最常体验到的情形，就是我们可以走进具有艺术气息的店铺中拍照，而不必购买里面的商品，此时没有出场的反而是事物的商品属性了。我的一位艺术家朋友曾经拒绝出售自己作品的部分组件，他认为这会导致自己的艺术品不复存在。

因此，只要读者们稍加反思就会发现，价格先导的批判思路并非直面艺术品的价值，而是关于私人占有所要付出的代价。当批判者说"这样的作品居然值这么多钱"的时候，他总是试图将这个疑问直接导向对于艺术品价值的否定,但这是不恰当的。我们应当试图提出一个更连贯的也更开放的问题:"为什么对于这些作品的私人占有居然要付出如此大的代价?"而不是"如果我有一个亿我才不会购买波洛克的作品呢"这样的私人决定,更何况对于大多数听众以及批判者本人来说,这个问题的假设前提也许永远无法达成。

但这样的批判至少有一点还是毋庸置疑的,那就是这些价格确实是极端荒谬的,对于沃霍尔作品失窃案的悬赏就显现了官方认证的荒谬之处。美国美学家布洛克在他的《美学新解》中已经问过这个问题:如果杜尚的小便池在运输中摔碎了,那是不是在当地随便找一个新的仿造一个签名就可以了?这个问题揭示的更深层的问题在于,当代艺术是没有"赝品"的。在这个意义上,当代艺术确实具有天然的"欺骗性":对于想要赋予它艺术品地位,并进而对其进行私人占有的行为来说,正如批判者所言,对于买家它总是"欺骗"的。在当代艺术的语境下,私人占有总是形同将艺术品从公共性中"窃取"出来。

因此,高昂价格也许并不只意味着当代艺术已经令人发指地功利化,而是它是如何在与资本的博弈中让后者付出越来越多"不值得"的代价,而私人占有无论付出多少代价也无法将当代艺术的公共性完全抹杀。在旧时代,美术作品在产生伊始就是被特定的个人和机构占有的,教堂穹顶画是画家所属的特定职位的"任务",作品属于教会而并没有真的进入公共的观看与流通。在当代艺术产生之前相当长的历史时期里,哲学家、艺术家甚至作家都不是我们今天所说的完全意义上的"艺术家",他们可能是家庭教师、教会雇员以及贵族的门客。相对于他们来说,当代艺术家往往没有固定工资，要自费进行艺术品的制作，收入完全来自作品认购，还要被画廊抽成……这其中巨大的生存风险往往是学院学者所看不到的。那些被批判者所看重的艺术价值在美术时代总是被事先征订的，这就是为什么在图像志研究中，经典的美术绘画总是一些"命题作文"。而在当代，在越来越趋向于平面的绘画与物质性的装置中，艺术时刻向一种公共的分享机制开放，它的价值不在于"真品—赝品"的对照，而是弥散在公共生活中的蓄势待发。它们可以通过复印而不丧失太多原作的品质，可以以较低的像素在网络上被快速传阅。

在20世纪60年代后期，沃霍尔实际上已经告别了波普艺术而投身到媒体艺术当中，因为在媒体传播面前，可复制的波普艺术就显得是一种笨拙的公共分享机制。而对于杜尚来说，他在已经批量生产的制成品上签名，这一行为证明了艺术家与作品独一无二的联系并不需要在作品产生之前就被个人预订，而是可以在生活中的某些时刻即刻产生。无论是便池、滑雪板还是盒子，这些当代艺术家说明了艺术可以是天然公共的，而它觉醒为艺术品总是在某一决定性的时刻和场合，在此之前则是漫长的公共性的历史积累，这就是为什么在当今的前沿理论中，艺术经常被视为一种"事件"，它既是即刻的，也是历史的。这也就是为什么美国二战胜利游行中的那一吻的照片会长久地留存在当代艺术史中，那一吻与杜尚的签名具有相同的功能，而想要私人地占有这一吻则几乎是不可能的，虽然它在理论上同样可以具有它的价格。

传统美术是"被预先占有的无价之宝"，而当代艺术是"天然公共的有价之物"，它们之所以都是艺术，就在于它们之中包含了某种必须面对的悖论。对于旧时代来说，艺术的商业非功利性只有通过预先的个人占有才能被保证。而在我们的时代，当代艺术是一种公共性的象征，它意味着我们所要为公共性付出的代价也许必然包含着对商业消费某种程度上的承认，理解当代艺术就意味着保持高度的自我警觉，而不是如美术时代那样，将艺术品的永恒价值托付给教会和经典文本就可以抽身而出了。

为了实现一个积极的属性——对于美术来说是无功利，而对于当代艺术来说则是公共性——艺术就必须要面对与其一并打包的另一种风险机制的挑战，并在挑战中进化而非走向终结。这就是为什么在每个具有崇高指向的公共行动之后，总会掀起一场消费主义风潮，这种被学院人士普遍反对的消费主义确有恶化的可能。但是从积极的角度讲，只有通过可消费的平等性，我们才能保证文化记忆的鲜活，让公共行动的精神遗产不至于被彻底遗忘。

因此，批判者所给出的当代艺术品的价格是这样一种东西，它是当代艺术的天然公共性对于资本匿名权力的捕获，而不是资本对于当代艺术的征用。也就是说，为当代艺术付出高昂经济代价的资本家在当代艺术的哄骗下为可消费性提供了承诺，这使得艺术从根本上断绝了退回美术时代预先的个人占有的牢笼。当代艺术的欺骗性所欺骗的并不是广大受众，而恰恰是那些付出高昂代价妄图抹杀艺术公共性的买家。价格为当代艺术的价值提供了真正的空间，而一旦这一空间被彻底开启，当代艺术还是不是"艺术"，就不再是一个重要的问题。

一旦无视当代艺术的这种机制革新，而依然参照传统美术的价值观，我们就很容易把当代艺术的视野集中在那些"经典"的当代人物身上，这就是当代艺术批判者的视野长期停留在杜尚的小便池之上的原因。事实上和传统美术不同，当代艺术中的经典人物并非代表了当代艺术的最高水平，他们反而是最初级的，他们建立了当代艺术机制中如何保证公共性的基本方式。在今天的当代艺术中，艺术家已经不再强调原创性，而是去发现、重组和改造自然与社会当中已有的东西，这些东西总是在原则上能够被一般人所观察与共享，并且能够被大众根据自己的生活经验来进行理解和鉴赏——艺术的生活化不是艺术的降格，而是赋予公共生活以更多的评介权力。从某种程度上讲，对当代艺术基于价格的批判本身也是当代艺术机制的产物，对于我们完全没有艺术实践能力的学院学者来说，如果不是当代艺术机制提供了某种超出美术专业之外的话语空间，那么我们对于艺术的批判就永远是不可能的。

所以，也许我们应当质疑的是价格先导的艺术批判对于大众与当代艺术之间的关系来说是不是必要的，因为即使我知道了高昂的价格，我与当代艺术的关系也并没有受到什么干扰。在最近看到的文章中，我很惊讶地得知如果想要把波洛克的作品私有化竟然需要1.4亿美元，这对于像我这样的波洛克的粉丝及石玫瑰乐队的乐迷来说——这一历史地位极高的乐队曾用波洛克的作品作为专辑封面，并为波洛克的死写了一首名为《Made of Stone》的经典歌曲——确实是难以理解的：为什么这些有钱人不能像我一样每天循环播放这首歌，每天看一看专辑封面呢？在这一廉价而又正确的理解途径中，1.4亿之于我们正如我们实际的经济处境一样，它并没有成为一个横亘在我们与当代艺术之间的障碍。

也许只有在这样的时刻，我们才能理解安迪·沃霍尔那句"我相信媒体就是艺术"。我去年买了印有这句话的印花T恤,它的价格是99元人民币。

(原载"凤凰文化网"2017年5月2日,原标题《那些你看不懂的当代艺术,凭什么卖那么贵?》)

智术师的事业：侦探与本格

> 大街在我的周围震耳欲聋。
> 走过一位身穿重孝、显出严峻的哀愁
> 瘦长苗条的妇女，用一只美丽的手
> 摇摇地撩起她那饰着花边的裙裳；
> ……
> 电光一闪……随后是黑夜！——用你的一瞥
> 突然使我如获重生的、消逝的丽人，
> 难道除了在来世，就不能再见到你？
> ——波德莱尔《致一位交臂而过的妇女》

在《发达资本主义时期的抒情诗人》中，本雅明举出了波德莱尔的这首十四行诗，在诗人的眼中，这个他刚刚爱上的女人恰恰是由于这种爱的发生，才被都市瞬间吞噬。但究竟是什么幻想让他写下了"除了来世，就不能再见？"本雅明指出，这是一种对都市大众形象的恐惧和震惊，它既能激起诗人的冲动，又使任何个人的感情无法得到保存。然而，这个"无法再见"的女人会消失于何处？本雅明说，对于诗人来说，这个女人以及她所带来的瞬间的爱本身是由都市大众衬托而又抹杀掉的一种神秘。但是也许他没有说的是，惊鸿一瞥的女人被"人海溺亡"也许不仅仅是一种比喻，它还意味着这种抽象的消失连接着一种具体的死亡：她走过广场，走向遍布都市的任何一条小巷，就像在黑暗的森林中冒险。也许明天，我就将看到报纸上她尸体的照片，那是一种具体的神秘。波德莱尔在著名的《腐尸》中所描绘的那个"生机益然"的尸体,也许就是这个交臂而过的女人?

自11世纪以来,工业发展与文化教育带来的共通人性曾一度遏制了暴力的幽灵,而这一幽灵在19世纪卷土重来。现代文学史上被认为是第一部真正意义上的侦探小说——爱伦·坡发表于1841年的《毛格街谋杀案》大致就出现在这一时期。然而,这部侦探小说的开山著作首先让人记住的并非侦探杜宾的智慧和逻辑,反而是被非人性化的暴力破坏的支离破碎、血肉模糊的受害者尸体。没有波德莱尔的诗意,爱伦·坡带来的更多是一种由尸体本身显现的极致暴力。然而这种极致的暴力反而成为侦探智慧得以施展的平台:极致的暴力反而使得人的尸体作为"证据"提供了更多的线索,"为什么要如此残忍……"曾经作为一种道德谴责,而在侦探小说里则成为一种提问的出发点。面对恐怖时,侦探这种冷静到近乎缺乏人性的态度,构成了侦探小说的基本气质。

侦探小说除了伴随着一种理性必胜的信心,还伴随着诸多随机的恶,而更加引人入胜的要素通常是后者。虽然每个青年人也许都被作家笔下那些智慧的大侦探们所吸引,但是与其说他们是思想者,倒不如说他们是一些导游,而我们对恶的好奇实际上远远多于理性和正义。在千年之后,19世纪后的大都市已经不再是亚里士多德所设想的那种城邦,那种善与恶虽然混杂但泾渭分明的政治环境,发达资本主义时期的都市呈现为一种纯粹的"杂多"状态,人潮就像虚无主义的潮汐,把写在都市沙滩上的爱与同情轻易地就抹去了。最初的侦探小说里这种恐怖小说与推理小说元素的结合,仍然带有哥特小说的影子:人所面对的恶来自自己之手,城邦有其外部,而大工业化产生的都市则没有。然而,与哥特小说不同，弗兰肯斯坦，一个被人类工业制造出来的怪物，在保留了线缝等传统手工艺痕迹的同时也保留了对人类灵魂与善的向往，而不是一个非人，这仍然是早期哥特小说所具有的基准。在西方宗教信仰依然厚重的年代，奥古斯丁这样的神学家毫不犹豫地把恶归为人的意志，而非这个世界上实然存在的东西。然而对于侦探小说来讲，这种题材恰恰反映了一种将恶看作客观性存在的意识：擦肩而过的女人走向之处，恶就在那里。今天，尤其是在西方资本主义国家，犯罪率而非善举成为衡量治理水平的重要标准：凶杀案的尸体和现场成为在波德莱尔笔下那个令人震惊的、难以捉摸的都市唯一能够凝固的可能，换句话说，每一个侦探小说中的死者都是被都市人献祭的羔羊，凶杀案及其侦破是一种理性与暴力的合作，这种合作使得侥幸存活的人能够进一步消除对都市的震惊和恐惧。青少年不会关心《名侦探柯南》中那数量庞大的受害者群体，而仅仅关心江户川柯南发现真相时自信的微笑：真相只有一个！通过侦探小说，我们得以把城市的骚动通过凶杀案这一"装置"捕捉下来。

可以说，现代人对侦探小说甚至推理小说的喜爱，首先并非因为逻辑和通俗性，而是由于作为当代"智术师"的侦探符合一个现代性最初期待的王者形象。在古希腊与哲人相对立的位置上，"智术师"被描述为技术的、生产的、属人的、制造物像之幻象的，本人亲力亲为的，以及一种佯装有知的无知。侦探小说最初确实是一种"智术师"的事业，越精密的逻辑语言，反而越容易激起对于负面价值的认识。这种事业对大众的感染力之所以强于哲学家的事业，是由于在人为引出的复杂辨析中，语言中生产出的正义要一次又一次地战胜语言中生出的邪恶，而哲学家的事业则只利用反讽使恶的一方变得空乏，而非一次又一次让它们登台。对于作为智术师事业的早期侦探小说来讲，正义的智术化也相应地造成了邪恶的智术化：莫里亚蒂教授不是作为邪恶的一方出现在福尔摩斯的对立面的，他们只是两个互相竞争的智术师。

然而，也许我们应当把这理解为发达资本主义时期，通过文学进行抵抗的一种不得不然的牺牲。侦探小说有时被认为是我们所熟知的那些"粗浅文学趣味"的代表。朱光潜在《文学上的低级趣味》中把侦探小说、色情、黑幕、风花雪月、口号教条归为五种低级趣味，而同时这五种文学形式又在文学史中起到了不同程度上的革命性作用。比如对于色情文学来说，劳伦斯（David Herbert Lawrence）意图通过它树立美国的本土性，而巴塔耶（Georges Bataille）意图从污秽的异质性学中找到崇高，侦探小说也是通过对恶的寻求来重新返回人类理性的实底。侦探小说是一种"装置"，也就是说它是一套被运用的协同关系。我们并不能简单地说侦探小说是一种不道德的文学样式，实际上应该通过侦探小说看到的是，在发达资本主义时代，个体数量膨胀，城市本身发展的内部无限性，"中心"与"边缘"城市越来越清晰的区位区隔。如果我们愿意采用"国家意识形态机器"这一说法来描绘西方资本主义社会，那么"装置"无疑是一种脱胎于"机器"而又站到其对立面的东西。在侦探小说中，官方的警探往往是十分无能的，而精明的侦探又往往是来自民间的。侦探与犯罪者从两个方向对资本主义国家机器施压，官方侦探的无能表现出的并非个体的无能，而是整个治安体制的木讷。而侦探的形象则更像当代的马基雅维利式的君主：一面为了侦破案件而不断地与恶和暴力协同，一面又以正义化身的形象出现在读者面前。从某种程度上来说，卡夫卡的城堡似乎与贝克街别无二致，只不过到达城堡的人对于官僚机器的知识一无所知；而在贝克街，任何人都可以到达这个城堡，但必须接受福尔摩斯的知识与档案资料的洗礼。著名的侦探形象夏洛克·福尔摩斯与其说是一个靠理性取胜的侦探，倒不如说他是靠知识取胜的。在柯南·道尔（Arthur Conan Doyle）笔下神乎其技的演绎法中，与其说是推理在起作用，倒不如说是敏锐的观察在起作用。福尔摩斯这一形象给人留下最深印象的，并非是他的聪明才智，而是他详尽的档案整理、能够分辨几十种烟草残碎的生僻知识，以及连地球围着太阳转都不知道的知识盲点。

在这一人物形象的处理上，我们似乎能够看到侦探小说这一"智术师"事业所具有的自我反省的端倪：一种更倾向于客观知识推动而非人造语言逻各斯的追求。这也许就是柯南·道尔原本设计的最终章《最后一案》的寓意：福尔摩斯和莫里亚蒂一起坠入悬崖，而一直在身边保持"无知"状态的华生医生存活了下来。我倾向于相信，华生医生这一形象代表了另一种人，也就是医学师，他们认为理解人是什么，人形成的原因和存在，并不需要进入一种勾勒对立图式和逻辑图示的精确研究中才可以做到。医学是"粗略"而又自然的技艺，它对哲学与智术都持一定的开放态度，而又不倒向其中任何一者。这导致了华生在福尔摩斯面前往往是愚笨的，而福尔摩斯又对这个愚笨的伙伴不离不弃，这也是作者无意之中对作为智术师事业的侦探小说写作采取了一种审慎的态度。

我们不得不承认福尔摩斯这一侦探形象也许在推理的逻辑层面上的成就并不是最高的，但是他是第一个在人文层面力图矫正侦探小说早期所具有的偏颇和戾气的。早期侦探小说中理性与暴力的合作关系，使得侦探的理性本身也成了暴力，一定程度上爱伦·坡笔下最初的侦探形象是一个强大的先知形象，对他来说，死亡与罪恶只是有待施展神力的基础，而他真正的暴力性，恰恰来自一种写法上的非神秘化，这使得侦探小说最初的理性暴力是现实而直接的。事实上，在各国推理小说家中，很多人多少都保留了神秘主义的因素。这虽然从小说的阅读上可以简单地视为吸引读者的噱头，但是从更深的层面上来说，神秘主义为侦探的至高理性能力与直接的现实性之间添加缓冲区，使得至高的理性能力并非直接作用于现实，而是作用于对神秘力量的消解，而当神秘事物获得消解之后，对于人本身的怜悯虽然没有明说，但也被作为一种剩余而被自然地保留下来。我们在江户川乱步、约翰·狄克森·卡尔的《三口棺材》以及后来京极夏彦的"变格"推理中都可以看到这种神秘主义的缓冲。

在福尔摩斯出现之后，对于侦探推理小说的理解就进入了一个走向日常层面的理性分析阶段。侦探就是一个把观察到的散落的、具有欺骗性的事实重新进行"救赎"的人。虽然他最后为侦探提供的位置更接近于一种"官方的先知"，他没有赋予侦探以独立的批判意义和反抗意义，但是他的理论代表了侦探推理小说进入了一个"表层"阶段：无关乎正义与邪恶，人道与暴力，所有的东西都放在台面上有待理性化。

这种转化基本上导致了传统侦探小说的终结，而进入了所谓的"本格"与"新本格"推理的阶段。由于这种推理范式要求在第一时间把所有的要素都表面化，于是就改变了智术师与"装置"之间的位置关系。在早期的侦探小说中，"装置"是智术师的造物，他无怜悯地蔑视着自己发现的恶，并通过与恶的配合蔑视着都市的无常与国家机器的木讷。而在"本格"阶段，智术师被带入一种有限性之中，进入了一种"装置"之中。无论"本格"还是"新本格"，都与"密室"有关。简单地说，"本格"意味着在一个"密室"中作案，而又不留下痕迹地逃跑，使得空间重新密闭；而"新本格"意味着，作案之后在尸体周围建构一个"密室"。

"本格"推理使侦探小说的写作难度大幅提升了，而根本上说这也标志着侦探推理小说立场的彻底改变。如果说过去的侦探小说所描写的还是一个探索者，一个发现者，那么对于"本格"推理来说，智术师就进入了一种立法者的事业。更为重要的是，在"本格"推理中，由于都市的杂多和无限造成的恐惧，转化成了一种充盈的恐惧，知识与档案已然不能弥补逻辑和推理上的偏差。此时的现代智术师们，就如同还没有望远镜的中世纪天文学家，他们仰望着想象中有限的星空，思考着自己在宇宙中的位置。他们不再靠语言推理，沉默不语无法开口，只想象着装置如何运作。

"本格"推理所表现的，不再是传统都市侦探小说中个体命运的积累，而是一种集体处境的刻画，智术师的事业反而成了一种逆流而上的事业，它最终带来了一种古典悲剧性的复活。当我们回头来看早期那些形成某种类型化形象的侦探小说时，我们会发现这里我们恰恰忘记的，就是侦探小说本身所具有的悲剧性，侦探的破案过程一定程度上说模仿了罪犯的逻各斯，但对于受害者来说，这一题材本身的悲剧性被遗忘了。对于早期侦探小说来说，作为一个个案例积累而来的凶杀档案并没有反映那个时代人的集体命运。爱伦·坡笔下的侦探是一个与恶协同的至高理性暴力者，柯南·道尔的福尔摩斯则是一个"知识人"，他更多地代表了法则与证据，一种符合"真相"的阶段。那么在这两个阶段之后，现代推理小说走向了一个"融贯"的阶段：它力图在一个有限的空间内，用装置去模仿宇宙学的观念，如果说都市之中的侦探题材表现了一个无节制的纯多的宇宙，那么"本格"的宇宙就是一个可思议可揭示的，属人的宇宙，从而把受害者与装置之间的关系变为一种基于死亡的充分和谐。在岛田庄司的《斜屋犯罪》中，整个城堡以及内部的装饰品都被用来当作运送凶器的装置；而在《占星术杀人魔法》中，对于尸体的再拼贴则揭示了数凌驾于人类感官之上的事实。于是对于本格推理来说，死亡并非一个无关轻重的逻辑起点，也不是一种通过模仿邪恶而指向的逻辑结论。在"本格"推理下，死亡本身是一种和谐的最终达成：一种逻辑上充足必然的死亡也就是一种对于生命价值的肯定。在"本格"推理中死亡是重要、难以达成而又语境化的，对于我们来说，每一个"本格"推理都是人之于命运之不可抗力的装置艺术表达。

"本格"推理所能达到的融贯，并不仅仅依赖于逻辑上的滴水不漏，还在于要考虑人自身的诸多认识问题，利用人对空间理解的限度达成的《斜屋犯罪》，利用人感官上的疏忽达成尸体拼接的《占星术杀人魔法》，利用一个人与社会的疏离达成的《嫌疑人X的献身》。与早期的"恐怖小说"元素不同，"本格"推理中的"装置"之所以更加精妙和震撼，反而在于它更关注人的经验，它所带来的死亡不是简单的凶杀，而是一种对受害者经验挖掘殆尽之后所带来的自然象征。如此一来，这样的侦探推理虽然不再明显地关涉到正义与邪恶的问题，但是却开启了一条通过科学和经验重新进入城邦的道路。虽然它是以危险装置的形象呈现出来的，但是它通过这种死亡的威胁一开始就将理性的和谐置于了一种生命的"例外"之中，在这种对死亡的阅读中，读者常态的存活状态得到一种"例外"的净化：它得以为我们开辟原发性的"生命主权"。一种合情合理的生死规律，通过这种"净化"，主权感避免了暴死的恐惧感。

这种"生命主权"使得"本格"推理还具有一个特殊的现代侦探形态。在《豪斯医生》中，医生豪斯正是作为一个本格推理中的侦探形象出现的。医学自始至终要面对的重大问题，即如何在对生命的主观性同情与对疾病的客观性科学态度之间求得平衡，这就是这部美剧作为"本格"推理给以的诸多矛盾而又和谐的教诲：不要相信病人自己对自己生命表述的任何内容；但凡已有经验不通，则说明有表面的东西被遗漏；在道德压力和生命之间坚决捍卫人求生的"生命主权"。可以说，现代"本格"似乎作为智术师事业的最终阶段，它不再热衷于生产对立面，不再试图与哲人争夺地位，而是退回到一种实践性的和经验性的逻各斯，一种悲剧净化，一种立法者的职责。

雷蒙德·威廉斯（Raymond Henry Williams）在《现代悲剧》中说道，我们在古希腊的悲剧中所看到的："不是被普遍化了的个体行动，而是被个体化了的普遍行动。"[1] 在可见的文学史内部，我们看到的是一种由"戏剧性"堕落到"文本性"的历史进程。戏剧始终是作为"文学"场域中的异质性存在者而存在着的，因其看上去并非一种叙述性的文体，不论是古希腊的戏剧还是当今的现代戏剧，我们在谈论戏剧时都很难去如此这般地形容，即某一戏剧"讲述了"一个怎样的"故事"，而更多地（也更自然

---

1 [英]雷蒙德·威廉斯：《现代悲剧》，丁尔苏译，南京：译林出版社，2007年，第80页。

地），我们会说某一戏剧"表现"了一个什么"景象"，这种表述方式一定程度上佐证了戏剧的异质性。人们很容易注意到，我们很难提出一个关于戏剧的整一的批评视域，和小说或诗歌不同的是，戏剧的物质性承载者更加难以逾越：戏剧很难离开其物质性的表现形式来进行一种纯粹的内在批评。翁托南·阿铎（Antonin Artaud）的《剧场及其复象》就含蓄地体现了这种戏剧的"物质性"基础："（残酷剧场的）残酷指的是，事物有可能对我们施加更恐怖、更必然的残酷。我们并不自由，天有可能塌下来，戏剧的作用，首先就是让我们知道这一点。"[1] 被苏珊·桑塔格誉为戏剧转折的翁托南·阿铎所具有的转折意义根本上是用戏剧所具有的"物质性"将戏剧从其他文学场域中解放出来，"残酷剧场"试图建立一种更加真实的意向性，一种可充实的戏剧存在。身体被作为一种实在的物质植入戏剧表演当中，当剧场本身呈现为"世界"的时候，人们会担心剧场本身的崩坏，而此时一切对戏剧的批评都将被作为"内部批评"而宣布无效，戏剧呈现了人们此在的世界，而非一个想象的可能世界。

如果我们把"本格"推理小说当作剧本来看的话，那么无疑这类推理小说是最有希望被拿到剧场上的。阿加莎·克里斯蒂的名剧《捕鼠器》虽然并非装置杀人案件，但是她也在"雪夜山庄"模式中，通过人心之间的猜疑与疏漏完成一次具有"本格性质"的侦探推理戏剧。像《豪斯医生》这样的现代医学推理剧可以被制作成每集一个故事的系列剧，而很多本格推理的题材，也被诸多电视剧或动漫照搬。这似乎说明侦探推理小说恰好走了一条逆流而上的道路，从个人性走向了集体性，从文本性走向了戏剧性。

---

1 [法]翁托南·阿铎：《剧场及其复象》，刘俐译，杭州：浙江大学出版社，2010年，第92页。

在优秀的侦探推理小说当中，核心诡计越来越简洁而精致，文章篇幅也越来越精练，这种向一种古典型悲剧的折返可以说是当代文学界的一股独特的清流。"本格"推理具有明显的去语言倾向，这与将逻辑视为根本的分析哲学最初的意趣是相符的。英国分析哲学家达米特（Michael Dummett）说道："思想及其构成含义形成了一个永恒的'第三领域'和一些不变的实体，这些实体的存在不依赖于被把握或被表达。"[1] 这无疑表达了一种对于融贯的"装置"的追求。如果说最初的哥特小说是为类人装置灌注了灵魂，那么"本格"推理则是将人本身作为灵魂放入有限的宇宙当中。正因为如此，我们说侦探推理小说无疑是重要的，并且它可能是当代最贴近古典悲剧知识的一类文本。在装置杀人小说中，"密室"的形象就如同某种神话的遗迹，人们进入它，就好比悲剧行动者进入了神话的躯体。德国哲学家雅斯贝尔斯（Karl Theodor Jaspers）提到悲剧取材于神话，虽然他认为"没有任何一种对神话的解说可以长此以往地成为不刊之论。悲剧诗人都会为适合自己的目的而重撰神话"。但他紧接着说："那些神话终会在人们热切追求真理的奋斗中——在诗人与神明的对话中——被全部消耗殆尽。"[2] "消耗"终结了"自主"的无限繁殖，如果悲剧对神话，或者人对于本格装置来说是一种"消耗"，那也就说明除了忠于某一先在范畴，它并不自己建构什么其他的东西。就雅斯贝尔斯来说，他将"悲剧知识"解释为"从悲剧得来的领悟"，他承认："所有各种各样的悲剧都应具有某些共同之处[……]在它沉默的顶点，悲剧暗示并实现了人类的最高可能性。"他继续说："这些悲剧的洞见和透视蕴含着一个潜在的哲学，因为它

---

1 [英]迈克尔·达米特：《分析哲学的起源》，王路译，上海：上海译文出版社，2005年，第23页。
2 [德]雅斯贝尔斯：《悲剧的超越》，亦春译，北京：中国工人出版社，1988年，第17页。

们给本来毫无意义的毁灭赋予了意味。[……]这个想象的世界绝不可能被替代。"[1]

我并不想说侦探推理小说的发展象征着智术师事业的反省以至于自毁,而宁愿把它当作当代智术师事业重新找到自己原发性的虔诚。正如北岛的诗写的那样:

> 风掀起夜的一角,老式台灯下,我想到重建星空的可能。

(原载《新知》第 13 期)

---

1 [德] 雅斯贝尔斯:《悲剧的超越》,亦春译,北京:中国工人出版社,1988 年,第 6 页。

时间的转移：巨石阵、心胸与脉搏

"老狼老狼几点了？"
"1、2、3，木头人！"

——儿童游戏用语

虽然"具有时间观念"在当今社会已经成了一种对人的常用赞扬，但人类何以对"时间观念"，尤其是计时精度具有一种内在的需求，这仍然是令人思索的问题。事实上，人类最初的时间观念并非源于自身，而基本上来自对日月星辰运行的观察。在1967年原子计时器出现之前，时间的测定主要来自对地球自转与公转的观测，并展现为天空景象的变化。无论是巨石阵、石碑还是更直接地服务于测时的日晷，与其说它们是在记录和显示时间本身，不如说它们是在反映规律出现的种种事件，时间仅仅意味着会发生事件的"时间点"。

在不同的时代，人们发现的规律性事件的密集度决定了人们对"时间点"数量的需求。澳大利亚的伍迪杨（Wurdi Youang）古石阵和秘鲁的昌克罗塔阵（Chankillo Temple Complex），其石头的摆放仅仅用来显示日出点与落日点，因此可以测定一年的日期，但误差也随着地平线的变动而以天计算。这意味着对于当时的人们来说，除了白天与夜晚的分别，时间并无其他的意义可言，这就是世界最客观也是最稳定的秩序。实际上，即便经过了很长的历史，当人们要从时间中提取令行禁止的法律或道德依据时，仍然会将时间恢复到最简单的昼夜之分。

在中国，从春秋时期开始，古代中国官方所期望的民众的日常生活便是"明而动，晦而休"。直到唐代，在里坊制——一种规定了城市空间里可自由活动时间的规划管理制度——仍然存在的时期，夜间在街道上行走会被视为非法行为而加以杖罚。在此，时间不过是自然现象的发生，或者说它是独立于人而存在的，在这种观念下，时间便是"天文历法"，抑或是"四季节气"，它标识着一个长周期内相距甚远的"时间点"，并同时是一种严格的法度。它是绝对"线性"的，错过或者错行都会有严重的后果。"线性原则"并没有一跃成为"时间理性"，而只是成为一种"界限"，它所指向的不是哲学至高层面上的讨论，而仅仅是"法律"，"线性原则"只有通过"法律"的空间才能够成为一种"时间意识"。

由此，一个显而易见但又决定性的事实是，只有当人们在昼夜之间继续细分时间刻度的时候，时间才不仅仅是外部的强制性依据，它才对应了人在时间中的能动性，同时也才产生了计时器。最古老的能够将一天分为若干个小时的投影钟出现于公元前1500年前的埃及，一个世纪之后则出现了可以计时并且可以测定短时间间隔的水钟。至此，在相当长的历史时间里，水都是计时装置最主要的动力源，时间的连续性观念也从水的流动性中提取而来。从天体到水体，时间观念发生的最大变化，就是时间的动力源不再是人类不可控的宇宙常量，而是能够分析、理解并加以利用的物质。

虽然水这样的物质仍然是一种自然之物，有其自身不受人所控制的运行规律，但毕竟它是地上触手可及之物，可以被装置设计所克服。古希腊建筑师维特鲁威（Marcus Vitruvius Pollio）描述了公元前 250 年左右的一台用于测量一个恒星日时长的水钟。它的两个水箱的复杂设计克服了水压不均的问题。恒定水源注入第一个水箱保持恒定水压和流速让水流入第二个水箱，随着水面的上升，带有指针的浮子就可以指向相应的时间刻度。时间装置在一开始就体现出了其动力运行的实质：克服与制衡。这一点即使到了后来擒纵装置出现之时也仍然没有发生改变。

也是在这一时期，水钟的刻漏上开始出现标有星座图的圆盘、地平线、黄道和回归线等。这标志着时间不仅不再是地球之外的客观规律，而且人已经开始通过装置将天体运行捕捉到地上生活的相似性之中，这一观念的普遍性可以通过遍布欧洲的古罗马时期的星盘遗迹证明。至此，时间不再是与人隔绝的客观之物，它被人类所捕捉并成为人类历史与个人命运的预示。记时装置对天体规律的捕捉促成了占星术的出现，虽然它仍然表现为对某种客观命定的测定，但也极大拓展了时间观念，预示就意味着未来成为一个可以触及的时间范畴。在公元 2 世纪的中国，由于农业文明，时间的划分仍对应于发生事件的时间点，比如汉代所用的十二时辰就命名为夜半、鸡鸣、平旦、日出、食时、隅中、日中、日昳、晡时、日入、黄昏、人定，但同样原理的装置运作已经指向对未来未知事件的预测。张衡在发明了水运浑天仪直接展现星体运作的同时也发明了地动仪，这意味着在人们的时间观念里，时间不再仅仅是当下显现的恒常规律，未来有可能出现的异常也被涵盖在时间自身的恒常之中。

虽然历史行进至此，现代时间观念的要义已经一应俱全，但现代意义上的钟表，尤其是便携式计时器的产生，最早的记录也要到 14 世纪中期。其中关键的发明就是擒纵装置，而据科学史家李约瑟的研究，这一装置最初产生于11世纪中国北宋官员苏颂之手。擒纵装置的基本原理与维特鲁威记录的水钟原理类似，通过运动周期恒定的单摆控制动力链的稳定动能释放，就像恒定的水源保持流出水池的水压。被英国天文学家理查德（Richard of Wallingford）和意大利钟表匠唐迪（Giovanni Dondi）最早记录的擒纵装置被用来直接驱动天象仪的转动，虽然并未凸显机械计时器层面的重要性，但是在此天体的恒定运行已经完全被同化入人对时间的收纳中。

此后在怀表作为独立便携计时工具出现前的两个世纪里，在天文学家的苛刻要求下，擒纵装置的稳定性被不断改良提高。但在此之前，实际上人们就已经很难说清，到底是天文学家需要准确的恒定的计时器来观测客观的星体运行，还是他们通过计时器对宇宙提出了和谐恒定的要求。一个不算离题的例子是，当开普勒得出他的第三定律时，他只是坚信，星体之间的运转关系被一个常数所表示。他测试了已有的主要来自天文学家第谷（Tycho Brahe）的数据——他相信这些数据的准确性——的各种比值，最终在立方数上得到了那个常数，但他没有也无法给出任何进一步的说明。天体似乎只是依据他的信念给出了一个恒常的规律。

虽然从资料上看，"怀钟"一词的出现最早可以追溯到1492年的意大利，但有明确记载的作为便携式计时装置的怀表则要到16世纪初才出现。16世纪初期，德国发明家彼得·亨莱因（Peter Henlein）在纽伦堡发明了第一只怀表——"纽伦堡蛋"，这是历史上第一个不需要利用重力作为动力来源的钟表。有趣的是，虽然从形式上人类已经通过怀表将人类收纳于分秒之间的微观宇宙纳入胸怀，便携式计时器自身的历史却似乎回到了人类时间观念发展的源头。怀表的平衡系统并未在产生伊始就得到解决，在1675年格林尼治天文台建成不久，惠更斯（Christiaan Huygens）与胡克（Robert Hooke）仍然就谁最先发明了将弹簧卷应用于怀表平衡系统而争论不休。在游丝出现之前，怀表只能用一个指针指示时间，误差最高可达15分钟，两块怀表保持两分钟一致都是不可能的。这意味着在最早的便携式计时器的所有者那里，他们各自的微观宇宙只能保持很短时间内的一致，或者说他们只能在同一个宇宙中共存很短的时间。

于是，怀表在它的历史中充当了一种绝对私人化的象征，它标志着时间不仅仅被从天空拉到地面，同时也从自然转移向个人，它被放置在人的心胸之处，与生命的隐秘本源置于一处。在福尔摩斯的故事中，有一个关于怀表的著名段落，华生拿来一块怀表让福尔摩斯推断怀表主人的性格和习惯。从怀表的外观看，这只表制造时间约为50年前，表上刻的字和制表日期相近，说明是先辈遗物，表背面刻着HW两个英文字母，其中W是华生的姓。按照惯例，昂贵装饰品多遗赠长子，况且约翰·华生的名字里没有H。因为知道华生父亲去世多年，所以他推断怀表的主人是华生的哥哥。并且福尔摩斯发现怀表上有钥匙孔，上面有很多划痕，推断是被钥匙摩擦而造成的。因为清醒的人插钥匙一般很精准，只有醉汉的表上才会留下这些痕迹。这个围绕怀表的推理凸显了怀表所代表的时间的私人性，它铭刻着时间中的私人信息，也因为保护着私人信息而不常被拿出示人。它在产生相当长的时间里并不能精准计时，正如人的心跳的变奏不易被外人察觉和比照，就连爱欲引发的心动都主要被用来形容对爱欲的掩盖。甚至在某些桥段中，它会帮助持有者挡下夺命的子弹。

腕表的出现则完全是另一番情景，很多人认为它是怀表逐渐实现小型化的必然趋势，但实际上，除了短暂地作为首饰出现之外，腕表作为一种被广泛关注的公共器物是由于出现在有关军事和战地的图像当中。在第一次世界大战之前，早期腕表的发明者曾因为怀表拥护者的批评，倾向于承认手腕并不适合佩戴手表，但这种逆潮流随着腕表在战场上的应用而完全逆转。早期的腕表大多是军事用表，时至今日，飞行员系列的手表也仍然是早期腕表观念的延续。由于军事行动对时间一致协同的要求，时间必须被转化为公共性的，它需要被时刻查看和校准，腕表就像一个时间装置，让佩戴者停留在同一个时空当中。

时间在此从心脏转向了手腕，那是人的脉搏所在处，它表征了心脏在内的身体体征，却不再是私人的了。它被用于诊断和记录，被用于望闻问切，它让人们或者迫使人们生活在一个公共的时间之中。在腕表时代精准的时间装置中，我们感觉着一种微妙的双重性：一方面是我们与他人的共在，这无疑是我们当下时代的道德观念基础；另一方面，也许我们也感觉到相对于怀表所在之处，腕表吸取并展现了我们无法隐藏的生命状态。在今天，当智能腕表读取、分析甚至上传佩戴者的健康状态之时，我们会想到在人类历史开端，空中那些自行运作的天体如何被吸入人类对时间和历史的欲求之中。

时间装置的发展史就是这样一个时间转移的历史，从天空到大地，从外部到内部，又从私人变得公共，这些变化对人类的影响似乎远比时间流逝带来的焦虑更加萦绕于心。但时至今日，在尚未习惯佩戴手表的孩子那里，仍然存在着开篇提到的这类时间游戏。在游戏中，客观齐一的时间被屏蔽，游戏者在其中通过语言随意变幻着时间的速率,决定着行动的发生。或者说,时间的统一规制也并不是人们共同生活和行动的必须框架。当人类经历了时间转移的整个历史过程,而又不仅仅选择其中的一种作为约束,那么被掌握在手的时间就是自由的来源。正如在自动机械表的运作中,行动与腕表运转的同步性仍然包含着这样的隐喻:我们的行动决定了时间是否行进,而不是反过来。

(原载《GQ》2024年6月腕表别册)

玲娜贝儿与"废话文学"

在2021年年底，几乎没有任何征兆的，我的朋友圈突然被一种猫型的卡通形象占据。土粉色加纽扣眼，酷似30年前的廉价洋娃娃。终于有一天，一位学生在微信聊天中使用了这一形象的表情包，我忍不住问："这猫怎么最近这么火啊？""老师！这是玲娜贝儿！不是猫，是狐狸！这是当红女星，你得知道！"我非常介意被学生看成脱离潮流的无趣中年人，在一个周末的下午茶时间，我和另一位老师谈起玲娜贝儿，对方完全赞同我对它的观感，但也还是提供了一个让我有所悟的答案：这是迪士尼历史上第一个没有任何故事背景而凭空出现的卡通形象。

对玲娜贝儿走红的解释几乎可以完全照搬齐泽克对可乐作为"崇高客体"的解释。在《崇高与低劣之间的剩余享乐》中，齐泽克指出可乐之所以让人欲罢不能，正是因为它不对应人的任何标准满足与实质需要，它所激发的一切效果都是它的直接体现。也许有些人会认为玲娜贝儿可以被理解为一种吉祥物或者品牌的衍生品，比如熊猫盼盼、布朗熊或者小招喵，但后面这些卡通形象都可以被归结为实体机构的某种虚拟符号。玲娜贝儿则完全不同，因为它的背后可能是人类历史上最大的虚构机构，迪士尼本身就是由虚构故事构成的。完全脱离了这一虚构世界而凭空出现的玲娜贝儿，反而是迪士尼历史上唯一的"真实"，她不需要像威震天那样背着虚构人设的包袱和北京郊区的真实游客插科打诨。如果你的孩子喜欢玲娜贝儿，而不是某一个迪士尼的公主，那么至少你就避免了被追问"公主和王子在一起之后怎么样了呢"，她最多只会问你要很多玲娜贝儿，而不是非要穿成一位公主让你带她去迪士尼寻找她的王子了。

应该没有人会否认迪士尼不只是电影娱乐机构，同时也是一个庞大的儿童文学机构。迪士尼历史上第一部动画作品《爱丽丝在卡通国》是动画结合真人的作品，它体现了一种"综合性"的野心：人类世界的愿景和视野能够在动画世界中得到印证和扩展。德国哲学家康德就是这样界定"综合判断"的，即知识的扩张。长期以来，人们认为让儿童观看动画能够扩展他们的知识，无论是物质上的还是精神上的。但与此同时，康德也界定了另外一种不同的判断类型，即"分析判断"，比如在一个人的全名中判断出他的姓氏，人的知识在此完全不会得到扩大。

玲娜贝儿的出现标志着迪士尼从一个"综合性文学"机构转化成了一个"分析性"机构。如果我们仍然要把"文学"这个词加上，那么就衔接进来了另一个网络热点，我们可以说玲娜贝儿是迪士尼"废话文学"转型的代表"狐物"。无论是"听君一席话，如听一席话"，还是"如果我没猜错的话，那我一定是猜对了"，"废话文学"实际上是一种分析命题。

无论是"废话文学"还是"凡尔赛文学"，它们因为"幽默性"而被传播，这是由于笑话本身的奥秘就在于它的叙述是"分析性"的。在冗长的叙述之后，归于一个无意义的结论。又或者具有讽刺性的笑话会归于一个众所周知的真实，对于不了解苏联社会情况的人来说，"苏联笑话"会是完全没有笑点的。和玲娜贝儿一样，"废话文学"是一种能够被绝对共享的"普遍真实"。而相应地，它也隐含地确证了"废话文学"背后的现实语言世界也是迪士尼一般的"虚构文学"的集合，它几乎以最简易和直白的方式印证了法国哲学家鲍德里亚将当代社会等同于迪士尼乐园的立场。

从这个角度看，玲娜贝儿和"废话文学"的盛行所代表的时代问题，就是人们开始不再认为现实世界中有什么可以拓展到的新知识了。或者即便仍然抱有通达新知识与经验的意念，也会因为大概率地触碰虚假的行动成本而望而却步。这并非主要是互联网和商业营销的威力，而是现实世界越来越趋向于完全的"建构性"带来的结果。现实世界被不加解释的规则和不由分说的立场塞得过满，而它的"自然性"则无处可寻。实际上，这一时代的精神趋势在几年前就已经萌发，人们开始公开质疑语文试卷的阅读题中"中心思想"和"语句解析"的官方答案，并与此同时开始提取媒体评论员"XX体"的模板。文学工作者其实大可不必对"文学"被幽默地滥用为后缀而感到疑惑或不满，这种用法恰恰证明了"文学"在人们心中仍然占有较高的地位。正如瓦莱里（Paul Valéry）一代诗人认为对于诗来说内容只是不纯的形式，当人们认为现实中的语言不过是一些形式主义的延宕，那么他们也就自然会把这种"形式提纯"理解为"文学"。玲娜贝儿也是如此，当迪士尼的公主文学改编剧开始陷入肤色政治正确的旋涡，迪士尼的所有"文学"也不过被识别为这种二元对立的形式延宕。而玲娜贝儿，至少在人们对狐狸的种属分类还不是太了解的情况下（更别提还有我这种起初认为她是猫的人），它保留了迪士尼最纯的"内容"和真实，虽然可能仅仅是最表面的可爱和欢乐。

对于"废话文学"的一个"古典"版本的提及有助于中老年文化

工作者理解这一青年亚文化现象。在 1989 年出品的著名电视剧《篱笆·女人和狗》的主题歌《篱笆墙的影子》中出现了可能是国内第一个"废话文学"作品:"星星还是那颗星星哟 / 月亮还是那个月亮 / 山也还是那座山哟 / 梁也还是那道梁 / 碾子是碾子 / 缸是缸哟 / 爹是爹来娘是娘……"这部影响了一代人的文学改编剧讲述了被定下娃娃亲的女主人公,面对丈夫婚后的刁难,在提出离婚后面对乡亲舆论的巨大压力,最后在一位老汉的鼓励下仍毅然离家走向新生活的故事。如果上一代人曾经理解这一经典"废话文学"中的那句"只有那篱笆墙影子咋那么长"为什么是极具文学意味的,就不会仅仅将时下的这一亚文化潮流归结为青年人的流量嬉闹,并且反思在流行文化的研究中我们是否遗忘了自身历史中的文化经验。

(原载"南开大学当代审美文化研究中心"公众号,2022 年 11 月 28 日)

Furry 与巴洛克式亲密

美国哲学家卡维尔曾在一篇关于日常语言哲学的文章中描述过一个他与孩子的语言教学场景。他试图通过抚摸着一只小猫来教孩子"小猫"这个词的用法,并且也得到了孩子复述式的回应。但在几天之后,孩子却抚摸着阳光下的地毯,开心地向他说"小猫"这个词。在短暂的失望后,卡维尔转而高兴起来。虽然他无法确定孩子到底把"小猫"这个词理解成了什么"东西",但孩子无疑是在表达对"柔软""温暖"和"毛绒绒"的喜爱。更重要的是,卡维尔在一种可能性中想到了亲密关系,他想到也许孩子学会的是:"我还记得上次我这样说'小猫'这个词的时候,我的父亲是那么的快乐。"

同样和猫有关,法国哲学家德里达却经历了另一种体验,他在一篇讲稿中讲到了一个日常场景:想象在浴室门口撞见你赤身出浴的小猫,它默默地看着你,你应该因裸体被看而感到羞耻吗?会有一个念头要立刻去穿上衣服或者将它赶走吗?在此,你处于人类特有的"赤裸羞耻"之中:被一个始终赤裸着却没有羞耻意识的动物所激发的耻辱感,哪怕只有一瞬间却无可回避;而正是在这一瞬间,脱离了亲密关系,小猫不再是"你的猫"了,而是房间中的一个"闯入者"。

两个哲学家在猫的身上感受到了完全不同的东西:亲密与疏离。实际上他们的哲学理论也是针锋相对的。对比之后会发现,不需要做太多的思想辨析,普通人也会很容易发现两者最表层的区别就在于"绒毛"。当动物与人发生亲密关系时,对"绒毛"触感的想象唤起了人类对世界的知觉,"绒毛"成为人与动物亲密关系的中介。而当人类面对动物这个对象时,如果抛弃对"绒毛"触感的想象,用最常见的比喻来说,动物外来的目光"刺痛"了我们。德里达描述的正是这种生命体验上的"过敏"。甚至字面的,当人们说自己对猫毛过敏,也是在表达与绒毛的无法亲近。

如果不以特别宽泛的"兽迷"来理解"furry"这个词,那么它精准的形象描述就是"毛绒绒的类人化生物","furry 控"更深层次地指向人与绒毛的融合,用这个方法将我们对"赤裸"的过敏治愈。然而在一种完全相反的"兽人"形象中,过于纤薄光滑甚至有透明感的杂交身体,移除皮肤和骨骼令牙齿、脏器甚至大脑外露,这些都是恐怖身体形象的常用模式,这就是我们在《异形》和《人兽杂交》这样的作品中看到的令人不安的形象。极度的光滑甚至裸露之所以骇人,正是因为人们本能地对最极致的敏感感到恐惧,虽然从人类作为高级动物的层面来说,这种极度敏感才实现了官能最完全的功能化。在一种人类学理解中,人向动物的"退化"就表现为一些功能不明显的表层物质变得尖锐化,从而完全功能化,比如人类用处不大的指甲变为利爪,作为一种明确的功能物与外部世界直接互刺。在此,赤裸、敏感与暴力几乎是等价的。

集成了现代人亲密体感的"furry"并非一种原始性的复兴,在早期的"半兽人"想象中,动物通常以功能元素与人体拼接。一个澳大利亚与印度尼西亚的联合科研团在印尼的岛屿上发现的距今 4.39 万年的壁画中鉴别出了"半兽人"的形象,它们与捕猎直接相关,动物性只表现为功能。在"furry"一类的形象出现之前,人类对动物生命的理解一直在两极之间跳跃。一面是对动物智能的蔑视，在古希腊政治哲学和中国传统思想中，日常中的动物往往为衬托人类的高级生物性而存在。另一面则是把动物提升到一个抽象的高度，在宗教信仰和童话寓言故事中，动物被作为某种不仅限于道德的"属性"的载体。猴子聪明、狐狸狡猾、狼凶恶而乏智、兔子则往往是弱小被怜悯的受迫害对象，两者最后都会导向动物牺牲。被神圣化的动物则因为特定的娱神属性而被放上祭坛。

对于动物的"知识性"理解在相当长的历史中并没有帮助人类脱离孤高的存在状态，是人类疏离与孤独感的重要病兆，而"furry化"的发生则可以看作人类对此的无意识改变，我们甚至可以在艺术史中看到这一改变的发生。如果把"furry化"理解为对人类纤薄而扁平的身体在比例上的扭曲，并呈现为表层（绒毛）厚度的增殖，那么"furry化"在巴洛克艺术中已经发生了，并鲜明地表现在早期代表人物鲁本斯（Peter Paul Rubens）的作品中。在鲁本斯之前，中世纪艺术倾向于格列柯（El Greco，一个希腊人）式的消瘦人类形象，具有苦行感，离动物性的肉体非常遥远，因此被认为与神相近。鲁本斯以一种世俗现实主义的风格赋予了人类形象以血肉，肉体物质性的凸显就直接表现为人体表层物质的增厚甚至赘余，而一般被认为是巴洛克艺术标签式特征的"比例扭曲"，也不过是这一表层物质增殖的自然结果而已。在一些大众化的介绍中，鲁本斯的作品正是以"肉感"和"大屁股"这样的特征被传播。而往往被忽略的是，肉与脂肪何尝不是人类自己的"绒毛"，鲁本斯在引领的正是一种人的"furry化"。在此，和中世纪艺术不同，人不是因为与神的抽象相似而靠近神，而是在知觉上，人与人直接可以在视觉中触及并共感着这种受造的人类身体。

这种潜在的"furry化"在鲁本斯的《丽达与天鹅》中终于被直观地呈现了出来。在这个故事中，宙斯没有化作暴力的野兽，而是化身为天鹅引诱斯巴达王后并与之交合。在画作中，丽达的下体与天鹅羽毛最丰盈处缠绕，同样丰盈的肉体则扭曲向天鹅靠近，试图达到最大面积的皮毛接触。这幅作品几乎把人类对亲密感的理解推到极致：不是两个分离躯体之间的暴力介入，而是一种更深度的互渗，人与神之间，人与动物之间在一种合一的触感之中融为一体。如果说裸体的德里达在猫的目光中发现了"我与猫"这样的缝隙，那么《丽达与天鹅》则恰恰移除了那个"与"。"丽达天鹅"或"天鹅丽达"，才是鲁本斯真正的"furry"作品，一种独属于巴洛克式的亲密。在此，人类并非将天鹅会飞的功能夺来，不是"飞人"，而是"天鹅人"。

无论是"拟人""兽化"还是"仿生学"都不足以解释"furry"这一形象在人类心中掀起的那种体己的感觉。对"furry控"来说，最大的一种误解恐怕是这种喜爱主要指向"动物性"而非"人性"。恰恰相反，"furry"比人要更具有普遍生灵意义上的"人性"。正如在开篇卡维尔提到的例子中，地毯和猫因为"绒毛"而成为他与尚未学会人类理性语言的孩子之间亲密关系的通道，这种体认的亲密性先于知识，在此他和孩子又何尝不是已经"furry化"了的"地毯人"呢？反之，在德里达的例子中，那道与"绒毛"无关的来自猫的目光刺痛了人类已经自我隔离于自然的、与"羞耻"这一道德知识捆绑了的赤裸的躯体，在那一刻，人类凌驾于自然的可能化为虚无。"furry"正如鲁本斯的巴洛克艺术一样，将人类通过理性塑造的、精致化的甚至自我干瘪化的身体重新归还给日常，归还给一种和自身身体的巴洛克式亲密。正如张枣在同名诗作《丽达与天鹅》中写道的那样：

> 是你教会我跟自己腮鬓相磨，
> 教我用全身的妩媚将你描绘，
> 看，皓月怎样摄取汪洋的魂魄。

（原载《GQ》2024 年 2 月）

后 记

本选集绝大多数文章选自2019—2024年公开发表的学术论文及文艺评论,少数评论发表于2016年左右博士在读期间。所有篇目在结尾处皆标明原刊发刊物、媒体以及刊发年份期数。在此,感谢所有能够让这些文字产生及面世的刊物及媒体负责人、编辑、邀文的作家及艺术家们,还有曾经给予我纯然阅读反馈的读者们。感谢你们通过文字认识我,而不是反过来。

2021年6月,由于工作调动,我结束了在前一个任职单位最后一堂大学语文课。出于研究方向的原因,整个课程我几乎都在强调一个问题:文学是如何让我们看到,拥有"自己的声音"(my own voice,当然,这是一个双关语)是重要的,但同时也是艰难的。最后一节课下课时,难免还是有很多学生来询问考试的问题,但也总有一些学生并不如此。有一位学生来和我说,他通过课程理解了拥有自己的语言与声音的重要性,但是也意识到由于一些无法克服的原因,这种可能性正在不可逆地消失。他问了我一个问题,而我无法给他一个解答。于是,我留在那间教室里最后的一句话是:我会记住你所说的,也请你记住有人会记住你所说的。

2023年4月,一位我认识很久但却从未见过面的编辑朋友在远方的岛屿上去世,本书中也收录了来自她2016年的约稿,而那时我还是一名刚刚经受着学界的culture shock陷入低谷中似乎没什么前途的博士在读生。因为在此前的一周,我们还在微信上讨论一部近期发布的离奇的动漫作品,这个消息对我来说是突如其来的。回头查阅最后一次聊天对话,她和我说:遇到名作者不如遇到有趣的作者。

2024年4月,在从酒店摆渡人员到会场的大巴上,感谢早高峰的拥堵,我和久未见面的卢冶在大巴上聊了许久的推理文学。她最近出版了一本带有推理文学科普性质的书,文字举重若轻,引用材料丰富,且无掉书袋的做作,若不是沉浸于相关作品多年,不可能有这种平静开阔之感。卢冶是我有幸通过文字认识的,也曾为她深居简出、隐居于我所离开的东北城市感到可惜。但在这个时候,我突然感到一种从未有过的愧疚。为忠于本心者感到可惜,为自己在外部认同与保持自我之间的平衡而沾沾自喜的时候,我又何尝不是一无所成。

这本选集的出版,初衷是为了给自己提供一个契机,看看自己曾经写过什么，以及将来还要写什么。《引语之隙》取自为班宇的《双河》撰写的同名文章的标题，而这也是大多数学术写作者的处境。规范的学术研究是对引文的编织，在引文的缝隙中保有"自己的声音"是极其困难甚至某种程度上不被允许的事情。但在这条缝隙中，愿我们能欣然相见。

2024 年 7 月
于上海虹口

图书在版编目(CIP)数据

引语之隙：文艺理论与文化评论集 / 林云柯著.
上海：上海社会科学院出版社，2025． -- ISBN 978-7
-5520-4757-8

Ⅰ．I0-53

中国国家版本馆 CIP 数据核字第 2025MU3547 号

引语之隙
——文艺理论与文化评论集

著　　者：林云柯
策　　划：第十四行
责任编辑：张　宇
封面设计：姜　山　黄婧昉
出版发行：上海社会科学院出版社
　　　　　上海顺昌路 622 号　邮编 200025
　　　　　电话总机 021-63315947　销售热线 021-53063735
　　　　　https://cbs.sass.org.cn　E-mail: sassp@sassp.cn
照　　排：南京理工出版信息技术有限公司
印　　刷：上海万卷印刷股份有限公司
开　　本：890 毫米×1240 毫米　1/32
印　　张：10.625
插　　页：2
字　　数：265 千
版　　次：2025 年 7 月第 1 版　2025 年 7 月第 1 次印刷

ISBN 978-7-5520-4757-8/I·755　　　　　　　　　定价：68.00 元

版权所有　翻印必究